청소년을 위한 세계 문학 에세이

청소년의 지성과 감성을 키우는 허병두 선생님의 문학, 삶, 여행

청소년을 위한
세계 문학
에세이

허병두 지음

해냄

일러두기

- 외국어의 한글 표기는 국립국어원 외래어 표기법에 따랐다. 단, 국내에 널리 알려진 인명(츠보야 레이코, 오르한 파묵, 주제 사라마구, 파울로 코엘료 등)은 독자의 이해를 돕기 위해 기존의 표기를 그대로 실었다. 또한 돈 키호테, 카미노 데 산티아고와 같이 원어의 띄어쓰기를 한글 표기에도 옮겨 왔다.
- 각 인용문의 출처는 책 제목, 쪽수 순으로 표기하였고, 각 꼭지별 주요 저자 외의 참고용 예문에는 저자명을 추가하였다.
- 교통편, 여행지 정보 등의 가변적 요소는 출간일을 기준으로 하였다.

책으로 떠나는 세계 여행

사는 게 도무지 재미없다. 학교가 싫지는 않지만 그렇다고 좋지도 않다. 끝까지 다녀야 하는지 조금은 의문스럽다. 그렇다고 앞으로 어떻게 살아야 할까 또렷이 방향을 잡고 있는 것도 아니다. 남들은 일찌감치 자신의 진로를 정해서 열심히 목표를 추구하는 것 같은데 나는 그렇지 못하다.

나도 모르게 게임이나 인터넷 사이트를 떠돈다. 휘리릭 가볍게 넘길 수 있는 만화책들을 뒤적거린다. 교과서는 어디 있는지 찾기도 힘들고 펼치기조차 싫다. 이러면 안 되는데……. 무엇인가 열심히 해야겠다고 생각하지만 결코 쉽지 않다. 효과적인 공부 방법을 찾기도 힘들고 솔직히 그렇게 힘들여서 공부하고 싶지도 않다. 그냥 어떻게 되겠지 하는 마음뿐이다. 시간이 빨리 흘렀으면 좋겠다.

가족들과도 의사소통이 잘 되지 않는다. 열심히 공부하기를 바라는 가족들의 기대, 잘 안다. 하지만 뾰족하게 답을 찾지 못하고 있다. 공부를 왜 해야 하지? 하루에도 몇 번씩 의문에 빠지고 이내 갈등 속으로 빨려 들어간다. 그때마다 이미 굳게 잠근 방문을 다시 잠그고 있는 기분이다.

미래는 어떻게 펼쳐질까. 불안하다. 도대체 무엇을 어떻게 해야 할지 정말 잘 모르겠다. 그래도 어떻게든 이러한 생활에서 벗어나고 싶다.

이럴 때 모든 걸 훌훌 털고 여행을 갈 수 있다면 얼마나 좋을까? 온몸 가득히 상쾌한 바람을 느끼면 새로 태어날 것 같은 기분일 텐데. 눈에 보이는 모든 풍경을 진수성찬처럼 만끽하고 가슴 가득 나를 흔드는 감정들 속에서 어느새 훌쩍 커질 것 같다. 내 앞에 펼쳐지는 모든 세상과 사람들을 진정으로 만날 수 있는 기회, 바로 여행이 아닐까. 세계 여행을 떠날 수 있다면 얼마나 좋을까?

물론 이러한 생각은 그저 헛꿈에 불과하다. 도대체 어떻게 여행을, 세계 여행을 한단 말인가. 세계 여행을 떠날 만한 돈과 시간도 없다. 더구나 학교에서 배우는 것들 가운데는 장차 내게 필요한 것들도 분명히 있을 터,

지금 학교를 벗어나 세계 여행을 한다는 것이 무조건 현명한 것 같지도 않다. 그렇다면 도대체 어떻게 해야 한단 말인가. 아무리 답답하고 힘들어도 그저 이렇게 있어야 하나? 일상의 답답함을 벗어나지 못하는 나, 나는 도대체 어떻게 해야 한단 말인가? 도대체 나는……?

만약 이런 생각에 빠진 청소년들이라면 분명 해답은 있다. 책으로 떠나는 세계 여행이라면 충분히 가능하기 때문이다. 인류의 영혼을 뒤흔든 훌륭한 작가들이 오랜 고민 끝에 찬란하게 지어 올린 언어의 세례를 받으며, 그 작품들이 잉태되고 부화한 현장을 방문한다면 무엇보다도 아름다운 여행이 될 테다.

필자 또한 일상에서 벗어나고자 책을 통한 세계 여행을 꿈꾸었다. 수많은 문학 작품은 실제 여행과 같은 감동과 사색의 시간을 주었다. 여행에 필요한 지식과 정보도 책과 인터넷에서 얼마든지 찾을 수 있었다. 그리고 이를 제자들과 함께하고자 글로 옮겼다. 그러니 이 책 자체가 곧 '책으로 떠나는 세계 여행'인 셈이다.

　글을 쓰며 가장 고심한 것은 여행지를 선정하는 일이었다. 가급적 가보지 않은 곳을 택해 철저히 책으로만 세계 여행을 떠나고자 노력했다. 눈으로 보고 들은 여행 기록이 아니라, 여러분과 함께 책을 읽고 추리하며 상상하고 공감하고 싶었다. 구미 문학과 서유럽 문학 중심에서도 벗어나고자 했다. 때문에 잘 알려진 작가나 작품, 이를테면 영미 문학과 프랑스 문학, 러시아 문학 등은 일부러 피했다.

　이렇게 가 보지도 않고 책과 상상만으로 쓴 크레타와 조르바 이야기를 읽은 김영희 전 세르비아 대사는 실제로 카잔차키스의 무덤을 방문했던 일을 떠올리고 내게 전해 주었다. 나 역시 에스파냐에 가 보지 않은 상태에서 에스파냐와 돈 키호테의 이야기를 쓰다 결국 참지 못하고 2주간 에스파냐 여행을 다녀오기도 했다. 책과 인터넷으로 떠난 여행이 실제 여행으로 이어졌으니 '읽기'란 저자와의 대화이자 자기 자신과의 대화이고, 상상과 실재 간의 끊임없는 길항의 '쓰기'인 셈이다.

　독서는 우리의 여행을 더욱 풍요롭게 만들어 주는 여행의 여행이다. 책을 통해 세계를 여행하면 커다란 세상뿐 아니라 나 자신까지도 새롭

게 읽을 수 있다. 나의 과거를 현재에 생생하게 살아 숨 쉬게 하니, 그렇게 만난 진정한 '나'는 세상에 우뚝 서 행복한 미래를 꿈꿀 수 있게 된다. 삶은 본질적으로 여행 아니던가. 여행 속에서 여행을 하는 시간, 바로 이 책을 읽고 새로운 세상 속으로 들어가 아름다운 자신으로 훌쩍 커 나가는 순간이다.

배움의 큰 마당, 숭문에서

허병두

차례

2장

순례자의 길,
에스파냐에서 포르투갈로 향하다

3장

아프리카 사막에 남긴
인류의 발자국

4장

이스라엘에서 터키, 다시 유럽으로! 문명의 충돌과 연쇄

5장

유럽의 동쪽에서 만난
인간의 뒷모습

6장

피오르를 따라 돌아가는 길

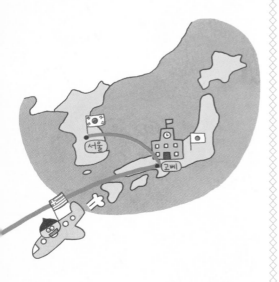

1장

일본을 거쳐
지중해까지,
인간의 뿌리를 찾아서

어디로 가든지 애써 애써 기억하라는 것은 다른 곳에 와 있고 길이 서늘 자리다. 흐릿기리던 세각 마 실내 모두에 살라 온통로 자신을 단단히 고정하 안, 새벽까지처럼 강렬한 볽리움으로 벗겨로 석 거마 물으로 뛰어오르리라, 하룻방의 함께기 대 리다 준 낯선 시공간, 낯선 작잠늘 자이에서 나 는 나 자신을 새롭게 촉신감 것이다. 여행은, 실 과 현실이 인쇄으로 만나다 섞이며 이어지는 '거 대한 책'를 넘기는 팬퀴인 듯싶다.

고베에서 만난
인간애

하이타니 겐지로, 『나는 선생님이 좋아요』

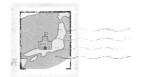

　　　　　　　아름다운 노을이 서녘 하늘 가득히 펼쳐진
다. 왼편에서 유유히 흐르는 한강. 그 어느 나라 수도의 강보다 넉넉한
강. 강기슭의 풍경이야 조금씩 바뀌어 왔지만 이 거대한 물길을 누가
막을 수 있단 말인가.

　빗방울이 모여 작은 도랑, 다시 무릎 찰랑대는 시내, 허리까지 감겨오
는 여울, 수많은 물줄기들이 서로 몸을 뒤섞는 강. 이렇게 흐르기까지
주위의 모든 생명이 서로 뿜어내는 호흡들을 모두 여기에 담아 왔으리
라. 사념(思念)은 강물처럼 풀리고 이어져 어느새 깊어지는 물살 속으
로 서서히 잠겨드는 것 같다. 멀리서 하나둘씩 켜지는 작은 등불들.

서울 강북 강변도로의 끝에서 자유로가 시작되기 전, 행주산성 근처에서 오른쪽으로 팔꿈치처럼 구부러지며 빠져나가는 길이 있다. 바로 인천 국제 공항으로 가는 도로다. 인천 공항에 한 번이라도 가 본 사람들은 안다. '인천 공항 32분'이란 표지판을 볼 때마다 얼마나 그리로 내달리고 싶은지. 결국 참다못해 어느 날 공항 가는 도로로 접어들어 하늘을 박차고 솟구치고 다시 사뿐하게 내려앉는 비행기들을 보며 가슴 두근거리다가 돌아오는 길, 마음은 다시 한없이 가라앉는다.

　　많은 이들이 일상에서 탈출하기를 바란다. 그러다 마침내 떠나는 여행, 여행은 일상의 삶을 더욱 가슴 두근거리고 충만하게 만들어 준다. 떠나는 것은 돌아옴이라. 돌아오고자 떠나는지도 모르겠다. 하지만 떠나기 전과 후 그리고 여행의 한가운데에서 우리는 비로소 살아 있음을 느낀다. 그러고 보면 삶 역시 일종의 떠남, 무(無)에서 시작하여 다시 무로 돌아가기까지의 짧고도 긴 여행이다. 인생은 여행이다.

　　나는 이곳까지 열심히 걸어왔었다, 시무룩한 낯짝을 보인 적도 없다

　　오오, 나는 알 수 없다, 이곳 사람들은 도대체 무엇을 보고 내 정체를 눈치챘을까

　　그는 탄식한다, 그는 완전히 다르게 살고 싶었다, 나에게도 그만한 권리는 있지 않은가

　　모퉁이에서 마주친 노파, 술집에서 만난 고양이까지 나를 거들떠보지도 않았다

　　중얼거린다, 무엇이 그를 이곳까지 질질 끌고 왔는지, 그는 더 이상 기

억도 못한다

    그럴 수도 있다. 그는 낡아빠진 구두에 쑤셔 박힌,

길쭉하고 가늘은

    자신의 다리를 바라보고 동물처럼 울부짖는다. 그

렇다면 도대체 또 어디로 간단 말인가

기형도, 「여행자」 부분, 『입 속의 검은 잎』, 36쪽

기형도(1960~1989)
유년의 우울한 기억이나 도시인의 삶을 담은 독창적이고 개성이 강한 시들을 쓴 시인. 1989년 3월 종로의 한 극장에서 숨진 채 발견되었고, 그 후 발간된 첫 시집 『입 속의 검은 잎』은 유고 시집이 되었다.

여행이 늘 가슴 설레기만 한 것은 아니다. 심야 극장에서 요절한 젊은 시인의 시는 왜 이렇게 허무할까. 기형도*에게 삶은 어떤 여행이었기에 다시 어디론가 떠날 곳조차 찾지 못했을까. 시는 우리들의 삶, 우리들의 여행을 의미 있게 만들어 주는 도구. 시를 읽으며 우리는 눈물이 그렁그렁하다가 다시 빙그레 웃음 짓건만 정작 창조자인 시인에게는 그다지 위안이 되지 않았나 보다. 시란 과연 무엇인가. 삶이란 대체 무엇인가.

참된 사랑을 그려 낸 저항의 작가, 하이타니 겐지로

나는 지금 일본으로 간다. 몇 년 전에 갔던 길을 되짚어가는 중이다. 그때는 무더운 여름이었는데 지금과는 완전히 다르다. 당시에 나는 지금은 돌아가신 하이타니 겐지로[灰谷健次郎, 1934~2006] 선생님을 만나러 갔었다. 암 때문에 곧 돌아가실지도 모른다는 말이 들려왔기에,

오키나와 전투
태평양 전쟁 막바지였던
1945년 3월 26일부터 5개
월여에 걸쳐 미군과 일본
군 사이에 벌어진 최대 규
모의 전투다. 제2차 세계대
전 중 유일하게 일본에서
벌어진 지상전으로, 군인
뿐 아니라 오키나와 민간
인 다수가 희생되었다.

존경하는 작가를 살아 계신 동안 꼭 만나고 싶었던 것이다.

인천 공항을 떠나 일본 오사카 만[大阪湾]에 있는 간사이[關西] 국제공항에 도착했을 때는 무더위로 푹푹 찌는 날씨였다. 서둘러 버스를 타고 효고 현[兵庫縣]에 있는 고베[神戶]로 향했다. 고베는 일본에서 세 번째 규모의 무역항이 있는 곳으로, 철도만 무려 7개 노선이 지나간다. 고베 역 근처의 호텔에 짐을 풀고 밤거리를 돌아다녔다.

다음날 하이타니 겐지로의 소설과 관련된 장소 몇 군데를 찾았다. 이는 작품을 좀 더 풍부하고 내밀하게 읽을 수 있는 방법 가운데 하나다. 가장 먼저 찾은 곳은 『태양의 아이(太陽の子)』에서 초등학생 후짱이 오키나와[沖繩] 전투*의 후유증으로 생긴 아버지의 병을 낫게 해 달라고 빌었던 여우 신사(神社)였다. 이어서 조선소 노동자들의 숙소가 있던 좁다란 골목을 기웃거려 보고, 그들이 끼니를 준비했던 시장통에 들른 다음 아와지[淡路] 섬으로 향했다.

아와지 섬은 하이타니 겐지로가 10년간 머물면서 작품을 썼던 곳으로, 〈시골 이야기 시리즈〉의 배경이기도 하다. 섬으로 가는 길에 만난 바다는 푸르고 푸르렀다. 예전에 고베 시와 아와지 섬 사이에 다리를 놓으려 할 때, 하이타니 겐지로 선생님은 결연히 반대하셨단다. 고속으로 밀려들어 올 자동차 문명 때문에 아와지 섬의 고유한 문화가 파괴될까 우려해서였다. 하지만 선생님의 주장은 묵살되었고 결국 다리가 건설되었다. 그런데 그로부터 2년 뒤인 1995년에 고베 대지진이 일어났고, 그 진앙이 아와지 섬이었다니 묘한 느낌이 든다. 대지진은 아와지 섬의 복수가 아닐까? 참혹했던 재난을 잊지 말자는 뜻에서, 지금은 호쿠단초 진재(震災) 기념 공원이 세워져 있다.

고베로 다시 돌아오니 벌써 늦은 오후였다. 저녁 약속 시간이 되어 마침내 선생님과 만날 수 있었다. 임파선 암 말기인데도 견결한 자세를 잃지 않으시는 모습이 인상적이었다. 절대 금해야 할 맥주까지 한 병 천천히 드시는 걸 보면서 '사실주의와 낭만주의가 절묘하게 결합된 작가'라는 수식어가 멋지게 어울린다고 생각했다.

17년간의 교직 체험을 바탕으로 쓴 첫 장편『나는 선생님이 좋아요(兎の眼)』의 주인공 데쓰조는 할아버지와 함께 쓰레기 하치장에서 산다. 친구라곤 오로지 더러운 파리뿐인 외톨이 문제아다. 하지만 담임을 맡은 초임 교사 고다니 후미는 그를 사랑으로 북돋아 준다. 덕분에 데쓰조는 파리를 연구하기 시작하고, 자연스럽게 읽기와 쓰기도 익히게 된다. 마침내 외톨이 문제아에서 '파리 박사'가 된 데쓰조는 이렇게 쓴다. "나는 선생님이 좋아요."

하이타니 겐지로 선생님께 작품에서 인간에 대한 깊은 이해와 자유로운 영혼, 특히 불평등에 저항하는 정신을 중요하게 다루는 이유를 직접 물어보았다.

"학창 시절 저는 낮에는 조선소에서 일하고, 밤엔 야간 고등학교를 다녔어요. 그 학교엔 우동 한 그릇도 소리 내 가며 먹는 유쾌한 선생님이 계셨는데, 학생들은 그분을 무시했죠. 어느 날 국어 시간에 토론을 하다가 선생님께서 느닷없이 '인간에게 가장 중요한 건 저항 정신'이라며 역설하시는 거예요. '참된 저항은 자신과의 투쟁'이란 말씀은 그 뒤로도 잊을 수 없었어요."

"그분이 바로 고다니 선생님이 회상하는 고교 시절 은사의 모델이군요. 바람직한 교육이란 학생의 개성을 존중해 주는 것 아닐까요? 명문교 진학을 위해 거세(去勢)되고 있는 많은 아이들을 어떻게 구제해야 할까요?"

"학생 한 사람 한 사람의 개성을 살려 주고, 그들의 뜻을 존중해 주는 교사가 한 학교에 한 명만 있어도 참된 교육의 실현은 가능합니다. 그런 학교에서 공부한 학생이라면, 입시 위주의 엘리트 교육을 받아 부와 명예를 얻게 된 뒤에도 '인간의 생명은 똑같이 소중하다'는 가르침을 마음속에 간직하고 있을 테니까요."

"인간이 아름답게 존재하기 위해 저항을……."

고다니 선생님은 입속으로 중얼거리다가 가슴이 쿵 내려앉았다. 데쓰조와 사토시, 처리장 아이들이 생각난 것이다. 그리고 아다치 선생님도.

당신은 어쩌면 그렇게 아름다우냐고 선재동자*에게 물었던 것과 똑같은 의문이 생겼다. 나는 왜 아름답지 않을까? 어제의 아이들은 왜 아름답지 않았을까?

처리장 아이들의 따뜻한 마음씨를 생각했다. 파리를 기르는 데쓰조의 강한 의지를 생각했다. 빵을 집으로

선재동자
『화엄경』에 나오는 젊은 구도자로, 진리를 깨치고자 어부, 의사, 부자, 앉은 뱅이 여인, 어린이 등의 스승을 만나 가르침을 받는다. 이렇게 '53선지식'을 두루 찾은 그는 보현보살을 만나서 10대원(大願)을 들은 후 아미타불 국토에 왕생하였다.

가지고 돌아가는 사토시의 진지함을 생각했다.

"나는……."

고다니 선생님은 파랗게 질려서 일어났다. 그 등에 매미 울음소리가
무참하게 꽂혔다.

『나는 선생님이 좋아요』, 108~109쪽

고다니 선생님의 실제 모델인 츠보야 레이코 선생님도 만날 수 있었
다. 고다니 선생님은 신참내기 여선생님으로 쓰레기 매립장 근처의 가
난한 아이 데쓰조를 가르치는 데 애정과 헌신을 다했던 인물. 그 실제
주인공을 만나니 절로 고개가 수그러졌다. 레이코 선생님은 언제나 웃

음을 잃지 않는 쾌활한 성격에 미모의 소유자셨다. 하이타니 겐지로 선생님을 존경하며 그림자처럼 평생을 같이하신 기쓰모토 선생님도 함께 계셨다. 좋은 분들이 늘 가까이에 있는 선생님이 부러웠다. 하지만 이것이 단지 우연일까. 훌륭한 사람 곁에는 언제든 좋은 사람들 또한 모이는 법이다.

🏫 태평양처럼 올곧고 풍요로운 삶을 위하여

하이타니 겐지로 선생님과 처음 만난 것은 2004년이었다. 그의 방한 기념행사가 열린 세종문화회관 소극장은 그야말로 대성황을 이루었다. 국내에 그의 팬이 얼마나 많은지 실감할 수 있는 순간이었다.

생각해 보면, 나는 강한 것이나 너무 풍요로운 것에서는 무엇 하나 배운 것이 없습니다. 감히 말하자면 약한 것, 가난한 것에서 생명의 빛을 발견해 왔다고 생각합니다. 그리고 그러한 것들이야말로 이 시대에 소중히 여겨야 할 '인간의 눈'이라고 확신합니다.

『우리와 안녕하려면』, 8쪽

선생님의 단편집 『우리와 안녕하려면(手と目と聲と)』의 한국어판 서문에 나오는 말이다. 돌이켜 보면 나 역시 선생님의 작품 세계에 대해 이렇게 쓴 적이 있다.

특히 문제아와 장애아는 물론 극빈자와 같은 사회적 약자에 대하여 휴머니즘을 호소하는 따뜻한 시각, 일본의 제국주의 역사를 부끄럽게 반성하는 치열한 의식, 구조적인 관점에서 문제를 파악하고 해법을 제시하면서도 그 중심에 개인의 결단과 노력을 두는 냉철한 사고는 하이타니 겐지로 문학의 세계를 깊고 넓게 관통한다.

나아가 더불어 사는 존재인 인간에 대한 한없는 희망, 아이들의 건강한 영혼에 대한 끝없는 신뢰, 하여 어린이와 청소년을 키우고 가르치는 일이야말로 우리 모두의 삶을 즐겁고 의미 있게 만든다는 뜨거운 신념을 읽어 가는 즐거움이 하이타니 겐지로 작품을 계속 찾아 읽게 하는 원동력이다.

「더욱 만발하여라, 꽃들이여」, 네이버 '오늘의 책 『나는 선생님이 좋아요』 서평

아, 누군가가 내 책에도 이런 찬사를 던져 준다면! 글을 쓰는 내내 부러웠다. 술술 읽히면서도 진지하게 곱씹게 만드는 작가, 하이타니 겐지로. 그를 읽으면 삶이 올곧고 풍요로워진다. 나는 다시 일본, 아니 하이타니 겐지로를 향해 떠난다.

사위(四圍)는 어둑어둑해지고 가슴은 마냥 두근거린다. 멀리 등불이 바닷가 수평선 너머를 환하게 비추는 어선들의 집어등(集魚燈)처럼 반짝거린다. 펴덕거리는 물고기들, 교묘하게 얽힌 그물들 사이로 바삐 움직이는 두툼한 손바닥들, 뱃사람들의 호흡 또한 거칠어진다. 태평양이 어둠 속에서 밤새 꿈틀거린다.

문학 수첩

저항의 작가, 하이타니 겐지로

전쟁과 가난으로 힘든 유년기를 보낸 하이타니 겐지로는 교사 생활을 하면서 시와 소설을 썼다. 형의 자살에 이어 어머니까지 돌아가시자, 17년간 몸담았던 교직을 그만두고 1973년 오키나와와 아시아 등지를 여행했다. 그는 특히 일본에 억지로 끌려 온 한국인 징용자들, 일본 정부로부터 숱한 수탈을 겪은 오키나와 주민들에게서 깊은 인상을 받았다고 한다. 그것이 그가 폭력적인 역사의 한편에서 운명을 개척해 나가는 사람들의 강인한 생명력을 즐겨 다룬 이유다.

더 읽어 봅시다

하이타니 겐지로는 중학생 아들을 잃은 중년 남자와 유복한 환경 속에서도 일요일마다 가출을 되풀이하는 소년의 만남을 통해 청소년기의 갈등과 방황을 섬세하게 그린 『나, 이제 외톨이와 안녕할지 몰라요(日曜日の反逆)』, 임시 교사인 구즈하라 준을 통해 학교란 그리고 교육이란 무엇인가를 간결하고도 힘 있는 문체로 묻는 『모래밭 아이들(砂場の少年)』, 부모의 이혼을 딛고 건강하게 성장해 가는 소녀의 이야기인 『소녀의 마음(少女の器)』과 같이 청소년과 교육 문제를 다룬 소설들을 썼다. 또한 인간의 낙천성과 상냥함, 생명의 의미를 이야기한 『내가 만난 아이들(私の出會つた子どもたち)』, 일제의 조선 침략, 제2차 세계대전과 오키나와 학살(반전과 평화), 기성 교육 제도에 대한 비판과 저항, 가난과 약함 등을 다룬 『우리와 안녕하려면』, 현대 일본의 그늘을 통해 인간에 대한 믿음을 말하는 『태양의 아이』 등을 통해 진정한 인류애를 보여 주었다.

신화의 땅 아테네, 시대의 증언을 찾아서

에우리피데스의 비극과 호메로스의 서사시

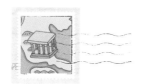

오늘날 그리스는 올림픽의 발상지이자 『그리스인 조르바(*Vios ke Politia tu Aleksi Zorba*)』로 상징되는 정열의 나라이다. 무엇보다 그리스는 신들의 숨결이 느껴지는 신화의 땅이다. 그리스 사람들은 올림포스 산에 인간과 똑같이 사랑하고 질투하며 갈등하는 신들이 산다고 여겼다. 최고신 제우스와 그의 아내 헤라, 태양과 의술·음악을 관장하는 아폴론, 수렵의 신이자 처녀의 수호신인 아르테미스, 미와 사랑의 여신 아프로디테, 지혜와 전쟁의 여신 아테나 등.

이들이 단골로 등장하는 그리스의 문학과 예술 작품에는 '신들이 인간 세상을 보살펴 주는 만큼 인간도 신이 정해 준 운명에 따라야 한다'는 사고방식이 깃들어 있다. 신화의 향기가 묻어나는 그리스 아테네(Athínai)를 찾아가, 그리스의 문학과 예술이 그리스 신화를 낳으면서 인류 문화에 끼친 영향은 무엇인지 살펴보면 어떨까?

🏛 아테네, 그리스의 심장이자 인류 문화의 고향

크레타(Crete)로 가는 비행기는 없었다. 일본이 자랑하는 세계적인 국제공항에서 길이 260킬로미터가 넘는 그리스 최대의 섬으로 직접 날아갈 수 없다고? 공항 안내 책자를 들여다보며 비행기 운항 노선도까지 열심히 살폈지만 헛수고였다. 나리타[成田] 공항에서 크레타까지 직항 노선이 있으리라 섣불리 속단하고 고베를 떠난 게 잘못이었다.

어쩔 수 없다. 일단 아테네로 가서 국내선 비행기를 타면 되겠지. 그전에 아테네를 둘러보고 가면 고대로부터 현대에 이르는 시대정신을 훑어 낼 수 있을 테다.

어느덧 비행기 창 너머로 고대 아테네의 유적들이 하나둘 눈에 들어온다. 아테네, 수호 여신의 이름을 본뜬 이 도시에서 고대 그리스의 도시국가(polis)들은 그리스 신화로 하나 되어 학문의 기틀을 세웠고, 동방 문명과 만나 헬레니즘(Hellenism)*을 꽃피우면서 서양 문명의 기원을 이루었다. 이로써 아테네는 그리스를 넘어 서양 문명의 강력한 수도이자 인류 문화

헬레니즘
알렉산드로스 대왕의 동방 원정을 계기로, 고대 그리스의 문화가 오리엔트 세계와 만나 이루어진 사상과 문화를 가리킨다. 헤브라이즘과 함께 서구 문명을 지탱해 온 두 기둥이라 할 수 있다.

의 영원한 고향으로 성장할 수 있었다. 아테네는 단지 그리스의 오래된 수도가 아니다.

나는 지금 아테네 한복판의 신타그마 광장(Plateia Syntagmatos)에 서 있다. 기원전 335년, 아리스토텔레스는 이 자리에 리케이온(Lykeion) 이라는 학교를 열었다. 그 당시만 해도 이곳은 울창한 숲이어서, 아리스토텔레스와 제자들은 나무 그늘 아래를 천천히 거닐며 진리를 탐구했다. 그래서 이들을 소요학파(逍遙學派, Peripatētikoi)라 부르기도 한다.

그전에는 아리스토텔레스의 스승 플라톤, 스승의 스승인 소크라테스가 있었고, 소피스트들의 활약 역시 빼놓을 수 없다. 그 앞 시대에도 자연과 만물의 근원(Arche)을 따지며 철학의 주춧돌을 놓은 학자들, 이를테면 밀레토스 학파*, 존재의 유일성과 불변성을 주장한 엘레아 학파*, 수(數)를 만물의 기원으로 본 피타고라스 학파가 존재했다. 아리스토텔레스 사후(死後)에도 금욕을 중시한 스토아 학파, 쾌락을 중시한 에피쿠로스 학파, 신플라톤 학파* 등이 아테네를 '그리스의 심장'으로 만들었다. 그 덕분에 고대 그리스는 다시금 '유럽의 두뇌'로 자리 잡을 수 있었고, 마침내 아프리카와 아시아의 오리엔트 문명과 만나 인류의 지혜로 뻗어 갔다.

심호흡을 몇 번 크게 한 다음, 플라카 지구*로 발

밀레토스 학파
기원전 6세기경 이오니아 지방을 중심으로 활동했다고 해서 '이오니아 학파'라고도 부른다. 자연 현상의 원인을 그 내부에서 찾고자 논리적 사유의 길을 열었다. 탈레스와 아낙시만드로스, 아낙시메네스, 헤라클레이토스 등이 여기에 속한다.

엘레아 학파
기원전 6세기 후반 남부 이탈리아의 엘레아를 중심으로 활동한 학파. 존재하는 모든 것은 존재 자체로 충만하며 존재와 대립하는 것은 아무것도 없다는 극단적 일원론을 주장했다.

신플라톤 학파
3세기 이후 로마 시대에 성립된 그리스 철학의 한 학파. 플라톤 철학에 동방의 유대 사상을 절충한 것으로, 신비적 직관과 범신론적 일원론을 주장하여 뒷날 독일의 관념론에 영향을 주었다.

걸음을 옮겼다. 거기에는 제우스 신전(Olympieion)을 비롯해 고대 아고라˚, 아크로폴리스˚ 등 아테네의 주요 문화재들이 모여 있다.

왼편으로 제우스 신전이 나타났다. 펠로폰네소스 반도 북서쪽에 있는 올림피아의 제우스 신전과 달리, 몇 개의 돌기둥이 하늘을 향해 찌를 듯 솟구쳐 있을 따름이다. 오른편으로 보이는 이정표에는 대로(大路)를 뜻하는 레오포로스(Leoforos)와 거리를 가리키는 오도스(Odos)란 단어가 들어간 지명이 눈에 띈다. 필레리논(Filellinon), 레오포로스 안드레아 싱그루(Leoforos Andrea Syngrou), 디오니시우 아레오파기투(Dionysiou Areopagitou), 칼리로이스(Kallirrois), 라구미치(Lagoumitzi) 등은 대로를 의미하며, 이보다 좁은 도로와 골목은 니코디무(Nikodimou), 니키스(Nikis), 페타(Peta), 피타쿠(Pittakou), 카치크리스투(Chatzichristou), 미차이온(Mitsaion), 카리아티단(Karyatidan) 등으로 표기한다.

이방(異邦)의 명칭인데도 낯설지가 않다. 수시로 아테네 지도를 보면서 이 이름들을 손가락으로 얼마나 더듬었던가. 아테네의 모든 길은 우리를 아득한 과거 속으로 걸어가게 한다. 그러면 수천 년 동안 인류를 비춰 온 그리스 문명과 만나게 되는데, 그 처음과 끝에는 언제나 아크로폴리스가 있다.

🏛 아크로폴리스, 세상을 내려다보다

아크로폴리스는 아테네 한가운데의 해발 156미터 언덕에 있다. 파르테논 신전과 에레크테이온 신전, 니케 신전 등이 있는 이 유적은 유네스코(UNESCO)가 지정한 세계문화유산이다. 평소에는 도시의 중추 역할을 하는 아크로폴리스지만 전시(戰時)에는 철통같은 요새로 변모한다. 서쪽에서만 올라올 수 있을 뿐 나머지 방향은 깎아지를 듯한 절벽과 탄탄하게 축조된 성벽으로 막혀 있다.

아크로폴리스에는 두 개의 야외극장이 있다. 남서쪽의 이로드 아티코스 음악당(Odeío Iródou Attikoú)은 161년에 대부호 아티코스가 죽은 아내를 기리며 지었다고 한다. 바로 여기서 2005년 우리나라의 성악가 조수미가 호세 카레라스와 합동 공연을 펼쳤다. 1993년에는 그리스 출신의 세계적 음악가 야니(Yanni)가 로열 필하모닉 오케스트라와 콘서트를 갖기도 했다. 그때의 공연 실황을 담은 앨범 〈아크로폴리스에서의 라이브(Live At Acropolis)〉의 선율이 환청처럼 내 귓가에 울린다.

아크로폴리스의 정상은 전 세계에서 몰려온 관광객들로 늘 북적댄다. 연간 1,400만 명가량이 이곳을 찾는다니 방문객 수가 그리스 인구 약 1,100만 명보다 많은 셈이다. 중국의 문필가 위치우위(余秋雨)*는 유럽 여행을 그리스부터 시작하고 싶었으나 늘 그러지 못했다고 털어놓았다. 지극히 신성한 곳이라 준비

> **위치우위(1946~)**
> 중국의 예술 평론가이자 문화사학자이다. 수많은 학술 저서뿐 아니라 역사와 문화를 주제로 한 수필과 기행문을 발표해 대중에게 널리 알려졌다. 현대 중국어의 아름다움을 구현하면서도 사색의 깊이를 두루 갖추었다는 평가를 받았다.

없이 그냥 가기가 꺼려졌다는 이유에서다. 가장 신성한 공간과 가장 세속적인 인간의 만남이라…….

문득 고개를 들어 시가지를 바라보았다. 시야 가득 펼쳐지는 아테네를! 상앗빛 벽과 하얀 기둥으로 된 신전들, 그 사이에 웅크린 나무들을. '신전의 도시' 아테네의 풍경은 언제 봐도 눈부시게 신성하고 가슴 떨리게 유장하다.

남동쪽 절벽으로는 디오니소스 원형극장(Théatro tou Dionýsou)이 내려다보인다. 지금은 흔적만 남아 있지만 객석만 64열, 한꺼번에 1만 4,000명이 관람할 수 있는 고대 그리스 최대 규모였다고 한다. 기원전 6세기에 만들어져 4세기경에 지금의 모습을 갖춘 이곳은 모든 서양 극장의 모태가 되었다. 기원전 4세기, 그리스 전성기였던 페리클레스(Perikles) 시대에 아테네 인구가 약 15만 명이었음을 감안할 때, 1만 4,000명이란 관객 수는 참으로 엄청난 숫자다. 신분과 계급을 따지지 않고 셈해도 10명당 1명꼴로 극장에 가서 연극을 즐겼다는 말이니까.

고대 그리스의 극작가들은 관객들을 마음대로 웃기고 울렸다. 희극이 활발히 공연되는가 하면, 아이스킬로스(Aeschylos)와 소포클레스(Sophocles), 에우리피데스(Euripides, 기원전 484?~406?)라는 '3대 비극 작가'가 나올 정도로 비극도 인기였다. 그리스 비극의 두드러진 특징은 작가가 남성인데도 작품에서 여성을 매우 적극적인 인물로 다룬다는 점이다. 에우리피데스는 가장 독특하고 개성적인 여주인공을 창조했는데, 기원전 431년에 공연된 『메데이아(Medeia)』만 해도 그렇다. 주인공 메데이아는 바람난 남편이 자신과 이혼하려 하자 남편의 정부(情

婦), 심지어 자신의 자녀들까지 죽여 가며 정당한 아내의 자리를 빼앗는 만행에 강력하게 항거한다.

사람들은 남자가 전쟁에 나가 있는 동안 우리 여자들이 집 안에서 편안하게 생활한다고 말해요. 그런 그들은 정말 멍청한 사람들이에요! 나는 아이를 한 번 출산하느니, 차라리 중무장한 보병(步兵)들로 이루어진 팔랑크스(phalanx) 대형*에 들어가 세 번 싸우겠어요.

『메데이아』, 『고대 그리스의 역사』에서 재인용, 215쪽

에우리피데스의 또 다른 비극 『멜라니페(Melanippe)』의 주인공 멜라니페 역시 아녀자들을 무시하는 아테네 남자들을 격렬하게 비난한다.

남자들이 여자들에게 퍼붓는 비난이란 공허한 거예요. 화살 없이 저 혼자 윙윙거리는 활대의 소리와도 같아요. 여자들은 남자들보다 나아요. 난 그걸 증명할 수 있어요. 여자들은 자기의 정직을 증거하는 증인이 없더라도 합의서를 체결할 수 있어요. (……) 여자들은 가정을 관리하고 귀중한 재산을 보존해요. 아내가 없다면 그 어떤 가정도 깨끗할 수 없고 또 번영의 행복을 누리지 못해요. 그리고 신들과 관련된 문제에 있어서(사실 이게 우리의 가장 중요한 공헌이에요) 우리는 커다란 몫을 하고 있어요. 델피의 신탁에서 우리는 아폴론의 의지를 읽어 내요. 도도나의 제우스 신탁에서는 그걸 알고 싶어 하는 그리스인에게 제우스의

의지를 알려 줘요. 남자들은 '운명'과 기타 무명 여신들의 의식을 제대로 수행하지 못해요. 하지만 여자들은 그걸 아주 잘하지요……

『멜라니페』, 『고대 그리스의 역사』에서 재인용, 217쪽

약 2,500년 전 연극의 대사인 멜라니페의 발언은 오늘날 여성 운동가 못지않게 당당하고 주체적이다. 그녀는 '정치 참여만 허락되지 않았을 뿐, 여성은 어떤 남자에게도 뒤지지 않는다'는 자부심에 가득 차 있다. 에우리피데스, 수천 년의 세월을 뛰어넘은 그의 혁명적 사고에 다시 한 번 경외심을 품게 된다.

🏛 아테네와 그리스의 자부심, 파르테논

아테네와 그리스를 상징하는 신전, 파르테논. 아테네에서 가장 높은 곳에 세워진 파르테논은 많은 사람들의 착각과 달리, 제우스가 아니라 아테네에서 가장 숭앙받는 여신 아테나에게 바쳐진 신전이다. 반면에 제우스의 신전은 기원전 6세기에 짓다가 중단되고 겨우 서기 2세기경 완공되었다. 그나마 3세기경에는 파괴되었고, 방치된 석재들은 뒷날 아테네의 다른 건물을 짓는 데 석자재로 쓰였다. 신화 속에서는 천둥과 번개를 휘두르는 무시무시한 제우스였지만 정작 그리스의 수도, 신전의 도시 아테네에서는 체면치레조차 하지 못했다. 파르테논은 아테네의 황금시대*를 연 정치가 페리클레스의 주도 아래 기원전 447년 짓

기 시작해 기원전 438년에 완공되었다. 아크로폴리스 서쪽 입구의 거대한 문과 파르테논을 짓는 데 지금 돈으로 10억 달러가 들었다고 한다. 파르테논은 그야말로 천문학적인 비용이 든 당대의 국가적 사업이었던 것이다.

파르테논은 무려 23만 톤의 최고급 아티카 대리석을 써서 길이 70미터, 폭 30미터의 장방형으로 지은 건축물이다. 도리아 양식*의 돌기둥을 동서 면에는 각각 8개, 남북 면에는 17개를 줄지어 세워 보통 6개와 13개씩 배치한 다른 건축물보다 장중하면서도 강인한 느낌을 준다. 신전 내부에는 갑옷을 입고 1.8미터의 니케 조각상을 손바닥 위에 올려놓고 있는 12미터 높이의 웅장한 아테나 여신상이 있었다고 한다. 신전 안팎의 벽에는 이오니아 양식*으로 꾸민 섬세한 조각품들이 눈에 띈다. 아테네 신을 기리는 시민들과 이들을 축복하는 신들을 표현하기 위해 신과 시민들의 모습을 함께 그린 점이 특별하다. 이는 유례없는 시도로서, 신을 중심으로 모시는 아테네 시민들만이 축복을 받는다는 자부심의 표현이었다.

파르테논은 잦은 외침(外侵)으로 여러 차례 파괴되었다. 투르크의 지배를 받던 19세기 초반에는 심지어 영국 대사 엘긴 경이 파르테논에 남아 있던 대리석 조각상들을 뜯어 본국으로 가져가기까지 했다. 엘긴 마블(Elgin Marbles)이라 불리는 이 '도난품'들이 대영박물관에 버젓이 전

황금시대
사회의 진보가 최고조에 이르러 문학과 예술, 과학 등 다방면에서 이상적 발전을 이루어 행복과 평화가 가득 찬 시대를 말한다.

도리아 양식
도리아인이 살던 펠로폰네소스 반도에서 시작되어 본토 각지, 이탈리아 남부, 시켈리아(시칠리아)로 전파된 건축 양식. 도리아식, 혹은 도리스식이라고도 불린다.

이오니아 양식
아테네 전성기 때 이오니아 지방에서 생겨나 1세기가량 성행한 우아하고 경쾌한 건축 양식

시되어 있으니, 위치우위의 명쾌한 지적처럼 파르테논은 "문명의 연속에 대한 상징이자 문명 수난의 상징"일 수밖에.

이러니 그리스 정부가 문화재의 반환을 계속 요구하는 것은 당연한 일이다. 그리스인들에게 파르테논은 무엇보다 소중한 문화유산이자 국가의 상징으로, '그리스 그 자체'라 해도 지나친 말이 아니다.

그리스 문화부 장관을 역임한 멜리나 메르쿠리는 이렇게 말하기도 했다. "파르테논의 문화재가 내가 죽기 전에 그리스로 돌아오길 희망한다. 만약 내가 죽은 후에 돌아온다면 나는 반드시 부활할 것이다."

문화재를 빼앗긴 쪽이 애초부터 잘못이었다고 지적할 수 있다. 또한 문화재를 제대로 관리 못 한 그간의 사태를 스스로 반성하는 자세도 필요하다. 하지만 빼앗아 간 쪽은 그보다 앞서 문화재를 원래의 자리에 돌려 놓아야 할 의무가 있다. 그래야 문화재가 제 역할을 온전히 다할 수 있다는 점도 중요하다.

🏛 호메로스의 서사시, 그리스 문명과 신화의 뿌리

고대 그리스인은 자신들의 신과 영웅을 앞세워, 우주의 본질을 꿰뚫는 종교 고유의 의식을 통해 신화를 만들어 냈다. 그리스 문명의 출발점이라 할 신화가 체계적으로 형성될 수 있었던 것은 문학 작품 덕분이다. 그리스 작가들은 그리스 신화를 완성했을 뿐 아니라, 그리스 문명이 다시 세계의 문화로 확대되는 데 크게 기여했다.

오늘날 그리스 신화는 주로 그리스 문학 작품을 통해 알려졌다. 지금까지 알려진 것 가운데 가장 오래된 문학 작품인 호메로스(Homeros, 기원전 800?~750)의 『일리아스(Ilias)』와 『오디세이아(Odysseia)』(기원전 9~8세기)는 트로이 전쟁을 둘러싼 사건들과 올림포스 산정에 있는 신들의 세계에서 벌어지는 일에 초점을 맞추고 있다.

호메로스와 거의 같은 시대에 살았던 헤시오도스(Hesiodos)의 「신통기(Theogonia)」와 「일과 나날(Ergakai Hemerai)」이라는 두 편의 시에는 우주의 기원, 신들의 계보, 인간 시대의 계승, 인간이 겪는 고통의 기원, 제물을 바치는 풍습과 기원에 대한 이야기가 들어 있다.

호메로스 시대의 송시(頌詩)와 트로이 전쟁에 대한 서사시의 단편들(호메로스 작품군), 핀다로스 등의 서정시, 기원전 5세기에 활동한 비극 작가 아이스킬로스, 소포클레스, 에우리피데스 등의 작품, 헬레니즘 시대(기원전 323~330년)에 활동한 칼리마코스, 에우헤메로스, 로도스의 아폴로니오스 등 학자와 시인들의 저술, 플루타르코스와 파우사니아스 등 로마 제국 시대에 활동했던 작가들의 작품에도 신화가 실려 있다.

인터넷판 「브리태니커 백과사전」 중

특히 호메로스의 서사시 『일리아스』와 『오디세이아』는 그리스 신화의 탄생에 결정적인 역할을 했다. 실제로 이들 서사시는 운명과 맞닥뜨린 인간의 삶을 흥미진진하면서도 함축적으로 보여 준다. 기원전 900년경에 지어졌다고 추정되는 이 두 작품은 그리스인을 비롯한 서구 사회의 교육과 문화에 큰 영향을 미쳤다. 이를테면 등장인물들이 우정과 신의를 중시하는 태도만 해도 그리스의 암흑시대를 황금시대로 바꾸는 데 크게 이바지하였다.

트로이의 옛 이름 '일리오스'에서 제목을 따온 『일리아스』는 펠로폰 네소스 반도의 미케네와 그리스 연합군이 트로이를 상대로 벌인 트로 이 전쟁에 대한 이야기로, 무려 1만 5,693행으로 이루어져 있다. 트로 이의 왕자 파리스가 미케네 국왕 메넬라오스의 아내 헬레네를 유혹하 여 본국으로 데려간 사건이 전쟁의 발단이다. 그리스 연합군의 아킬레 우스와 오디세우스, 트로이군의 헥토르와 아이네이아스 등 숱한 영웅 과 신들이 얽혀 10년 동안 계속된 이 전쟁은 신들이 각기 다른 쪽을 편드는 바람에 승패가 나지 않다가 목마를 이용한 오디세우스의 계책 에 힘입어 트로이가 함락되면서 연합군의 승리로 끝난다.

승전의 기쁨을 안고 대다수의 그리스인들은 무사히 고향으로 돌아 갔다. 하지만 이타카의 국왕 오디세우스는 항해 도중 배가 폭풍으로 난파되는 등 10년 동안 온갖 고난을 겪는다. 그와 부하들의 험난한 여 정을 그린 작품이 바로 '오디세우스의 노래'란 뜻의 1만 2,110행으로 된 서사시 『오디세이아』다. 오디세우스가 온갖 어려움을 극복하고, 아 내 페넬로페에게 결혼하자며 행패를 부리던 무뢰한들을 물리치고 가 족과 재회한다는 내용은 모험과 귀환의 전형적인 이야기로, 영웅 소설 의 원형으로 손꼽힌다.

만일 『일리아스』와 『오디세이아』가 없었다면, 미케네는 단순히 군사 력의 우위만 뽐내다가 홀연히 사라졌을 것이다. 즉, 호메로스의 서사시 가 '미케네의 불꽃'을 그리스 문명의 정신적인 바탕으로 승화시켰다. 이는 진정한 힘은 문화와 문명에서 나온다는 진리를 확실히 보여 준다.

다시 말해서 이름 없는 민중을 비롯하여 널리 알려진 그리스 작가들이 없었다면, 그래서 그리스의 온갖 지혜와 상상이 온전하게 형상화되지 않았다면, 그리스 문명은 제대로 태어나지 못했을 것이다. 나아가 연극과 철학, 미술과 건축 등이 만개한 황금시대가 없었다면, 그리스가 유럽 문명과 인류 문화에 어떠한 비전도 제시할 수 없었을 것이다.

이런저런 생각에 잠겨 있다가 자리를 뜬다. 땅거미가 지고 어둠이 내리면 아크로폴리스의 야경은 더욱 빛나리라. 인류의 암흑을 밝혀 온 신화와 문명의 땅, 그리스. 비록 오늘날에는 세계사의 중심이 아니라 하더라도, 아크로폴리스는 여전히 인류의 앞날을 밝혀 줄 것이다. 우리의 아크로폴리스는 어디에 있는가. 우리의 호메로스여, 당신은 어디에 있는가. 아, 우리의 신화를 만들어 줄 아크폴리스와 멋진 서사시들은 어디에 있는가.

문학 수첩

호메로스를 둘러싼 '진실 혹은 거짓'

『일리아스』와 『오디세이아』는 호메로스의 창작물일까? 이 문제에 대해 독일의 저명한 고전학자 프리드리히 볼프(Friedrich Wolf)는 『일리아스』와 『오디세이아』에 모순되는 내용이 많다는 점을 근거로, "호메로스는 기존의 서사시들을 모아서 노래했을 뿐"이라 주장했다. 그 연장선상에서 '호메로스는 가상의 인물'이라는 의견까지도 나왔다. 하지만 최근 들어 "『일리아스』의 예술적인 통일성을 고려할 때 단순히 민간의 구비 문학이라 보기는 어렵다"는 견해가 부각되면서, 호메로스는 다시 실존 인물로 평가되고 있다.

더 읽어 봅시다!

고대 그리스의 3대 비극 작가 소포클레스·아이스킬로스·에우리피데스의 『그리스 비극(Bakchai)』은 인간에 대한 치열한 성찰의 결과물로, 오늘날까지 인류의 예술과 사상, 종교, 역사 전반에 영향을 끼쳤다. 이 시대 최고의 이야기꾼이자 신화학자 고(故) 이윤기의 『그리스 로마 신화 1~5』와 『길 위에서 듣는 그리스 로마 신화』는 그리스 신화를 처음 접하는 이들을 위한 좋은 길라잡이다.

자유로운 영혼을 찾아
크레타 섬으로

니코스 카잔차키스, 『그리스인 조르바』

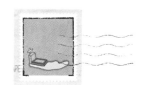

니코스 카잔차키스(Nikos Kazantzakis, 1883~
1957)는 사실과 허구를 뒤섞어 쓴『영혼의 자서전(*Anaforá ston Nkréko*)』
에서 이렇게 고백했다. 책이야말로 영혼의 양식이라 믿고 있는 평범한
우리에게는 언뜻 이해가 가지 않는 말이다.

힌두교 신자들은 '구루'라 부르고, 수도승들은 '아버지'라 부르는 삶의
길잡이를 선택해야 하는 문제가 주어졌다면 나는 틀림없이 조르바를 택
했으리라. (······) 굶주린 영혼을 만족시키기 위해 오랜 세월에 걸쳐 책과
선생들에게서 받아들인 영양분과, 겨우 몇 달 사이에 조르바에게서 얻

은 꿋꿋하고 용맹한 두뇌를 돌이켜보면 나는 격분과 쓰라린 마음을 견디기가 힘들다.

『영혼의 자서전』, 619~620쪽

카잔차키스가 조르바에게서 찾아낸 삶의 빛은 과연 무엇이었을까? 그리스의 크레타 섬을 찾아가, 에게 해(Aegean Sea)를 넘어 지구촌 전체를 뒤흔든 조르바의 외침에 한껏 귀 기울이고 싶다.

고대 문명의 고향에서 새롭게 태어나기

확인해 보니 아테네에서 크레타까지 비행시간은 고작 50분이란다. 고베에서 아테네까지 장거리 비행에 지쳤던지라 안도의 숨을 내쉬던 순간, 퍼뜩 머릿속에서 항구 이름이 하나 떠올랐다. 피레우스(Piraeus), 피레아스(Pireas), 피레에프스(Piraiévs)라고도 불리는 그리스 제3의 항구도시다. 아테네에서 20분 정도 지하철을 타면 되니 거기서 크레타로 가는 배를 타자.

소설 속 화자가 주인공 조르바를 처음 만난 곳도 피레우스 항구였다. 여기서 매일 밤 9시에 출발하는 대형 페리 아네크 라인(ANEK Lines)을 타고 9시간 정도 가면 크레타 섬의 이라클리온(Iraklion) 항구에 도착한다.

음, 배에서 한숨 자고 일어나면 새벽녘에는 미노아 문명*의 고향, 크레타를 볼 수 있겠군. 일정은 늦춰지겠지만 나쁘진 않다. 아니, 아주 좋다. 어차피 여행은 일상의 틀에서 벗어나는 행위인 것을. 단조롭게 짜놓은 시간표대로 움직인다면 여행이라 보기 힘들다. 자신의 출생(出生)을 스스로 좌우할 수 없는 게 인간이지만, 여행은 그런 인간이 완전히 다른 시간과 공간을 직접 선택해 자신을 거듭 낳는 '출산(出産)'이다. 자신을 스스로 새롭게 출산하는 행위가 바로 여행인 것이다.

아네크 라인이에게 해를 가로지르는 동안, 나는 꼼짝 않고 깊이 잠을 자리라. 출렁거리던 배가 마침내 부두에 닻과 로프로 자신을 단단히 고정하면, 새벽까치처럼 경쾌한 발걸음으로 뱃전을 박차며 뭍으로 뛰어오르리라. 하룻밤의 항해가 데려다 준 낯선 시공간, 낯선 사람들 사이에서 나는 나 자신을 새롭게 출산할 것이다. 여행은, 삶과 현실이 안팎으로 만나고 접히며 이어지는 '거대한 책'을 넘기는 행위인 듯싶다.

차가운 바닷바람을 맞으며 여객선에 오를 때, 문득 『그리스인 조르바』의 첫 대목이 떠올랐다. 부드러움과 격렬함이 뒤섞여 거대한 광휘로 풀려 나가는 이 시각, 소설은 피레우스 항구의 새벽에서 시작한다.

항구 도시 피레에프스에서 조르바를 처음 만났다. 나는 그때 항구에서 크레타 섬으로 가는 배를 기다리고 있었다. 날이 밝기 직전인데 밖에서는 비가 내리고 있었다. 북아프리카에서 불어오는 시로코(sirocco)* 바람이, 유리문을 닫았는데 파도의 포말을 조그만 카

미노아 문명
지중해 동부의 에게 해 주변 지역에서 번영한 고대 문명으로 에게 문명, 또는 크레타 문명이라고도 한다.

시로코
사하라 사막 지대에서 지중해 주변 지역으로 부는 온난·습윤한 바람으로, 먼지와 모래를 동반한다.

페 안으로 날렸다. 카페 안은 발효시킨 샐비어 술과 사람 냄새가 진동했다. 추운 날씨 탓에 사람들의 숨결은 김이 되어 유리창에 뽀얗게 서려 있었다. 밤을 거기에서 보낸 뱃사람 대여섯이 갈색 양피(羊皮) 리퍼 재킷 차림으로 앉아 커피나 샐비어 술을 들며 희끄무레한 창 저쪽의 바다를 바라보고 있었다. 사나운 물결에 놀란 물고기들은 아예 바다 깊숙이 몸을 숨기고 수면이 잔잔해질 때를 기다릴 즈음이었다. 카페에 북적거리고 있는 어부들은 폭풍이 자고 물고기들이 미끼를 쫓아 수면으로 올라올 때를 기다렸다. 혀가자미, 달강어, 홍어가 밤의 여로(旅路)에서 돌아올 시각을 기다리는 것이었다. 날이 밝아 오기 시작했다.

『그리스인 조르바』, 7쪽

조르바는 현대 그리스 문학을 대표하는 작가 니코스 카잔차키스가 창조한 자유인의 전형이다. 실제 인물을 모델로 삼은 이 작품은 작가 자신과 그리스의 꿈이 '자유' 그 자체임을 보여 주며, 단숨에 세계적인 고전의 반열에 올랐다.

세상에 염증을 느낀 지식인이자 소설가인 '나'는 우연히 알렉시스 조르바를 만나 크레타에서 탄광 사업을 벌인다. 러시아 사회주의에 빠져 있는가 하면, 불경을 베껴 쓰고 석가모니에 관한 원고를 집필하면서 자신의 욕망을 절제해 온 '나'는 자유인 조르바에게 압도되어 무엇이 진정으로 가치 있는 삶인지 깨닫게 된다. '가망 없는 펜대 운전사'이기에 조르바처럼 살아갈 수는 없다 해도, 마음속 깊이 조르바를 품고 영혼의 자유를 느끼게 된 것이다. 소설에 나오는 '나'의 독백은 조르바야말로 선지자 못지않게 위대한 존재이자, 새로운 가치를 만들어 낼 줄 아는 창조적 존재임을 암시한다.

광산 사업에는 실패했지만 소중한 깨달음을 얻은 덕분에 '나'는 부활하듯 크레타를 떠난다. 나 역시 크레타로 가면 소설 속의 '나'처럼 부활할 수 있을까. 수많은 원고 더미 속에서 빠져나와 크레타의 맑고 투명한 햇살과 바다, 올리브 나무들 사이에서 절대 자유를 품을 수 있을까. 아, 한시라도 빨리 조르바를 만나고 싶다.

조르바, 절대 자유를 품은 삶의 창조자

나도 모르게 저절로 눈이 떠졌다. 요람에서 잔 듯 편안한 잠이었다. 새벽 6시, 바다는 깊고 푸른 어둠 속에 잠겨 있다. 에게 해를 거쳐 크레타 해로 들어온 페리호의 선창(船窓) 밖으로, 이제 곧 어둠이 여명의 햇살에 정갈하게 투과되듯 사라지리라. 그리고 세상 모든 존재가 자신만의 빛깔을 서서히 드러내겠지. 사물의 색깔은 단지 빛의 산란에서 오는 물리적 결과가 아니다. 오히려 존재 깊숙이 숨어 있던 빛들이 부화하는 초월적 과정이다.

크레타에서는 연중 300일 이상 해를 볼 수 있다. 일찍이 호메로스도 『오디세이아』에서 이곳을 '포도주처럼 검붉은 바다 한복판에 있는 아름답고 풍요로운 땅'이라 불렀다고 한다. '신들의 아버지'인 제우스가 태어난 곳이자 크레타 문명의 화려한 고향이다.

가만히 귀 기울이면, 항구로 돌아오는 배들의 엔진 소리가 저 멀리서 들려올 것만 같다. 하지만 어제 저녁에 떠나온 피레우스의 왁자지껄한 풍경과 달리, 새벽녘 이라클리온의 거리는 아직 깊은 잠에서 깨어나지 않고 있다. 나는 이 침묵의 순간이 좋다.

거리 곳곳에 '조르바'라는 이름의 상점들이 보인다. 조르바는 이미 세계적인 인물이다. 그의 캐릭터가 이제는 노쇠한 크레타 섬의 굵직한 관광 수입원이 된 것은 1964년 마이클 카코야니스(Michael Cacoyannis)가 감독한 영화 〈그리스인 조르바〉 덕분이다. 걸걸한 목소리와 활달한 몸짓, 깊은 바닷속 같은 눈동자, 키가 190센티미터에 육박하는 훤칠한 배우 앤서니 퀸(Anthony Quinn)은 조르바를 훌륭하게 연기했다. 소설을 읽을 때마다 영화 속 그의 이미지가 겹쳐질 정도다.

특히 사업 실패로 낙담한 '나'에게 조르바가 춤을 추며 부추기는 마지막 장면은 영화사에 길이 남을 정도로 압권이었다. 영혼의 자유, 진정으로 자유로운 삶이란 무엇인지 보여 주는 명장면이다.

그래서일까, 이 대목이 원작에 나온다고 착각하는 사람이 꽤 많다. 하지만 소설에서 두 사람은 함께 술을 마시며 대화를 나눌 뿐이다. 그러다가 해변으로 성큼성큼 다가간 조르바. 그는 바닷물 찰랑거리는 곳에 이르자 자갈밭에 거리낌 없이 팔다리를 쭉 뻗고 눕는다.

이렇게 조르바가 지면(紙面)에서 스크린으로 눈부시게 넘어올 수 있었던 것은 그리스 민속 악기 산투리의 음률 그리고 주제가를 부른 미키스 테오도라키스(Mikis Theodorakis) 덕분이기도 하다. 조르바가 즐겨 연주하던 산투리의 아름다운 선율에 더하여, 그리스 최고의 작곡가이자 가수인 테오도라키스의 참여가 있었기에 자유의 상징 조르바는 '세계적인 문화 상징'으로 자리매김할 수 있었던 것이다.

조르바는 학교 문 앞에도 가 보지 못했고 그 머리는 지식의 세례를 받은 일이 없다. 하지만 그는 만고풍상을 다 겪은 사람이다. 그래서 그 마음은 열려 있고, 가슴은 원시적인 배짱으로 고스란히 잔뜩 부풀어 있다. 우리가 복잡하고 난해하다고 생각하는 문제를 조르바는 칼로 자르듯, 알렉산드로스 대왕이 고르디아스의 매듭*을

> **고르디아스의 매듭**
> '아무리 애를 써도 해결하기 어려운 문제' 또는 '대담한 행동으로 복잡한 문제를 해결하는 일'을 뜻한다. 고르디아스는 프리지아의 왕이 된 기념으로 신전에 복잡한 매듭을 지어 마차를 묶어 두었다. 그 매듭을 푸는 사람이 아시아의 지배자가 될 거라는 신탁이 전해졌으나 성공한 사람이 없었다. 어느 날, 원정 도중 여기에 들러 매듭을 풀려던 알렉산드로스 대왕은 뜻대로 안 되자 칼로 잘라 버렸다. 그 결과 그는 아시아를 호령하게 되었지만, 칼에 잘린 매듭이 여러 조각으로 나뉜 것처럼 그가 정복한 땅도 4개 지역으로 나뉘었다.

자르듯이 풀어낸다. (……) 우리들 교육받은 자들이 오히려 공중을 나는 새들처럼 골이 빈 것들일 뿐…….

같은 책. 94쪽

아침마다, 아니 매 순간마다 세계는 새롭게 다가온다. 그런 의미에서 날마다 세계를 새롭게 대할 줄 아는 조르바는 '영원한 창조자'다. 그는 인간의 알량한 지식으로부터 멀찍이 떨어져 있기에 세상 그 무엇에도 얽매이지 않았으리라. 진정한 창조란, 기존의 지식에서 자유로울 때 비로소 가능한 법이니까.

조르바는 언제나 모든 일에 미친 듯 거침없이 빠져든다. 도자기 만들기에 열중하다가 녹로 돌리는 데 방해된다며 손가락을 미련 없이 자른 그는 자신이 원하는 삶을 한껏 누리는 무한 자유인이다.

"참, 그게 녹로 돌리는 데 자꾸 걸리적거리더란 말입니다. 이게 끼어들어 글쎄 내가 만들려던 걸 뭉개어 놓지 뭡니까. 그래서 어느 날 손도끼를 들어……."

"아프지 않던가요?"

"그게 무슨 말이오. 나는 쓰러진 나무 그루터기는 아니오. 나도 사람입니다. 물론 아팠지요. 하지만 이게 자꾸 걸리적거리며 신경을 돋우었어요. 그래서 잘라 버렸지요."

같은 책. 29쪽

조르바는 술이나 여자, 담배 등 세상 모든 쾌락으로부터도 자유롭다. 억지로 끊겠다며 얽매이느니, 마음껏 즐기다가 싫증나면 끊으면 된다, 뭐 이런 식이다. 세상 어떤 굴레가 그를 옥죌 수 있을까. 조르바는 인간이 진정으로 인간다우려면 모든 구속에서 자유로워져야 한다는 사실을 깨닫게 해 준다.

영혼의 자유를 누리다 간 니코스 카잔차키스

이라클리온 항구는 중세 때 베네치아인들이 쌓았다는 성벽으로 둘러싸여 있다. 항구에서 30분쯤 걸어 성곽을 따라 언덕 높은 곳으로 올라가면 크레타 해가 한눈에 들어온다. 바로 거기에 카잔차키스의 무덤이 자리하고 있다. 깊고 푸른 물결이 출렁이고, 꼭 그만큼의 바람이 함께 부는 그곳에 서서 나는 그의 유명한 묘비명(墓碑銘)을 천천히 새겨본다. "나는 아무것도 원하지 않는다. 나는 아무것도 두려워하지 않는다. 나는 자유다."

그리스 정교회는 카잔차키스의 작품을 신성 모독(神聖冒瀆)이라며 격렬하게 비난한 바 있다. 하지만 카잔차키스는 목숨을 바쳐 진정한 자유를 선택할 때 비로소 참다운 삶의 의미를 길어 올릴 수 있다고 강조한다. 번역가 고(故) 이윤기의 말처럼 '보이는 것과 보이지 않는 것', '육체와 영혼', '물질과 정신'이 하나 되어 진정한 자유를 누리는 순간, 비로소 메토이소노*가 이루어져 인간다운 삶이 보장되는 것이다. 『그리스인 조르바』가 전하는 궁극적인 메시지가 무엇인지 곱씹게 하는 대목이다.

나는 타파해야 할 것이 무엇인가는 잘 알고 있었다. 그러나 그 폐허에 무엇을 세워야 하는지 알지 못했다. 나는 생각했다. (……) 낡은 세계는 확실하고 구체적이다. 우리는 그 세계를 살며 매 순간 그 세계와 싸운다. 그 세계는 존재한다. 미래의 세계는 아직 오지 않았다. 환상적이고 유동적이고 꿈이 짜낸 빛의 천이다. 보랏빛 바람, 곧 사랑과 증오, 상상력, 행운, 하느님에 둘러싸인 구름이다. 이 땅의 아무리 위대한 선지자라도 이제는 암호 이상의 예언을 들려줄 수 없다. 암호가 모호할수록 선지자는 위대한 것이다.

같은 책, 92~93쪽

크레타에는 그리스 신화 속 미궁(迷宮)으로 유명한 크노소스 궁전이 있다. 크레타의 아리아드네 공주가 칼과 실 뭉치를 빌려 준 덕분에, 그리스의 영웅 테세우스는 반인반우(伴人伴牛)의 괴물 미노타우로스를 처치하고 미궁에서 탈출할 수 있었다. 테세우스가 아리아드네를 데리고 크레타를 떠난 뒤, 크레타 문명은 그리스 문명에 편입되었다. 제우스의 산이 있는 크레타는 역사의 뒤안길에 묻히고 만 것이다.

그러나 1900년 영국 고고학자 아서 에번스(Arthur Evans)는 크노소스 궁전을 발굴하여 이것이 단순히 신화 속의 미궁이 아니었음을 알려 주었다. 신화는 단지 가공의 상상만은 아니다. 신화와 현실은 서로 복잡하게 얽히며 인간의 세계를 만든다. 이러한 순간은 인간을 인간답게 만든다.

내일 새벽, 나는 크레타를 떠난다. 소설에서 크레타를 찾은 '나'가 조르바를 만나 새로운 삶에 눈을 뜨듯이, 나 역시 이곳에서 싱싱하게 부활한다. 삶이 회색빛으로 음울한가? 존재의 허무감에 시달리는가? 그렇다면 『그리스인 조르바』를 만나라. 그리스 신화에 나오는 그 어떤 초월적인 신이나 영웅보다 더 위대한 조르바여, 너와 나는 자유다.

문학 수첩

방랑과 투쟁의 작가, 니코스 카잔차키스

카잔차키스는 체질상 한곳에 머무르지 못했던 것은 물론, 사상 면에서도 방랑을 거듭했다. 니체(Friedrich Nietzsche)의 초인(超人) 사상에 심취하여 투쟁적·의지적 인간을 가장 이상적인 인간형으로 여긴 그는 한때 불교 사상과 러시아 사회주의에 매료되었고, 기독교에 깊이 빠져들기도 했다. 이러한 정신적 편력은 그의 성장 배경과도 관계가 깊다. 고향인 크레타 섬이 터키의 지배 아래 놓여 있었기에, 그는 유년 시절부터 기독교 박해와 독립 전쟁을 겪어야 했다. 이러한 현실은 훗날 그가 자유와 해방을 얻기 위한 3단계 투쟁을 계획하게 만든다. 그는 터키의 압제로부터의 해방이 첫 단계라면, 다음은 무지(無知)와 악의, 공포 등 인간 내면의 추상적 개념으로부터의 해방이 그 다음 단계이며, 마지막으로 모든 우상으로부터 해방되면 정신적 자유를 오롯이 누릴 수 있다고 보았다.

더 읽어 봅시다!

니코스 카잔차키스는 부유한 집안의 아들로 태어나 가난한 민중과 함께한 성 프란체스코의 일생을 그린 『성자 프란체스코(*O Ftochoúlis tou Theoú*)』, 1926년부터 1927년까지 지중해 연안을 여행하면서 마주친 현실과 사람들에 대한 감정과 철학을 옮긴 『지중해 기행(*Taxidévontas: Italía, Aígyptos, Siná, Ierousalim, Kýpros*)』, 인간 예수의 삶과 죽음을 그려내 바티칸으로부터 금서 판정을 받았으나 마틴 스콜세지 감독에 의해 영화화된 소설 『최후의 유혹(*O Teleftaíos Peirasmós*)』 등을 썼다.

꽃의 도시 피렌체, 성스러운 희극의 발자취

단테 알리기에리, 『신곡』

"진실한 사랑은 변하는 게 아니다. 마음을 다해서 사랑했다면 언젠간 꼭 만난다. 인연이 잠시 멀어져도 긴 시간 동안 먼 길을 돌고 돌아 결국 이렇게 그 사람 앞에 서게 된다."

일본 소설을 원작으로 현대인들의 메마른 가슴을 촉촉하게 적셔 준 영화 〈냉정과 열정 사이(冷靜と情熱のあいだ)〉에 나오는 대사다.

영화에서 남녀 주인공이 10년 뒤에 다시 만나기로 한 이탈리아의 산타 마리아 델 피오레(Santa Maria del Fiore)는 영원한 사랑을 믿는 연인들의 성지(聖地)로 통한다.

이 성당이 자리한 피렌체(Firenze)는 단테 알리기에리(Dante Alighieri,

1265~1321)를 비롯해 숱한 예술가와 학자를 배출한 르네상스 예술의 본고장이다. 인류 문명의 발상지 그리스를 돌아본 데 이어, 이제는 『신곡(La Divina Commedia)』으로 인문 정신의 화려한 부활을 이끈 단테의 고향 피렌체로 떠난다.

꽃보다 아름다운 피렌체, 르네상스의 산실

대성당 두오모(duomo)는 이탈리아 도시의 중심이다. 이탈리아인들은 도시를 건설할 때 두오모를 먼저 지은 다음 광장과 거리, 공공 기관 등을 차례로 지었다. 그런 까닭에 이탈리아에서 길을 잃는다는 건 거의 불가능하다. 어디서든 도시 한복판에 우뚝 서 있는 두오모가 등대 역할을 해 주기 때문이다. 두오모는 이탈리아 건축과 역사, 종교의 중심일 뿐 아니라 이탈리아인의 삶의 중심이다.

특히 피렌체에 있는 산타 마리아 델 피오레는 '꽃의 성모(聖母)'라는 뜻의 이름에 걸맞게 이탈리아에서도 첫손으로 꼽히는 두오모다. 106미터 높이의 아치 돔과 성당 내부를 감싸 오르는 466개의 계단이 화려하고도 웅장한 자태를 뽐낸다. 이곳 꼭대기에서, 나는 지금 한낮의 강렬한 햇빛 아래 반짝이는 피렌체를 내려다보고 있다.

주황색 양탄자처럼 뭉게뭉게 떠 있는 지붕이 인상적인 건물들 사이로 서로 휘감아 돌며 오랜 사연들을 도란거리는 골목길, 유명한 베키오 다리(Ponte Vecchio)를 어깨에 올린 채 유유히 흐르는 아르노

(Arno) 강, 도시 곳곳에 즐비한 문화유산들이 한눈에 들어온다. 아, 12년 만에 이 땅을 다시 밟게 되다니!

로마에서 북서쪽으로 233킬로미터 떨어진 피렌체는 중부에 자리한 토스카나 지방의 주도(州都)이자, '꽃의 도시'라는 뜻의 이름에 걸맞은 예술의 도시다. 인문 정신의 부활을 부르짖으며 유럽 전역으로 퍼진 르네상스의 싹이 움튼 곳이 바로 이곳이었다. 이리로 몰려든 수많은 천재들은 피렌체의 암술과 수술이 되어 화려한 예술과 문화를 꽃피웠고, 그 경이로운 모습에 유럽 전체가 열렬히 환호했으리라.

아쉬움을 뒤로한 채 두오모 꼭대기에서 내려왔다. 그 옆으로 그 당시 최고의 기량을 뽐냈던 건축가 조토 디 본도네(Giotto di Bondone)가 만든 종탑(鐘塔)이 보였다. 여기서 동남쪽으로 4~5분쯤 걸어가면 산타 크로체 성당(Basilica di Santa Croce)이 나타난다. 미켈란젤로와 마키아벨리, 갈릴레이, 로시니 등 피렌체 출신 유명 인사들의 무덤이 있는 곳이다.

하지만 뭐니 뭐니 해도 피렌체의 얼굴은 르네상스 시대를 연 불세출의 대문호 단테 알리기에리다. 산타 크로체 성당의 정문 오른쪽에는 단테의 동상이 당당하게 서 있다. 두오모 남쪽에 있는 단테의 소박한 생가(生家)를 거쳐 이 성당에 들르는 일정이 이탈리아 여행의 필수 코스인 것도 당연한 일이다. (그의 무덤은 라벤나 시에 있다.)

🏛 팔방미인 '르네상스 인간', 단테

중세 이탈리아는 로마 문화의 전통을 간직한 유서 깊은 곳이자, 지중해(Mediterranean Sea) 무역으로 번영을 누리던 경제 중심지였다. 부유한 상인과 군주들은 학자와 예술가들의 활동을 적극적으로 후원해 주었고, 자연스럽게 문예 부흥의 기반이 마련되었다.

그 당시는 신성 로마 제국 황제의 왕권(王權)과 로마 가톨릭 교황의 신권(神權)이 충돌하며 성(聖)과 속(俗)이 어지럽게 뒤섞인 혼돈의 시기였다. 이 무렵 새로운 시대를 만들려는 젊은 기운과 이를 막으려는 보수 세력이 복잡하게 엉켜들고 있었다. 시인이자 학자, 군인, 외교관, 정치가로서 눈부시게 활약한 단테는 그야말로 당대 최고의 멀티 플레이어(multiplayer)였으나 시대의 격랑(激浪)에 휘말려 망명지를 전전하면서 모진 고난을 겪었다. 하지만 그는 결코 이에 굴하지 않고, 현실 속에서 끊임없이 이상을 꿈꾸었다.

성스러운 희극
『신곡』의 제목은 '희극'을 뜻하는 코메디아(Commedia) 였다. 그러나 뒷날 보카치오가 이 작품에 담긴 고귀한 정신을 기리기 위해 '신성한(Divina)'이란 형용사를 붙였다. 그리하여 오늘날 『신곡』의 표기는 '성스러운 희극(La Divina Commedia)'이 되었다.

고향에서 쫓겨나 망명 생활을 해야 했던 기나긴 세월 동안, 단테는 세계 문학사에 빛나는 대작 『신곡』을 썼다. 그의 이름 앞에 붙는 '성스러운 희극*의 작가'라는 영광스러운 월계관은 결코 거저 얻어진 게 아니다.

인생의 반평생을 지냈을 무렵, 나는 바른 길에서 벗어나 어두운 숲 속에 들어서게 되었다. 그 숲이 얼마나 거칠고 무서웠던지 생각만 해도 두려움이 절로 솟아난다. 죽음도 그보다는 더 무섭지 않으리라.

그러나 나는 거기서 귀중한 선(善)을 만났으니, 내가 만난 선을 보여 주려면 거기서 본 다른 모든 것들도 말해야 하리라.

숲 속에 들어서서 그렇게 헤매다가 어느 언덕 기슭에 이르렀을 때였을 것이다. 내 마음을 무서움에 젖게 하던 골짜기가 끝나는 곳에서 눈을 들어 올려다보니 환히 타오르는 새벽 별빛에 휘감긴 산꼭대기가 보였다.

「지옥: 제1곡」, 『신곡』, 14쪽

단테는 중세 지배 계급의 전유물이었던 라틴어를 능숙하게 구사했다. 그럼에도 민중을 계몽하고 교화하기 위해 속어(俗語, volgare)로 여겨지던 이탈리아어로 『신곡』을 썼다. 이는 봉건 사회에서는 용납되지 않는 혁명적인 시도였기에 단테는 엄청난 반발과 비판에 시달려야 했다. 하지만 시대를 앞서간 그의 발상 덕분에 이탈리아어는 뒷날 고전의 반열에 오른 불멸의 문학 작품을 품을 수 있었고, 이탈리아 또한 중세의 품에서 벗어나 근대의 빛을 향해 성큼 다가갈 수 있었다.

나는 그분의 빛이 가장 밝게 빛나는 하늘에 있었다. 그 누구도 내가 거기서 본 것들을 쉽게 말하지 못하리라. 내 마음에 보물로 간직한 하늘의 거룩한 영역은 이제 내 노래의 줄거리가 되리라.

「천국: 제1곡」, 같은 책, 240쪽

연옥
죄를 범한 사람의 영혼이
천국에 들어가기 전에, 불
에 의해 고통을 받음으로
써 남은 죄가 씻긴다는 곳
이다. 가톨릭에서는 천국
과 지옥 사이에 연옥이 존
재한다고 여긴다.

『신곡』은 한마디로 단테의 저승 여행기다. 작품 속에서 단테는 평소 존경했던 로마의 시인 베르길리우스의 도움을 받아, 지옥과 연옥*을 두루 돌아본다. 그리고 평생 가슴에 품었던 구원(久遠), 영원과 무궁함의 여신 베아트리체의 안내로 마침내 천국에서 구원(救援)을 받는다.

이러한 설정에서도 알 수 있듯이 단테의 삶과 문학을 이야기할 때 베르길리우스와 베아트리체는 빼놓을 수 없는 존재다. 특히 24세에 요절한 베아트리체는 단테와 딱 두 번 만났을 뿐인데도, 그의 삶과 문학을 불같이 관통하며 영감(靈感)을 주었다.

이처럼 『신곡』은 단테의 개인사가 고스란히 담긴 자전적 작품이지만, 삶의 구원이라는 인류의 희망을 절묘하게 표현하고 있다. 이때 '구원'은 흔히 말하는 신앙적 의미에서 한걸음 더 나아가 '현실 세계에서 삶을 행복하게 만든다'는 적극적 의미까지 포함한다. 또 베르길리우스가 이성(理性)을 상징한다면, 베아트리체는 '신앙'과 '사랑'을 상징한다.

살아 있는 빛 속에는 언제나 존재하시는 하느님의 모습만 존재했다. 그분의 맑고 깊은 실체 속에서 나는 맑은 색을 지닌 세 개의 원이 하나의 공간에서 아우러지는 위대한 빛을 보았다.

완벽하게 균형을 맞춰 돌아가는 바퀴처럼, 태양과 다른 별들을 움직이시는 하느님의 사랑으로 나의 의지와 소망이 앞으로 나아가는 것을 느꼈다.

「천국: 제33곡」, 같은 책, 304쪽

구원이라는 주제는 『신곡』이 중세적 가치관에 충실함을 뜻한다. 한편, '신'에 대한 믿음이 아니라 사랑하는 '사람' 덕분에 구원에 이르게 된다는 『신곡』의 설정은 인본주의(人本主義)라는 근대적 가치관을 말한다. 이렇듯 『신곡』은 중세를 마무리하면서 근대를 연 작품이다.

🏛 위대한 고전을 어렵게 읽어야 하는 까닭

『신곡』은 강렬한 이미지와 정교한 구조, 놀라운 표현력과 상상력으로 저승의 세계를 펼쳐 낸다. '서곡'을 포함한 「지옥」 편 34곡과 「연옥」 편 33곡, 「천국」 편 33곡, 이렇게 100곡의 노래가 1만 4,233행의 언어로 펼쳐지는 이 작품은 인간 궁극의 대서사시다. 등장인물도 호메로스와 소크라테스, 플라톤, 무함마드, 토마스 아퀴나스 같은 실존 인물, 제우스와 아킬레우스처럼 그리스 신화에 나오는 인물, 유다와 다윗으로 대표되는 『성서』의 인물 등 셀 수 없이 많다.

『신곡』은 숱한 고전을 낳은 고전 중의 고전으로 통한다. 심지어 어떤 평론가는 "셰익스피어의 희곡을 모조리 합쳐 봤자 『신곡』 하나에 미치지 못한다"라고 극찬하기까지 했다. 괴테 역시 '인간의 손으로 만든 최고의 작품'이라 칭송했고, 헤겔과 쇼펜하우어도 『신곡』을 읽으며 철학적 사유를 거듭했다고 한다. 하지만 『신곡』을 제대로 읽기란 정말 힘들다.

전체적인 줄거리는 간단하지만 『신곡』을 읽기는 쉽지 않다. 너무 많은 것들을 언급하는 데다가 여러 가지 다양한 주제가 한꺼번에 어우러져 있고, 함축적이며 상징적인 의미들이 넘치기 때문이다. 작품 속에 인용되는 등장인물들만 해도 수백 명이 넘는다. 그리스 로마의 고전 신화에 나오는 인물이나 괴물 들을 비롯하여 역사상 실존했거나 전설적인 인물들이 각자 고유한 삶의 사연들과 함께 그 장엄한 서사시의 모자이크 조각들을 형성한다. 게다가 중세 유럽과 이탈리아 여러 도시의 복잡한 정치 싸움과 대립들, 교황과 황제 사이의 갈등, 스콜라 철학과 신학의 논쟁들, 그리고 단테 자신과 관련된 사건들이 씨실과 날실을 형성하고 있다.

박상진, 같은 책, 609〜610쪽

나 또한 중학교 때 멋모르고 도전했다가 고배(苦杯)를 마셨다. 고등학교 때에는 겨우 끝까지 읽기는 했으나, 무슨 뜻인지 좀처럼 종잡을 수 없었다. 낱말과 문장들은 처음에는 언뜻 이해되는 듯했다. 그러다가도 뿌연 안개에 휩싸인 것처럼 그 의미가 쉽사리 다가오지 않았다. 이 '황당한' 노래에 쏟아지는 엄청난 찬사들은 아무래도 위선이지 싶어서 당분간 고전 읽기가 꺼려졌을 정도다.

대체 이 작품이 왜 고전이란 말인가. 어째서 무수한 천재들이 이 작품에서 영감을 얻어 불후의 명작을 썼단 말인가. 애초부터 쉽게 소화하기 어려운 작품이란 사실을 알았더라면, 살금살금 고양이처럼 다가가 조심스레 맛보고 즐겼을 텐데…… 정말이지 아쉽다!

그 모든 것에 대한 사사로운 정보들, 시대적 상황과 배경, 그 당시 사용되던 언어의 의미와 관례들, 등장인물들의 사상이나 믿음, 중세의 지리와 천문학의 체계, 일반 민중 사이에 널리 퍼져 있던 전설 등에 대한 지식과 정보를 갖추어야 단테의 이야기를 제대로 따라갈 수 있다.

박상진, 같은 책, 609〜610쪽

이렇듯 단테의 『신곡』을 읽으려면 여러 가지 갖추어야 할 준비가 많다. 그런데 이렇게 많은 준비를 해서 고전을 읽어야 하는 까닭은 무엇일까. 답은 간단하다. 고전은 이러한 수고와 노력을 감수하면서 읽을 만한 충분한 가치가 있기 때문이다.

나이가 들어 세월의 연륜이 더해지면 고전 읽기가 조금이나마 쉬워진다. 고전이 오랜 세월을 거쳐도 살아남는다는 사실은 '나이를 먹음에 따라 차츰 원숙하게 변모해 가는' 인생의 모습과도 닮았다. 이는 고전이 '나이를 먹으면 먹을수록 우리네 삶의 실체를 점점 더 놀랍게 보여 주는 텍스트'라는 뜻도 된다.

그래서일까, 지금은 『신곡』의 구절 하나하나가 깊은 울림으로 다가온다. 감동의 언어들은 밤하늘의 별처럼 빛나고, 때로는 은하수처럼 출렁거리며 가슴을 적신다. 하지만 여러분에게 자랑(?)하고픈 생각은 없다. 나 역시 '지금의 내 수준'에서 이 작품을 읽는 정도니까. 『신곡』을 읽고 또 다른 고전을 남긴 천재들이라니! 나는 그저 이 작품에 진지하게 눈길을 줄 따름이다. 단테와 『신곡』에 관심을 두되, 어렵다고 영영 눈 돌리고 마는 어리석음은 피해야 한다. 평생에 걸쳐 조금씩 맛보아야 할 고전의 으뜸이 바로 『신곡』이니 말이다.

어스름이 내린 피렌체 거리를 어슬렁거리며 나는 다시 단테와 『신곡』을 떠올렸다. 그의 노래는 아직 끝나지 않았다. 가슴으로, 영혼으로 불러야 할 나의 노래는 과연 어디에 있을까. 단테를 만나 오래오래 대화하고 싶다.

문학 수첩

단테의 시대라 할 13세기 후반에서 14세기 초반은 중세와 르네상스의 과도기였기 때문에 『신곡』에서는 중세 기독교 사상의 영향뿐 아니라 르네상스 정신도 엿볼 수 있다. 지옥·연옥·천국의 구조와 그 밑바탕에 깔린 천문학과 신학은 철저히 중세적이며 기독교적이다. 그러나 "인간은 자유의지를 지니고 있으며, 그에 따라 사후(死後)의 생에서 전생의 업보에 상응하는 대가를 치른다"는 작가의 견해는 르네상스의 흔적을 보여 준다. 저승에 간 주인공이 사모하던 여인 덕분에 구원에 이른다는 설정 역시 한 여인에 대한 숭고한 사랑을 인간 찬미로 승화시켰다는 증거라 본다. 이 작품이 르네상스기에 서사시의 전형으로 높이 평가된 것도 이 때문이다.

더 읽어 봅시다!

단테의 다른 책으로는 그가 평생의 연인 베아트리체에게 바친 서정시들을 모은 『새로운 인생(La Vita Nuova)』이 있다. 지식과 학문에 절망한 노학자 파우스트 박사가 악마 메피스토펠레스의 유혹에 빠져 현세의 쾌락을 쫓으며 방황하다 마침내 참회하여 진정한 구원에 이른다는 괴테의 『파우스트(Faust)』, 타락한 인간이 에덴 동산에서 추방된 사건을 통해 신과 직접 소통하는 인간 존재와 자유의지를 설파한 존 밀턴의 『실락원(Paradise Lost)』, 페트라르카가 평생의 연인이었던 라우라에 대한 사랑을 노래하며 마침내 지상의 욕망을 천상의 것으로 승화시키는 『칸초니에레(Canzoniere)』 등은 르네상스 시대 인본주의 사상을 드러내 보인 작품들이다.

피렌체의 검은 공포,
인간을 구한 100편의 이야기

조반니 보카치오, 『데카메론』

　　조지 오웰의 『1984』와 존 스타인벡의 『분노의
포도(The Grapes of Wrath)』, 제임스 조이스의 『율리시스(Ulysses)』, 귀스타브
플로베르의 『보바리 부인(Madame Bobary)』, 조반니 보카치오(Giovanni
Boccaccio, 1313~1375)의 『데카메론(Decameron)』, 이들 소설의 공통점
은 무엇일까? 정답은 모두 이런저런 이유로 한때 금서(禁書) 목록에 올
랐던 작품이라는 것이다.

　　그중 『데카메론』은 『율리시스』나 『보바리 부인』과 마찬가지로 '외설
적'이라는 이유 때문에 금서가 되었다. 하지만 보카치오의 『데카메론』
은 결코 야하기만 한 소설이 아니다. 이 작품이 '서구 근대 소설의 효시'로 꼽히는 것은 문체뿐 아니라 거기에 담긴 메시지 역시 근대적이었기 때문이다. 이탈리아 피렌체를 찬찬히 여행하면서 『신곡』과 함께 르네상스 문학의 정수로 꼽히는 『데카메론』의 숨결을 느껴 보리라.

🏛 피렌체의 잠 못 이루는 밤

잠이 오지 않는다. 새벽녘 아르노 강의 푸른 정경 속에 떠올라 있는 베키오 다리는 정말 근사하겠지. 아까부터 중얼거리며 애써 잠을 청해 보지만 소용없다. 피렌체의 밤은 늘 이렇게 잠들기 힘들다. 내일을 위해 얼굴을 베개 속에 다시 억지로 파묻는다.

르네상스를 낳은 예술과 문화의 도시 피렌체, 여기서 쉽게 잠들 수 있는 사람은 그리 많지 않으리라. 낮 동안 마주친 근사한 풍경들이 떠올라, 들뜬 마음이 금세 가라앉을 리 없기 때문이다. 곳곳에 즐비한 문화재와 예술품, 건축과 광장 들은 그 자체로 극도의 흥분을 안겨 주었다. 오죽하면 '스탕달 신드롬(Stendhal Syndrome)'이란 말까지 생겼을까.

1871년 피렌체에서 그림을 감상하던 스탕달은 갑자기 심장 박동이 빨라짐을 느꼈다. 이윽고 호흡까지 곤란해지더니, 무릎에 힘이 쫙 빠졌다. 그것도 여러 차례나! 스탕달은 당시 경험을 자신의 책 『나폴리와 피렌체: 밀라노에서 레기오까지의 여행(Rome, Naples et Florence)』에 밝힌다.

그런데 피렌체에서 이 같은 이상 증세를 느낀 사람이 스탕달만은 아니었다. 피렌체를 찾는 관광객 가운데 여럿이 같은 증세를 계속 호소하는

스탕달(1783~1842)
『적과 흑(Le Rouge et le Noir)』으로 유명한 프랑스의 소설. 날카로운 심리 분석과 사회 비판으로 프랑스 근대 소설의 창시자로 불린다. 『파르마의 수도원(La Chartreuse de Parma)』 등 다수의 소설과 평론집, 여행기를 남겼다.

우피치 미술관
우피치(Uffizi)란 원래 사무실(Office)이란 뜻으로, 피렌체를 르네상스의 도시로 만든 거부 메디치(Medici)가가 과거 공무 집행실로 사용하던 궁전이었다. 오늘날에는 워낙 많은 관광객이 몰려서 입장 시간이 오래 걸리는 미술관으로 전 세계 1위다. 14세기에서 16세기의 이탈리아 르네상스 미술품뿐만 아니라 바로크나 로코코 풍의 작품과 북방 르네상스의 유명 작품 다수를 소장하고 있다.

것이 아닌가. 그 뒤 뛰어난 예술품을 감상하던 사람이 갑자기 겪는 정신적 충동이나 분열 증상을 '스탕달 신드롬'이라 부르게 되었다. 피렌체에 들른 사람이라면 누구나 스탕달 신드롬을 경험할 듯싶다. 이를 의식하느냐 못하느냐만 다를 뿐이다.

간접 조명이 부드럽게 깔린 호텔 방의 벽에는 르네상스 시대 명화의 복제품들이 걸려 있다. 보티첼리의 〈비너스의 탄생〉과 다 빈치의 〈수태고지〉, 미켈란젤로의 〈성 가족〉, 모두 우피치 미술관에 전시되어 있는 것이다. 라파엘로의 〈검은 방울새의 성모〉, 티치아노의 〈우르비노의 비너스〉 등과 함께 디 본도네와 마르티니, 카라바조 등 우피치에서 만날 수 있는 수많은 거장의 작품들이 끝없이 떠오른다. 창밖에서 음악 소리가 들릴락 말락 귓가를 파고든다. 아무래도 잠이 올 것 같지 않아 거리로 나간다.

🏛 죽음의 공포 속에서 삶을 이야기하다

밤이 되면 유럽의 도시들은 일찌감치 잠에 빠져든다. 그러나 피렌체는 다르다. 자정 가까운 시각에도 두오모 근처에는 관광객이 몰려 있다. 고개를 젖히고 한없이 두오모를 올려다보는 사람들, 여차하면 밤을 새울

기세다. 이 가운데 일부는 이 도시에 다시 올 테고, 그렇지 못한 사람은 가슴속 추억을 생생한 현재로 담으려 애쓸 것이다. 이렇게 피렌체에 왔던 사람들은 평생 피렌체를 잊지 못하고 어떤 식으로든 다시 찾는다.

하지만 이토록 환상적인 피렌체 또한 공포의 도시, 죽음의 도시였던 때가 있었다. 바로 유럽 전역에 페스트(흑사병)가 창궐했던 14세기다. 단테가 『신곡』을 발표한 지 10여 년 뒤에 벌어진 이 엄청난 재앙은 유럽의 모든 것을 철저히 파괴했다. 피렌체에서도 1348년 3월부터 9월 사이에 무려 10만 명이 넘는 환자가 죽어 나갔다. 서른다섯의 젊은 조반니 보카치오는 한순간에 지옥으로 전락한 피렌체를 생생하게 목격한다.

하나님의 아들이신 예수가 태어나신 지 1348년이 되었을 때, 무서운 흑사병이 이탈리아 제일의 도시 피렌체를 덮쳤습니다. 이 전염병에는 인간의 어떠한 지혜나 예방책도 소용이 없었습니다. 시내에 산더미같이 쌓인 오물을 치우고, 환자를 도시 밖으로 내보내는 등 병이 퍼지는 것을 막을 온갖 방법이 동원됐지요. 신앙심 깊은 이들은 갖가지 기도문을 되풀이해서 외워 병을 쫓으려고 해 보았지만 아무 소용이 없었습니다. 오히려 그해 초봄, 흑사병이 무서운 전염성을 띠며 처참한 지경에 이르렀습니다. 낫는 자는 극히 드물었고, 일단 흑사병의 증상인 반점이 나타난 사람은 사흘 이내에 열이나 별다른 발작 없이 그냥 죽어 갔습니다.

『데카메론』, 19쪽

이 놀라운 참상 속에서 겨우 목숨을 부지했던 사람들조차 '검은 죽음'의 공포로 정신적인 대혼란을 겪고 있었다. 이때 보카치오는 『데카메론』을 쓰기 시작하여 5년 동안 몰두한다. 마침내 1353년에 작품을 완성하자 작가는 금세 이탈리아 르네상스의 주역으로 부각되었고 시대를 초월한 세계적인 문호로 손꼽히게 되었다.

그는 일찍이 피렌체 근교 체르탈도(Certaldo)에서 부유한 상인의 아들로 태어났다. 청소년기에 상인 수업을 받으러 나폴리로 건너가 화려한 궁정 생활을 경험하며 각계각층의 사람들을 만났다. 1340년 고향인 피렌체로 돌아올 때까지 나폴리에서 쌓았던 견문은 뒷날 그가 작품을 쓰는 데 훌륭한 바탕이 되었다.

『데카메론』은 페스트가 피렌체를 점령하자 7명의 귀부인과 3명의 청년이 피렌체 근교 피에솔레(Fiesole)의 언덕에 있는 별장으로 몸을 피하면서 시작된다. 이들은 여기에 2주간 머물면서 그리스도 수난일인 금요일과 휴식일인 토요일을 제외하고 열흘 동안, 하루에 각자 1가지씩 모두 100개의 이야기를 차례로 펼쳐 낸다.

중세 사람들은 내세(來世)에서 신의 낙원에 들어가기를 염원하며 자연스러운 인간성을 억누르도록 강요받았다. 하지만 보카치오는 연작 형태의 짤막한 이야기 100편을 통해, '내세'와 '신' 대신에 '현세'와 '인간'을 강조한다. 하루 중 가장 무더운 시간에 아직까지는 페스트로부터 안전한 별장, 시원한 나무 그늘 아래서 펼쳐지는 이야기들은 단지 상대의 관심과 흥미를 불러일으켰는지 승부를 내는 '겨룸(battle)'이 아니었다. '열흘간의 이야기'란 뜻의 『데카메론』은 서술자들의 입을 빌어 인간의 삶과 현실을 본격 조명하는 근대의 '창조(creation)'였던 것이다.

당시 사람들에게 『데카메론』은 '무엇이 인간적인 삶인가'를 생각하게 만드는 '즐겁고 재미있는 도전'이었다. 중세의 억압과 페스트의 공포에 사로잡혀 있던 이들에게 신 중심의 억압된 중세에서 벗어나 인간 중심의 자유로운 근대를 열어젖히는 '인간 해방 선언'이었던 것이다.

『데카메론』이 없었다면 인류가 중세의 어둠을 걷어 내기란 그만큼 힘들었으리라. 지금 내 눈앞에서 펼쳐지는 피렌체의 복닥거림 또한 어려웠을 것이다. 인간과 사회를 활력 있게 만드는 것은 단지 돈만은 아니다. 문득 여행 가방에 깊숙이 넣어 둔 『데카메론』을 읽고 싶다. 아르노 강변의 숙소를 향해 급히 발걸음을 옮긴다.

🏛 중세의 끝에서 여성 해방을 외치다

아무래도 잠을 자기는 틀린 듯싶다. 『데카메론』을 읽다가 졸리면 그냥 자야지. 보카치오가 쓴 머리말을 펼친다. 보카치오는 『데카메론』에 자신의 목소리를 고스란히 드러낸 머리말과 맺음말을 배치한다. 그리고 그 사이에 10명의 이야기꾼을 등장시켜 다양한 목소리로 이야기하게 한다. 수미쌍관*식 구성인 셈이다.

이들 이야기의 배경은 피렌체는 물론 제노바나 나폴리 같은 이탈리아의 도시를 비롯해, 아르메니아, 에스파냐, 그리스, 중국에 이르기까지 매우 다양하다. 이야기 첫머리에는 몇 문장으로 된 줄거리 요약

> **수미쌍관**
> 머리와 꼬리가 서로 쌍을 이룬다는 뜻으로, 글의 처음과 끝이 서로 대칭을 이루게 하는 문학적 기법이다.

이, 끝부분에는 그 이야기를 들려준 사람의 발언이 담겨 있다. 이러한 서술 방식 덕분에 보카치오는 상상의 나래를 끝없이 펼치면서 피렌체 안팎의 이야기들을 제한 없이 원용할 수 있었다. 비록 자신이 창안한 방식은 아니지만, 빼어난 상상력과 다채로운 이야기를 절묘하게 녹여 내기에 가장 적합한 방식을 택했다는 점에서 높이 평가된다.

『데카메론』을 중세의 야한 이야기 모음 정도로 오해하는 사람들이 많다. 실제로 작품을 읽다 보면 음란한 대목이 적지 않다. 어떤 부분에는 요즘 시각으로도 차마 말로 표현하기 어려운 수준의 '하드코어'도 있다. 게다가 성직자에 대한 신랄한 비판까지 담겨 있으니 『데카메론』이 오랫동안 로마 교황청의 금서가 되었던 것도 당연하다 싶을 정도다.

하지만 『데카메론』에는 분명히 여성에 대한 놀라우리만큼 진보적인 인식이 담겨 있다. '현대적 시각의 페미니즘'이라 불러도 좋을 급진적인 대목도 있다. 보카치오의 목소리가 진솔하게 드러난 머리말의 제목 또한 "세상의 구원을 갈망하는 여인들에게"다. 그러니 이 작품을 읽으면서 '여성'이라는 관점에 비중을 두지 않는다면 큰 잘못이다.

제가 지금 100편의 이야기를 소개하려는 까닭도 여성 분들, 특히 사랑을 하는 여성들에게 조금이나마 구원과 위로를 드리기 위함입니다. (……) 혹여 우울증에 사로잡힌 여성들이 읽는다면 즐거움과 좋은 충고를 얻으실 것이고, 피할 일과 따라야 할 일이 무엇인지 배우실 수 있을 겁니다. 그렇게 하다 보면 괴로운 마음도 덜어지겠지요.

같은 책, 16쪽

이렇듯 『데카메론』은 여성을 위한 구원과 위로의 이야기다. 서술자인 7명의 젊은 귀부인은 성적(性的) 이야기를 펼치지만, 그 걸 포장을 풀어 깊숙한 속내를 들여다보면 진정한 여성의 행복이란 무엇인지 곱씹게 건드린다. 『데카메론』을 연구한 박상진 교수의 분석에 따르면, "『데카메론』에서 단순한 일화나 재담을 빼면 85편이 이야기다운 이야기이며 이 가운데 무려 79편에서 여성이 지배적이거나 필수적인 요소로 등장한다." 『데카메론』은 한마디로 여성 해방의 문학 작품이다.

물론 『데카메론』이 여성을 오로지 진보적으로만 표현한 것은 아니다. 뒷부분으로 갈수록 여성은 수동적이고 종속적인 존재로 그려지기도 한다. 심지어 '남자는 여자의 두뇌'라든가, '여자란 변덕이 심하고 다투기 좋아하며 의심과 겁이 많고 무서움도 잘 타는 데다, 이끌어 줄 남자가 없으면 모임도 유지하지 못하는 존재'라는 식으로 비하되기도 한다.

하지만 중세의 기사도 문학은 사실상 여성을 다루지 않았으며, 기껏 다룬다고 해도 한계가 있었다. 그에 반해 『데카메론』은 종래의 작품들과 같이 '천사처럼 고귀한 여성'으로 일관하는 대신 '피와 살을 지닌 현실의 여성'을 과감하게 내세운다.

"남편 리날도가 저한테 언제나 얻는 그것(성적 쾌락)을 제가 주체하지 못하면 어떻게 해야 할까요? 저를 자기 목숨보다 아껴 주는 귀족의 요구에 응하는 편이, 그걸 허비하거나 썩혀 버리는 것보다 좋지 않을까요?"

이름 있는 귀부인이 간통죄로 소환된 재판을 구경하던 프라토 시민들은 피고 필리파의 통쾌한 진술을 듣고 모두 웃음을 터뜨리며 '동감!'

이라 외쳤다. 그리하여 간통 현장을 들킨 여자를 화형에 처하는 잔혹한 법률은 '돈을 받고 남편을 배신한 여자'에게만 적용하도록 바뀌었다.

『데카메론』이 '남성'과 '신성(神性)' 중심의 중세적·내세적 구원담이 아닌 '여성'과 '인성(人性)' 중심의 근대적·현세적 행복담으로 자리매김한 것은 보카치오가 여성의 존재를 확실히 다르게 인식하고 표현한 덕이다.

🏛 인간의 시대를 유쾌하게 열어젖히다

이처럼 『데카메론』은 중세의 신과 내세 중심의 이야기에서 벗어나 근대의 인간과 현세 중심의 이야기로 시각과 관점을 절묘하게 바꾸어 낸다. 여기 나오는 여성 가운데 신에게 복종하고 내세를 꿈꾸는 인물은 없다. 어디까지나 현세의 행복을 강력하게 추구한다는 점에서 이들 여성은 근대적 자아의 전형을 보여 준다.

반면에 신에 대한 복종을 강조하는 수도자들은 위선자로 그려지고, 계율에 얽매인 신도들은 인간 세상의 행복을 망치는 인물로 조롱받는다. 이러한 세태 비판은 '새로운 시대를 이끌어 내지 못하는 중세적 질서에 대한 거부'라는 점에서 명백한 근대성의 증거다.

이만하면 『데카메론』의 초점이 왜 사랑과 지혜에 맞춰져 있는지도 이해가 될 것이다. 보카치오는 인간과 인간의 진정한 '사랑'을 통해서만(그

것이 육체적이든 정신적이든!) 남성 중심의 질서와 내세 추구의 이상에서 벗어날 수 있다고 보았다. 또한 그는 '지혜'야말로 운명과 시련을 이겨 내게 하는 현실적 무기라 여겼다.

신에게 일방적으로 복종하던 인간이 이제 같은 '인간'에게 눈을 돌려, 그와 사랑으로 만나 현세의 행복을 추구하는 동시에 운명 앞에 지혜로 맞선다는 보카치오의 시각, 이것이 바로 인간 존재에 대한 그의 능동적·진취적 인식이자 근대적 인간관이다.

『데카메론』은 신과 종교를 결코 근본적으로 부정하지 않는다. 보카치오가 비판하는 대상은 어디까지나 '입으로는 신과 종교를 내세우면서, 남몰래 부정한 방법으로 욕망을 채우려 드는 인간들'이다. 저자는 인간의 욕망을 인정하면서, 신과 내세 쪽으로 치우친 세계관의 방향을 인간이 살고 있는 '지금 여기'의 현실로 돌려놓은 것이다.

『신곡』을 본떠 100편의 이야기를 담았지만, 『데카메론』에는 단테가 추구했던 신성과 구원에 대한 언급은 전혀 없다. 19세기 이탈리아의 비평가 데 상크티스(Francesco de Sanctis)가 '인간의'라는 뜻의 '우마나(Umana)'를 붙여 『데카메론』을 '라 우마나 코메디아(La Umana Commedia)', 곧 '인곡(人曲)'이라 부른 것은 그야말로 절묘한 표현이다. 이를테면, 3일째 첫 번째 이야기에서 수녀원의 수녀들 모두와 정을 통하고 난 마제토는 모든 것이 예수님 덕분이라고 입버릇처럼 말한다. 그런가 하면 7일째 아홉 번째 이야기에서 부인과 피투스는 몇 번이고 즐거움을 나눴다면서 덧붙인다. "주여, 우리에게도 그런 환락을 주소서." 인간적 삶에 충실하는 그 자체가 신의 뜻과 멀지 않다는 발상이다.

맺음말에서 보카치오는 당당하고 자신 있게 말한다. 자신은 최소한 위선적이지 않으며 몇 가지 약간 방종한 이야기가 있지만 전부 근사하지 못하다고 하여 부끄럽게 여기지 않는다고.

모든 일을 완벽히 수행하시는 하나님을 제외하고, 그렇게 할 수 있는 작가는 이 세상에 단 한 사람도 없습니다. (……) 오랜 고생 끝에 하나님의 도움과 안내를 받아 목적지까지 도달했습니다. (……) 이 이야기를 읽고 다소 도움이 되셨다면 하나님의 은총을 받아 평화롭게 사시기를 바랍니다.

같은 책, 327쪽

보카치오, 그는 '근대 소설의 선구자'로, 영시(英詩)의 아버지 초서(Geoffrey Chaucer)와 영국이 낳은 세계적인 극작가 셰익스피어(William Shakespeare), 프랑스 르네상스 문학의 대표 주자 라블레(François Rabelais) 등에게 지대한 영향을 미쳤다. 이제 현대 이탈리아 문학을 대표하는 움베르토 에코(Umberto Eco)나 조반니 과레스키(Giovanni Guareschi)를 불쑥 찾아가 볼까, 아니면 훌쩍 다른 나라로 떠날까.

잠시 고민하다 보니 어느새 창밖이 희끄무레 밝아 온다. 창을 열면 베키오 다리가 보이겠지. 나도 모르게 눈꺼풀이 스르르 감긴다. 그래, '오늘'을 위하여 잠깐이라도 눈을 붙여 두자. 피렌체는 새벽이 되어서야 겨우 어둠에 잠긴다.

문학 수첩

이탈리아 르네상스를 연 '천재 트리오'

단테와 페트라르카(Francesco Petrarca), 보카치오는 이탈리아 르네상스를 연 3대 천재다. 이들이 있어 이탈리아 르네상스 문학이 가능했고, 이들을 쉽게 능가하지 못해 후대 이탈리아 작가들의 고민도 더욱 깊어졌다고 할 정도다.

피렌체를 중심으로 활동한 이들은 묘하게도 모두 사생아였다. 단테는 두 사람의 아버지뻘이었는데 실제로 페트라르카의 아버지는 단테의 친구이기도 했다. 단테는 페트라르카와 보카치오의 스승이나 마찬가지였다.

라틴어 대신 이탈리아어로 쓴 작품으로 세계 문학사의 근대를 연 이들은 이후에는 발자취를 각각 달리했다. 페트라르카는 라틴어 저술을 고집하면서 인문학 연구에 매달렸다. 단테 연구의 권위자이자 단테를 오늘날의 단테로 만든 장본인인 보카치오 또한 페트라르카를 만난 후 상상력과 활력이 넘치는 이탈리아어 문학 작품을 더 이상 쓰지 않았다. 단테가 있었더라면 보카치오의 문학은 더욱 꽃피웠을 텐데 안타깝다.

더 읽어 봅시다!

역사적이고 신화적인 여성 인물을 망라한 『유명한 여자들(Mulieribus Claris)』은 세계 문학사상 최초로 오로지 여성만을 주인공으로 한 전기 선집이다. 라블레의 『가르강튀아/팡타그뤼엘(Gargntua/Pountagruel)』은 『돈 키호테』와 더불어 서양 풍자 문학의 백미로 꼽힌다. 초서의 『캔터베리 이야기(Canterbury Tales)』는 중세에 순례 길에 오른 다양한 계층의 사람들이 이야기 내기를 벌이는 또 다른 이야기 모음집이며, 버니언의 『천로 역정(Pilgrims Progress)』은 천국으로 향하는 순례자의 여로를 그린 장엄한 서사시다.

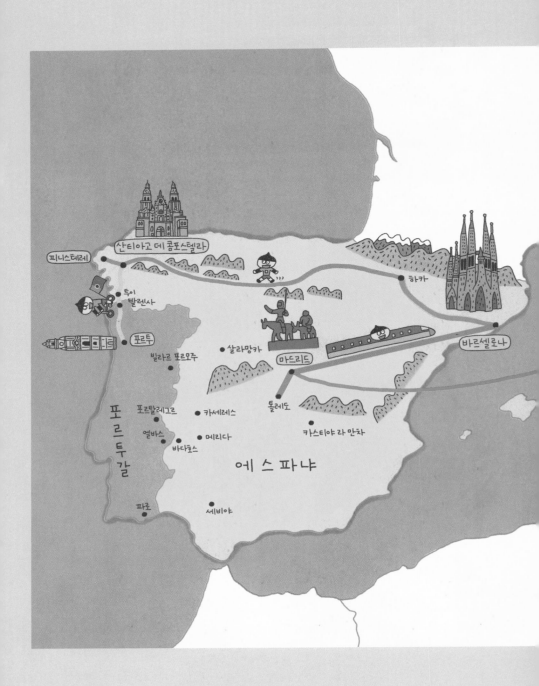

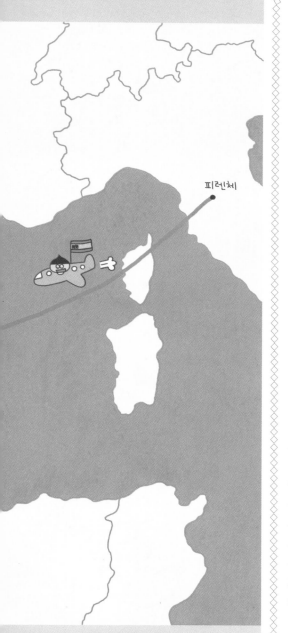

피렌체

2장

순례자의 길,
에스파냐에서
포르투갈로 향하다

신초나 로시난데도 없이 무작정 걸었던 청년 돈
키호테. 그때마다 늘 발바닥이 부르텄고, 발톱도
몇 번이나 빠졌지만 멈출 수 없었다. 마음속 깊은
곳에서 불덩이가 꿈틀거렸다. 청춘의 특권이라고
생각했지만 감당하기에는 너무나 힘들었다. 대체
무엇을 어떻게 해야 할지 고민스러울 때마다 무
작정 도보 여행을 떠났다. 길은 내게 무언(無言)의
가르침을 주었고, 신기하게도 그 종착점은 언제
나 나 자신이었다. 길은 책이었고 책은 길이었다.

에스파냐의 정신,
소설의 새로운 지평을 열다

미겔 데 세르반테스, 『돈 키호테』

러시아의 소설가 투르게네프(Ivan Turgenev)
는 인간의 성격을 사색적·회의적 경향이 강하고 우유부단한 '햄릿형'
과 머리보다 행동이 앞서는 '돈 키호테형'으로 분류했다. 돈 키호테 같
은 성격이나 생활 태도를 가리켜 '키호티즘(Quixotism)'이라고 하는
데, 『돈 키호테(*Don Quixote*)』의 저자 미겔 데 세르반테스(Miguel de
Cervantes, 1547~1616)의 삶은 돈 키호테만큼이나 파란만장했다고 한
다. 그는 형제 많은 가난한 집안 출신이라 제대로 된 교육을 못 받았고,
레판토 해전에서 입은 부상으로 왼쪽 팔까지 불편했다. 또 해적에게 붙
잡혀 알제리에서 노예 생활을 한 데 이어, 억울한 감옥살이도 수차례

겪었다. 그런 의미에서 그가 예순이 넘은 1605년에 완성한 『돈 키호테』는 고난과 투쟁 일색인 치열한 삶의 산물이라 볼 수 있다.

이룰 수 없는 꿈을 꾸고, 이루어질 수 없는 사랑을 하고, 이길 수 없는 적과 싸움을 하고, 견딜 수 없는 고통을 견디며, (……) 잡을 수 없는 저 하늘의 별을 잡자.

〈맨 오브 라만차〉 중 〈이룰 수 없는 꿈〉

나는 돈 키호테를 사랑한다. 내 카카오톡의 대문 메시지는 키호테 데 라 프론테라(Xihote de la Frontera), '프론테라 항구의 돈 키호테'라는 뜻이다. 콜럼버스가 미지의 땅을 향해 배에 탄 프론테라 항구에 돈 키호테의 의미를 불어넣은 것이다. 세르반테스의 『돈 키호테』는 동화와 발레, 연극, 음악 등 상상할 수 있는 다양한 형태의 예술로 거듭 태어나 오늘날까지 세계인의 사랑을 받고 있다. 피렌체에서 르네상스의 흔적을 보았으니 이제 에스파냐. 돈 키호테와 산초를 만나면 더할 나위 없이 근사한 여행이 될 것이다.

🏰 무적함대의 발자취를 따라서

이탈리아에서 에스파냐로 가는 관광객들은 그리 많지 않다. 자동차 여행을 즐긴다면 북이탈리아를 거쳐 프랑스나 스위스로 가고, 비행기를 이용한다면 영국이나 독일, 스웨덴, 아니면 아메리카 대륙이나 아시아처럼 아예 먼 곳으로 날아가기 때문이다. 스페인과 이탈리아를 거치는 호화 유람선도 있지만 느긋한 일정의 고품격 크루즈 여행을 즐길 수 있는 관광객이야 언제나 드물다.

그럼에도 나는 이탈리아에서 에스파냐로 가는 중이다. 유럽 전역에 깔린 저가 항공편 덕분에 경비 부담은 생각보다 적었다. 하지만 유럽 전체가 여행객들로 소란스러운 성수기라서 그런지, 비행기 안은 예상 밖으로 거의 꽉 차 있었다. 나와 같은 여정을 택한 사람들은 과거에도 적지 않았다. 프랑스 남부 해안을 지나 에스파냐로 가는 뱃길은 16세기 에스파냐의 황금시대(Spanish Armada)에 최고의 호황을 누렸다. 이탈리아에 주둔하던 에스파냐의 무적함대가 본토로 귀환할 무렵이면, 항구는 한층 시끌벅적 소란스러워졌다.

당시의 여행자 중에는 그리스 태생의 엘 그레코(El Greco)처럼 이탈리아를 거쳐 에스파냐에 왔다가 그냥 눌러앉은 화가도 있었고, 훨씬 이후지만 그리스 출신인 니코스 카잔차키스같이 에스파냐의 영혼을 느끼고 싶어 했던 작가도 여럿 있었다.

이탈리아와 에스파냐를 오간 무리에는 미겔 데 세르반테스도 끼어 있었다. 가난한 외과 의사의 아들로 태어난 그는 1570년 이탈리아에 주둔 중이던 에스파냐 보병대에 입대했다. 그 기간 동안 그는 피렌체와 밀라노, 나폴리, 로마를 돌아보며 르네상스 문화에 심취할 수 있었다. 이러한 풍부한 경험은 대작 『돈 키호테』를 낳았고, 그 덕분에 에스파냐 문학은 피레네 산맥*을 넘고 지브롤터 해협*을 건너 세계로 뻗어 나갈 수 있었다. 1605년에 발표된 이 소설은 수십 개 언어로 번역되어 에스파냐 문화를 전 세계에 알렸으며, 이상(理想)을 추구하는 에스파냐인의 열정을 보여 주었다.

삶은 여행이고 인간은 누구나 나그네다. 길 위에 선 돈 키호테의 모습이 눈앞에 아른거리나 싶더니, 창 너머로 깊고 푸른 지중해가 보였다. 멀리 수평선 끄트머리, 아니 아득한 지평선이 시작되는 곳에 거대한 피레네 산맥이 누워 있었다. 마드리드행 비행기는 거대한 침묵 속으로 서서히 빠져들었다.

🐎 천의 얼굴을 가진 에스파냐의 유일한 초상화

유럽 최남단의 에스파냐는 피레네 산맥에 가로막혀 있는 까닭에 유럽의 다른 지역과는 다른 독특한 문화를 지니고 있다. 또 지브롤터 해협을 사이에 두고 아프리카와 마주하고 있어 기후는 모로코나 알제리와 비슷하다. 게다가 이슬람의 오랜 지배를 받아 이슬람 문화가 전역에 풍성하니 문화적으로는 아랍의 최서단인 셈이다. 그래서인지 민족 구성도 다양하다. 카잔차키스가 쓴 『스페인 기행(*Taksidévondas: Ispanía*)』의 표현을 인용하면 이렇다. 고집 세고 강인하며 자존심 강한 바스크인, 서정적이며 상냥한 정신을 소유한 갈리시아인, 옛 지배계급으로 에스파냐의 영광을 이룬 용감한 카스티야인, 교양 있으면서도 불같은 한편 게으른 안달루시아인, 쾌활하고 탐욕스러우며 겉치레를 좋아하고 나약한 발렌시아 연안의 지중해 민족들. 이들은 피레네 산맥을 넘거나 지중해를 건너, 약속받은 구원의 땅을 찾아 모여들었다.

이들 민족과 종교가 피를 나눈 결과, 에스파냐를 대표하는 순교자 돈 키호테가 탄생했다. 숙성된 하몽˚ 냄새, 경건한 이슬람 사원, 함성으로 뒤덮인 투우장, 횃불처럼 강렬한 집시 음악, 플라멩코를 추는 무희로 상징되는 에스파냐 문화와 벨라스케스에서 고야, 피카소, 미로, 달리에 이르는 에스파냐 예술은 돈 키호테와 산초로 귀결된다.

세르반테스 서거 300주년을 기념해 만든 마드리드(Madrid)의 에스파냐 광장은 인파로 붐볐다. 자국어의 모태가 라틴어라서 에스파냐와 이탈리아 사람들은 각기 모국어로 말을 해도 대강 뜻이 통한다. 그러니 이들이 만나면 시끄러울 수밖에! 그 소음의 언어들을 품고 있는 것만 같은 거대한 오벨리스크˚와 공중에 뿌려지는 분수의 물줄기. 이 모든 광경을 묵묵히 지켜보는 듯 광장 한복판에는 세르반테스와 돈 키호테, 산초의 동상이 자리잡고 있었다. 이들은 에스파냐인, 더 나아가 인간 전체를 대표한다는 의미에서 하나나 마찬가지다. 에스파냐 광장을 거닐고 있는 세계 각국의 여행자들은 지금, 여러분에게 묻는다. 당신은 누구인가? 당신은 과연 누구여야 하는가?

🏰 문학과 시대 그리고 인간의 의미를 묻다

에스파냐 광장 한구석에 있는 벤치에 가방을 놓고 드러누워 책을 펼쳤다. 등장인물만 700명이 넘는 두툼한 『돈 키호테』 완역본. 고전을 다시 읽으면 책장을 넘길 때마다 예전 기억들이 하나둘 풀려 나온다. 오랫동안 코를 박고 있던 대목에서 그 기억은 중후한 음감으로 다가오다가, 무심히 넘겼던 대목에 이르면 손끝에서 막 놓친 물고기처럼 안타깝게 다가온다. 나이 들수록 느끼지만, 고전은 삶의 무게와 상황에 따라 늘 새롭게 읽힌다.

에스파냐 중부의 시골 마을 카스티야 라 만차(Castilla-La Mancha)의 늙은 귀족 알론소 키하노는 기사도 이야기를 많이 읽어서 정신이 이상해진다. 책을 읽다가 미치다니, 얼마나 순수하고 낭만적인가! 나를 빨아들였던 매력적인 책들이 지금의 나를 낳았다. 책 때문에 정신이 이상해진다 해도 이는 책 읽는 사람만이 누릴 수 있는 소중한 행복이다. 여기에 동의한다면 여러분 또한 낭만주의자다! 그는 편력 기사가 되어 숭고한 이상을 실현하기 위해 '책을 덮고 들판을 가로질러 세상으로 나아간다.' 이렇듯 책 밖으로 떠나는 이야기가 책 안에서 펼쳐진다는 점에서 돈 키호테는 소설의 주인공이자 메타픽션(metafiction)*의 주인공이다. 책과 소설, 문학이란 무엇인가에 대한 근본적인 질문을 던지는 작품이 바로 『돈 키호테』인 것이다.

돈 키호테는 여관을 중세의 성이라 여기고, 여관

> **메타픽션**
> 소설이나 소설가를 소재로 하여 소설의 본질적인 의미를 묻는 소설

우리의 꿈과 희망이
곧 현실이다!

아녜요, 주인님.
실재하는 것만이
현실이라니까요!

주인을 성주(城主)로 대하며
정식 기사가 되는 의식을 치른다. 사
람들의 손가락질을 받으며 몰매를 맞아도 그
는 '모든 것이 마법사의 술책'이라며 오히려 결의를
다진다. 이러한 돈 키호테의 행동은 중세적 사고에 대
한 비판과 풍자다. 근대를 살면서도 여전히 중세의 이상과 규범을 추종
하는 그의 면모는 피레네 산맥에 둘러싸인 에스파냐와 닮아 있다.

첫 번째 출정에서 처절하게 얻어맞으며 실패를 경험한 돈 키호테는
충직한 이웃 농부 산초의 도움으로 겨우 집에 돌아온다. 산초를 설득

하여 시종으로 삼은 돈 키호테는 다음번 출정에서 풍차를 거인으로 착각하여 달려들고, 양 떼를 교전 중인 군대라 여기는가 하면, 포도주가 든 가죽 주머니를 상대로 격투를 벌이는 등, 극도의 광기를 보이며 위험을 자초한다. 하지만 산초는 자신을 진심으로 대하는 그에게 감사하며 충실하게 시종 노릇을 한다. 이 같은 두 사람의 대화는 인물의 성격을 묘사하는 동시에, 사건을 여닫는 역할을 한다. 화자가 독자에게 건네는 말이 다양하게 펼쳐지고, 저자의 이름과 실제 책 이름이 언급되는 등, 작품 속의 대화는 종래의 기사도 소설과 달리 여러 겹으로 구축되어 입체적으로 전개된다.

스페인인은 정의와 자유와 이상이 내면에만 존재하는 걸 알면서도 이렇게 생각합니다. '우리 내면에 존재하는 것만이 진실이고 현실일까? 보고 만지는 모든 게 꿈은 아닐까?' 그래서 스페인 정신의 결정체인 돈 키호테는 이렇게 외쳤답니다. "우리 내면에서 희망하는 것만이 현실적이고 살아 있는 것이다!" 그러자 또 다른 결정체인 산초는 이렇게 주장했지요. "보고 만지는 것만이 현실적이고 살아 있는 것입니다! 주인님, 당신이 말씀하시는 것은 말에 지나지 않는다고요."

이것이 바로 돈 키호테, 곧 스페인의 진짜 뿌리 깊은 투쟁입니다. 스페인의 영혼은 계절에 따라 돈 키호테 같은 산초나 산초 같은 돈 키호테가 되지요. 오래된 요소가 지배할 때도 있고, 다른 것이 지배하기도 해요. 하지만 그것들은 언제나 서로 싸우고 함께 고통받고 있습니다.

『스페인 기행』, 19~20쪽

한순간도 이상과 신념을 포기하지 않는 돈 키호테와 약간 모자라 보여도 철저한 현실주의자인 산초. 대조적인 두 사람은 가는 곳마다 현실과 충돌하기 일쑤다. 그럼에도 이들이 서로 격려해 가며 여행을 접지 않자, 더 이상 참지 못한 고향의 신부(神父)와 이발사는 두 사람을 유인하여 라 만차로 데려간다. 이 대목에서 산초가 돈 키호테에 가까워짐에 따라, 돈 키호테의 앞날에 대한 독자의 궁금증도 커져만 간다. 돈 키호테를 조롱하다가 문득 자신도 그를 닮았다고 여기는 때가 이 작품을 동화 이상의 수준으로 읽게 되는 결정적 순간이다.

이웃의 학사(學士) 카라스코는 신부와 손잡고 돈 키호테를 정상으로 돌려놓으려 애쓴다. 그는 검술을 익혀 '하얀 달[白月]의 기사'란 이름으로 돈 키호테와 결투하여 이긴다. 결투 직전의 약속에 따라 고향으로 돌아간 돈 키호테는 고열에 시달리다가 신 앞에 죄를 뉘우치고 삶을 마감한다. 거짓 결투에서 패한 주인공이 기사 노릇을 못하게 되자 죽음을 맞는다는 설정은 '이성을 갖춰도 끝내 존재의 의미를 찾지 못하는 인간의 비극적 운명'을 암시한다. 거짓 이름을 버리는 순간 주인공도 더 이상 존재하지 못하기에 비극의 여운은 더욱 짙어진다.

🏰 소설 이상의 소설, 여행 이상의 여행

돈 키호테와 산초를 애써 경멸하는 사람이 있는가 하면, 『돈 키호테』를 밤하늘의 별처럼 우러러보며 읽고 또 읽어 대문호가 된 사람도 있

페이크 기법
'속이다', '날조하다'라는
뜻의 페이크(fake)라는 단
어 그대로 허구의 내용을
사실처럼 꾸며 전달하는
기법. 다큐멘터리나 영화
에 흔히 쓰인다.

시에스타
스페인, 이탈리아, 그리스
등의 지중해 연안 국가와
라틴 아메리카에서 볼 수
있는 낮잠 자는 풍습

다. 도스토옙스키와 투르게네프, 플로베르, 멜빌, 마크 트웨인, 카프카, 마르케스, 보르헤스에 이르는 대가들이 세르반테스에게서 태어났다. 『돈 키호테』에는 '작가를 낳는 작가' 세르반테스의 생생한 육성(肉聲)이 담겨 있다. 강력한 종교 재판과 왕권이 존재했던 에스파냐에서는 작가가 자유롭게 글을 쓰기 힘들었다. 그럼에도 세르반테스는 기상천외한 페이크 기법*을 창안하여 악조건을 유유히 풀어 나갔다. 그는 '돈 키호테 이야기는 거리에 떠도는 이야기를 모은 것으로, 이탈리아 중부 톨레도의 시장에서 아랍 작가가 쓴 작품을 찾았는데, 아랍어를 몰라서 번역을 맡겼으며 그 일부만 편집해 들려주겠다'는 식의 서술로, 작품의 파장에 따른 책임을 교묘하게 피해 간다.

'현실에 가깝기는 해도 소설은 허구에 불과하다'는 시각을 전제로 한 『돈 키호테』는 이야기 전달에 급급했던 기존 소설의 수준을 훌쩍 뛰어넘는다. 『돈 키호테』를 읽으면서 우리는 어떻게 말하는가와 무엇을 말하는가, 이 두 가지 질문이 사실은 하나라는 사실, 다시 말해 문체와 주제가 하나로 녹아 있음을 자기도 모르게 깨닫게 된다.

끝으로 드는 의문 하나. 마지막 출정에서 돈 키호테는 고향으로 돌아가기 전에 바르셀로나(Barcelona)에 들렀다 간다. 그 도시와는 별로 인연이 없던 세르반테스가 돈 키호테로 하여금 바르셀로나를 거쳐가게 한 까닭은 무엇일까? 고전을 제대로 이해하고 감상하기란 쉽지 않기에, 이러한 궁금증을 풀어 가는 과정은 참으로 즐겁다. 일부러 마드리드에서 톨레도를 거쳐 바르셀로나로 향하는 여정을 짠 것도 그런 이유에서다.

벤치에서 일어나 이제 막 시에스타*에서 깨어난 마드리드의 거리를 둘러보았다. 번화가인 그랑비아(Gran Via) 거리는 물론, 좁은 골목길 하나하나까지 새롭게 열리는 순간이다. 어딘가에서 플라멩코 소리가 들려왔다. 나도 모르는 사이에 깜박 졸았나 보다. 온몸 가득 기운이 솟구쳤다. 여행, 그것은 독서 못지않게 삶을 생동하게 만드는 시에스타다!

문학 수첩

같은 문장, 다른 독자

"진리, 진리의 어머니는 시간의 적이고, 사건들의 저장고이며, 과거의 목격자고, 현재에 대한 표본이며 충고자일 뿐 아니라 미래에 대한 상담관인 역사다." 아르헨티나 작가 보르헤스(Jorge Luis Borges)의 단편 「피에르 메나르, 돈 키호테의 저자(Pierre Menard, Autor del Quijote)」에 나오는 구절이다.

이 소설은 20세기 초반 프랑스 출신의 피에르 메나르가 『돈 키호테』를 다시 썼다는 설정을 바탕으로 한다. 메나르는 앞서 인용한 구절을 비롯해 세르반테스의 원작을 한 자도 빠짐없이 베껴 작품을 완성한다. 보르헤스는 같은 텍스트라도 17세기 독자와 20세기 독자의 해석에는 차이가 있다고 본 것이다.

더 읽어 봅시다!

세르반테스는 작품마다 유익한 교훈이 담겨 있는 12편의 이야기 모음집 『세르반테스 모범 소설(Novelas Ejemplares)』을 썼다. 또한 에스파냐어 교수 권미선이 작품과 작가에 대한 충실한 설명을 붙이고, 긴 원전을 축약해 실은 『돈 키호테』, 라파엘로 부조니가 쓴 세르반테스의 전기 『세르반테스 이야기(Man Who Was Don Quixote)』, 작자 미상의 중세 프랑스 무훈시 『롤랑의 노래(La Chanson de Roland)』 등은 『돈 키호테』와 세르반테스를 쉽게 이해할 수 있도록 안내하는 책이다.

책 너머로 뻗은 삶의 길, 카미노 데 산티아고

『콜럼버스 항해록』과 『카사노바 나의 편력』

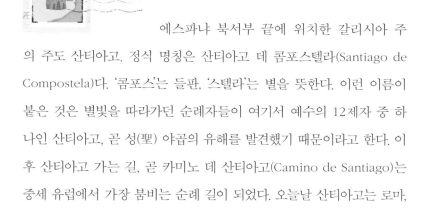

에스파냐 북서부 끝에 위치한 갈리시아 주의 주도 산티아고. 정식 명칭은 산티아고 데 콤포스텔라(Santiago de Compostela)다. '콤포스'는 들판, '스텔라'는 별을 뜻한다. 이런 이름이 붙은 것은 별빛을 따라가던 순례자들이 여기서 예수의 12제자 중 하나인 산티아고, 곧 성(聖) 야곱의 유해를 발견했기 때문이라고 한다. 이후 산티아고 가는 길, 곧 카미노 데 산티아고(Camino de Santiago)는 중세 유럽에서 가장 붐비는 순례 길이 되었다. 오늘날 산티아고는 로마, 예루살렘과 함께 기독교의 3대 성지(聖地)로 꼽힌다. 마드리드를 살펴본 데 이어, 바르셀로나에 잠시 들른 다음 카미노 데 산티아고를 걸으려 한다. 순례자의 길 위에서 책과 여행 그리고 삶에 대한 마음가짐을 새롭게 해 봐야지.

🏛 콜럼버스, 역사에 실존한 돈 키호테

마드리드 아토차 역에서 바르셀로나행 고속철도(AVE)를 탔다. 저가 비행기를 이용하는 것보다 요금은 서너 배가 비쌌지만 매우 쾌적한 여행이었다. 좌석에 앉아 잠깐 잤다고 생각했는데 3시간 뒤 내 앞에는 바르셀로나가 있었다. 바르셀로나! 메시(Lionel Andrés Messi)라는 불세출의 축구 천재가 이름을 알리기 전부터 에스파냐 축구를 대표하며 세계 축구의 변화를 이끌어 온 곳이다. 하지만 바르셀로나는 축구 팀으로만 기억해서는 정말 곤란한 도시다.

바다로 이어지는 길 끝에 콜럼버스 기념탑이 보였다. 60미터 높이의 탑 위에서 제노바 출신의 이탈리아인은 손가락으로 대서양 방향을 정확하게 가리키며 서 있다. 지중해 국가 에스파냐를 세계 국가로 거듭나게 한 그를 천사들이 아래쪽에서 떠받치고 있다. 나는 바닷가에 누워 항구 도시의 아침이 어떻게 다가오는지 오래오래 바라보고 싶었다. 발가락에 찰랑대는 물결이 조금 차갑게 느껴졌다. 돈 키호테 역시 이 근처 어디쯤에서 지친 발걸음을 쉬었을 것이다.

콜럼버스(Christopher Columbus, 1451~1506), 제도학과 천문학 그리고 라틴어에 능통했던 그는 자신의 꿈을 실현하기 위해 포르투갈로 건너갔다. 우여곡절 끝에 에스파냐에서 숙원(宿願)을 이루었고, 쓸쓸한 말년을 보내다가 쉰다섯에 파란만장한 삶을 마쳤다. 그가 발 벗고 나서지 않았어도 유럽은 결국 아메리카를 발견했을 것이다. 나는 그가 '아메리카 대륙의 비극을 초래한 주인공'임을 충분히 알지만, 그렇다고 무조건 깎아내리고 싶지는 않다. 그는 신대륙*이 보이지 않자 선원들이 자신을 바다에 빠뜨리려고 하는 등 절체절명의 위기를 모두 극복한 용기 있는 리더였다.

신대륙
콜럼버스는 자신이 발견한 신대륙, 즉 아메리카 대륙을 인도라 여기고 북아메리카의 남동쪽, 중앙아메리카의 동쪽, 그리고 남아메리카의 북쪽에 위치한 일군의 섬들을 서인도 제도라 명명했다. 그중 산살바도르 섬은 많은 학자들이 콜럼버스가 신대륙에 처음으로 상륙했던 과나아니 섬이라 생각하는 곳이다.

신대륙을 발견하고 나서 에스파냐로 돌아온 콜럼버스는 이사벨 여왕과 페르난도 왕에게 자신의 항해록을 바쳤다. 1492년 8월 3일부터 1493년 3월 14일까지 220여 일에 이르는 제1차 항해 일지를 정리한 『콜럼버스 항해록(Libro dela Primera Navigacíon)』. 여기에는 한 인간의 꿈과 욕망이 자신과 세상을 바꾸고, 세계사를 만들어 가는 과정이 오롯이 담겨 있다. 그는 실존했던 돈 키호테였다.

🏛 콜럼버스와 가우디의 도시, 바르셀로나

바르셀로나에는 구엘 공원과 사그라다 파밀리아 성당 등 세계적인 건축가 가우디(Antoni Gaudí)의 작품들이 도처에 즐비하다. 1992년 바르셀로나 올림픽 당시, 바르셀로나 시에서는 가우디의 건축물을 하나하나 거쳐 가게끔 마라톤 코스를 짜기도 했다. 하지만 바르셀로나는 '가우디의 도시'이기 이전에 '콜럼버스의 도시'였다.

바르셀로나는 에스파냐 북동부에 있는 카탈루냐(Cataluña) 지방의 전통문화와 바다에서 들어온 외래문화가 극적으로 만난 항구이자, (비록 제국주의의 형태를 띠기는 했지만) 유럽의 존재를 세계에 전해 준 강력한 포털(portal)*이었다. 가우디의 건축이 찬란하게 꽃필 수 있었던 것도 유구한 역사와 풍요로움 덕분이다. 그리고 그들의 앞과 뒤에는 언제나 돈 키호테가 있었다.

『콜럼버스 항해록』에는 이런 말이 나온다. "나는 이번 항해가 그리스도교 세계에 최고의 영예가 되리라고 주님의 이름으로 믿는다." 콜럼버스는 자신이 아메리카에 가게 된 것이 정녕 신의 뜻이라 확신했을까. 설령 그랬다 하더라도 그것이 '모든 선한 것의 주인'이라는 하느님의 참된 의도였을까. 코르테스(Hernán Cortés)와 발보아(Vasco Núñez de Balboa), 피사로(Francisco Pizarro) 같은 에스파냐의 잔인한 정복자들이 아메리카 대륙을 짓밟고 원주민들을 살육한 행위는 과연 그들이 모시던 하느님이 진정으로 바란 것일까. 콜럼버스 동상의 손가락 끝은 자신의 뜻과는 무관하게 신의 부재(不在)를 예리하게 지적하고 있는 건 아닐까.

포털
입구·관문이란 뜻으로, 다른 곳으로 가게 도와주는 통로를 의미한다.

여행을 떠나기 전 관련 정보를 꼼꼼하게 챙길 필요는 있지만, 매번 그래야 하는 건 아니다. 일상으로부터 탈출하고 싶다면, 여행 또한 미리 틀을 정해 놓지 않는 지혜가 필요하다. 여행이 여행다우려면, 언제든지 원래 계획에서 벗어나 새로운 세계를 만날 준비가 되어 있어야 한다. 나는 이제 소란스러움을 떨치고 나만의 세계로 빠져들고 싶다. 모래알을 툭툭 털어내고 신발을 신고 천천히 걷기 시작했다. 가자, 산티아고로!

🏰 산티아고로 향하는 첫 번째 방법

'산티아고 데 콤포스텔라'라는 도시를 알게 된 것은 전직 교사였던 남궁문 화백의 책을 통해서였다. 저자는 1,000킬로미터에 가까운 '순례자의 길'을 두 달 동안 걸으며 마주친 풍경과 사람, 자신의 상념 들을 글과 그림으로 깔끔하게 묶어 냈다. 예술가의 눈으로 보고 담은 낯선 풍광에 왠지 끌렸고, 그가 여행 중에 그렸다는 그림들도 마음에 들었다. 산티아고 가는 길은 그때부터 내 마음속에 놀랄 만한 속도로 펼쳐지기 시작했다. 산티아고! 아, 산티아고!

산티아고는 바로 예수 그리스도의 제자 중 하나인 성 야곱이 묻혀 있는 곳입니다. '산티아고'는 '야곱'의 스페인식 이름이지요. 예수의 다른 제자들은 예루살렘이나 로마 등지에 묻혀 있다는데, 야곱만은 산티아고에 묻혀 있어서 그를 찾는 사람들은 이 길을 따라 산티아고까지 순례를 하는 것입니다. (……) 끝도 없을 것 같은 널따란 벌판이 다시 펼쳐집니다. 하늘과 땅이 맞닿은 선, 지평선이 나를 중심으로 펼쳐집니다. 하늘과 땅, 그 사이를 걸어갑니다. 얼마나 더 가야 하는 길인지는 모르지만, 그저 하늘과 땅 사이를 걸어갑니다. 이 세상에 존재하는 건 오직 하늘, 땅 그리고 나입니다. '이 세상'입니다.

남궁문, 『아름다운 고행 산티아고 가는 길』, 40~41쪽

하지만 꿈꾸는 즉시 이루어지는 일은 없는 법, 나는 산티아고에 관한 책이라면 모두 찾아 읽었다. 나보다 먼저 산티아고를 찾은 사람들, 그들이 쓴 책을 읽는 것은 반갑고 즐거웠다. 세계 곳곳에서 먼저 떠난 이들 덕분에 내 마음은 이미 산티아고에 가 있었고, 그것도 오랫동안 머물 수 있었다. 독서는 책과 현실, 독자와 저자를 서로 행복하게 엮어주는 고도의 창조적 행위다.

성지로 향하는 그 길의 이름은 '카미노 데 산티아고.' 그런데 중세 때와 달리 이 길은 이제 종교적 순례만을 위한 길이 아니다. 공식적인 순례자 페레그리노(peregrino) 외에도 정신 수양을 하러 온 나그네 카미난테(caminante)까지, 국적만큼이나 다양한 사연을 지닌 사람들이 산티아고로 끝없이 몰려드는 까닭이 무엇인지 궁금했다. 산티아고에 다녀온 사람들이 전하는 비밀스러운 이야기를 읽으며, 어린 시절 『아라비안 나이트(*Alf Laylah wa Laylah*)』에서 받았던 것과는 또 다른 경외감을 느꼈다. 놀랄 만한 진담기문은 없지만, 인생의 파노라마가 거침없이 펼쳐지는 장(場)이 바로 산티아고 가는 길이 아닐까 싶었다.

서울과 부산 간 거리의 두 배 남짓한 길을 한 달 또는 그보다 오랫동안 걸으며, 무미건조해 보이는 시도를 자청하는 까닭은 과연 무엇일까.

어쩌면 이상적인 여행이란 '순례를 벗어난 순례'가 아닐까. 내 시간들은 산티아고로 가는 수많은 지도로 꽉 채워졌다.

길 위에서 다시 태어나다

대학 시절, 도보 여행을 꽤 여러 차례 했다. 무더운 여름밤 동해안을 따라 펼쳐지는 7번 국도를 터벅터벅 걸으며 들었던 시원한 파도 소리, 사금(砂金)처럼 밤하늘을 수놓았던 은하수는 결코 잊을 수 없다. 매서운 한겨울 추위 속에서 44번 국도를 따라가다가 눈 덮인 설악산을 넘은 적도 있었다. 산초나 로시난테도 없이 무작정 걸었던 청년 돈 키호테. 왜 그렇게 마음은 한없이 스산했는지, 왜 그렇게 현실은 늘 갑갑했는지.

그때마다 늘 발바닥이 부르텄고, 발톱도 몇 번이나 빠졌지만 멈출 수 없었다. 마음속 깊은 곳에서 불덩이가 꿈틀거렸다. 청춘의 특권이라고 생각했지만 감당하기에는 너무나 힘들었다. 대체 무엇을 어떻게 해야 할지 고민스러울 때마다 무작정 도보 여행을 떠났다. 길은 내게 무언(無言)의 가르침을 주었고, 신기하게도 그 종착점은 언제나 나 자신이었다. 길은 책이었고 책은 길이었다.

지금 나는 길의 끝, 아니 시작에 서 있다. 산티아고 가는 길은 '순례자'든 '나그네'든 크게 두 갈래로 시작한다. 먼저 프랑스의 생 장 피에드 포르(St. Jean Pied de Port)에서 해발 952미터의 에스파냐 마을 론

세스바예스(Roncesvalles)를 지나 팜플로나(Pamplona)를 거쳐가는 '프랑스 코스'가 있다. 3,000미터급 산들이 즐비한 피레네 산맥을 넘으면서 양 떼가 풀을 뜯는 한가로운 전원 풍경을 보는 것은 프랑스 코스만의 매력이다. 다른 하나는 피레네 산맥 북쪽 프랑스의 올로롱 생트 마리(Oloron-Sainte-Marie)에서 피레네를 넘고 남쪽 우르도 지방의 송포르(Somport)에서 국경을 건너 에스파냐 하카와 푸엔테 라 레이나(Puente La Reina)까지 아라곤 지방을 지나는 '아라곤 코스'다. 비록 길이 험해서 프랑스 코스에 비해 걷는 사람이 적기는 해도, 여행의 참맛을 느낄 수 있는 멋진 코스다. 이 두 갈래 길은 푸엔테 라 레이나에서 합쳐져 서쪽으로 이어지고 뻗친다. 마치 '서(西)로 가는 달처럼', 원왕생*의 염원을 담고 있듯이 그렇게!

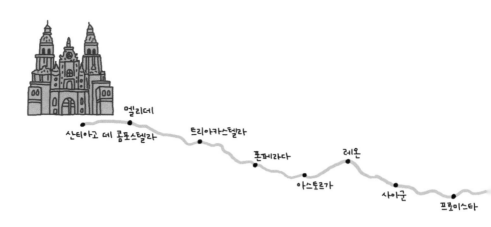

건조한 바람과 강렬한 햇빛, 끝없는 고독의 빛깔을 끌어안은 이 길의 중간에는 순례자를 위한 숙소인 알베르게(Albergue)들이 징검다리처럼 박혀 있다. 거기에는 순례자와 나그네를 구별하지 않고 정성스럽게 발을 씻겨 주는 세속의 성인이 있고, 와인을 공짜로 주며 격려와 축복을 아끼지 않는 와인 공장 사람들도 있어 가는 길이 외롭지만은 않다. 7월 초쯤에는 가던 길을 살짝 벗어나면 팜플로나 시의 산 페르민 축제로 빠져나가 소와 사람이 함께 엎치락뒤치락 뒤섞여 달리는 엔시에로(encierro)[*]도 볼 수 있다. 산티아고로 가는 길은 마음만 먹으면 언제라도 에스파냐 전역의 축제들로 이어갈 수 있다. 그 모든 욕망을 모두 열고 닫는 길이 바로 눈앞에 있다.

원왕생
신라 문무왕 때 광덕이 지었다고 전해지는 10구체 향가 「원왕생가(願往生歌)」에서 따온 말로, '서방정토에 왕생하기를 원하다'라는 뜻이다. 서방정토란 불교에서 멀리 서쪽에 있다고 하는 이상향이며, 「원왕생가」는 그곳에서 다시 태어나고자 약속한 두 친구의 이야기이다.

엔시에로
참가자들이 출발점에서 결승점인 경기장까지 800미터에 이르는 골목길을 난폭한 황소 떼와 섞여 뛰는 경기. 황소와의 경기는 현실 속에서 맞닥뜨려야 하는 기회, 위험, 도전을 상징한다.

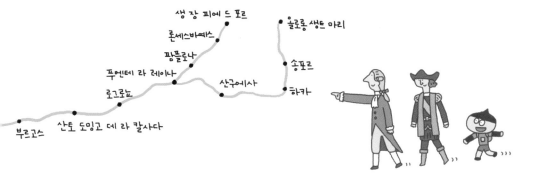

🏔 카사노바, 자유를 찾아 떠난 삶의 순례자

마드리드 북쪽에 있는 카스티야 이 레온(Castilla y Léon) 지방의 부르고스(Burgos), 팔렌시아(Palencia), 레온(Leon)을 거쳐 왔다. 마드리드 남쪽으로 조금만 더 가면 돈 키호테의 무대인 라 만차다. 너른 구릉이 끝없이 이어지고, 그 사이로 접혀지듯 포개지듯 길이 열리는가 하면, 건조한 바람이 몇 겹으로 불어오고, 구름이 한가롭게 떠 있다. 에스파냐의 전형적인 풍광을 맛보며 나는 걷고 또 걸었다.

언젠가 꼭 다시 찾아와서 그때는 아주 천천히 오래도록 뛰어 보리라. 심장이 쿵쾅거리면서 하늘과 땅 사이를 뚫고 가는 달리기는 인간과 자연이 하나가 되는 근사한 일상의 축제다. 그러나 지금은 오로지 바로 이 순간에만 충실해야지. 길을 걷다가 힘들면 나무 그늘 아래서 쉬고, 졸리면 일찌감치 자는 완벽한 자유. 이러한 자유를 얼마나 꿈꾸어 왔던가. 밤이면 별을 세다가 잠들고, 일정에 쫓기지 않으면서 자연 속으로 파고드는 듯 걷는 지금 이 순간들. 나는 자유다! 나는 평화다!

서쪽으로 갈수록 산티아고에 가까워졌다. 산티아고 가는 길이 아니라도 세상 모든 길은 우리를 순례자로 만든다. 어느새 갈리시아 지방에 닿았다. 피레네 산맥을 넘어 에스파냐에 왔던 또 다른 이탈리아인이 문득 떠올랐다. 조반니 카사노바(Giovanni G. Casanova, 1725~1798)!

사람들은 그를 호색한으로 여기지만, 그는 바람둥이기 이전에 당대 최고의 지성인이자 자유인이었다. 배우의 아들로 태어난 그는 민법과 교회법으로 박사 학위를 받았으며, 말년에는 도서관 사서로 일하면서

40여 편의 작품을 저술했다. 자서전인『카사노바 나의 편력(*Histoire de Ma Vie*)』에는 18세기 유럽 문화가 흥미진진하게 담겨 있으며, 공상 과학소설인『20일간의 이야기(*Icosameron*)』는 쥘 베른(Jules Verne)의『지구 속 여행(*Voyage au Centre de la Terre*)』에 영감을 주었다고 평가된다.

카사노바, 그는 또한 자유인이었다. 그는 베네치아에서 태어나 파리와 리옹, 콘스탄티노플, 드레스덴, 빈, 런던, 베를린, 피렌체, 바르셀로나, 로마, 페테르부르크, 바르샤바, 보헤미아 등 유럽 전역을 종횡무진 편력했다. 바이올린 연주자이자 탁월한 댄서, 프리메이슨 비밀 결사단원이었던 그는 말했다. "나는 미치도록 여자를 사랑했다. 하지만 언제나 여자보다 자유를 더 사랑했다." 카사노바의 유언 또한 우리를 깜짝 놀라게 만든다. "나는 철학자로 살았고, 기독교도로서 죽어 간다."

1767년 11월 20일, 파리를 떠나 피레네 산맥을 넘은 카사노바, 그가 택한 길이 행여 산티아고 가는 길은 아니었을까? 24시간 안에 파리를 떠나고, 3주 안에 프랑스에서 떠나라는 루이 15세의 명령에 카사노바는 당당하게 답했다.

오오! 친애하는 프랑스여! 국왕의 봉인장(封印狀-국민을 국왕 마음대로 체포할 수 있는 약식 명령서)과 힘든 부역, 농민들의 빈곤, 왕과 장관들의 쾌락에도 그토록 태평성대를 누렸던 프랑스여. 그대는 지금 어떻게 되어 있는가? 그대의 왕은 민중이다. 지구상의 어떤 존재보다 난폭하고 어리석고 변덕스럽고 무지한 민중이 그대의 왕이 되었다. 하지만 내가 이 회고록을 다 쓰기도 전에 모든 것이 제자리로 돌아가리라. 신이

시여, 그때까지 저를 이 저주받은 나라에서 되도록 멀리 떨어져 있게 해
주십시오.

『카사노바 나의 편력 3』, 432쪽

카사노바뿐 아니라 우리 모두에게도 삶은 곧 길이다. 한 번뿐인 삶을
가치 있게 보내려면 그 길에서 우리는 순교자가 되어야 할까, 나그네가
되어야 할까? 답변은 여전히 궁색하다. 그러나 머지않아 해바라기로 뒤
덮일 에스파냐의 들판에서 마음 편히 결론을 맺어 본다. "인생은 아름
다워(La vida es bella)!"

문학 수첩

바람처럼 살다 간 자유인, 카사노바

베네치아 태생의 카사노바는 로마 추기경 밑에서 일하다가 군인으로 복무했다. 그러나 타고난 방랑벽과 예술적 감수성 덕분에 바이올린 연주자로서, 박애주의를 지향하는 비밀 결사인 프리메이슨 단원으로서 유럽 전역을 누볐다. 사기꾼·노름꾼·호색가로 알려지면서 유럽 사회의 '문제아'가 된 그는 1755년 종교 재판에 회부되어 유죄를 선고받고 수감되었다가 탈옥하는 등, 50여 년간 여행과 망명의 줄타기를 계속했다. 평생 122명의 여인과 미치도록 사랑한 그는, 언제나 여자보다 자유를 더 사랑했다고 고백하고 세상을 떠났다.

더 읽어 봅시다!

카미노 데 산티아고를 순례한 이들의 다른 책에는 도보 여행가 김남희가 36일간 걸은 기록인 『소심하고 겁 많고 까탈스러운 여자 혼자 떠나는 걷기 여행 2』, 시나리오 작가 신재원의 『엘 카미노 별들의 들판까지 오늘도 걷는다』, 글 쓰는 아내 최미선과 사진 찍는 남편 신석교의 『산티아고 가는 길』 등이 있다. 앞으로도 새로운 책들이 계속 나올 듯 싶다.

땅끝 마을 피니스테레에서
찾은 희망의 노래

파울로 코엘료, 『연금술사』

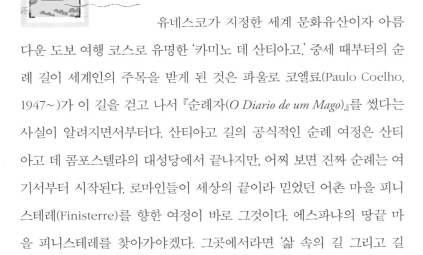

유네스코가 지정한 세계 문화유산이자 아름다운 도보 여행 코스로 유명한 '카미노 데 산티아고.' 중세 때부터의 순례 길이 세계인의 주목을 받게 된 것은 파울로 코엘료(Paulo Coelho, 1947~)가 이 길을 걷고 나서 『순례자(*O Diario de um Mago*)』를 썼다는 사실이 알려지면서부터다. 산티아고 길의 공식적인 순례 여정은 산티아고 데 콤포스텔라의 대성당에서 끝나지만, 어찌 보면 진짜 순례는 여기서부터 시작된다. 로마인들이 세상의 끝이라 믿었던 어촌 마을 피니스테레(Finisterre)를 향한 여정이 바로 그것이다. 에스파냐의 땅끝 마을 피니스테레를 찾아가야겠다. 그곳에서라면 '삶 속의 길 그리고 길

위의 삶'을 말하는 파울로 코엘료의 목소리가 생생하게 들려올 것이다.

🏔 산티아고 길의 사나이, 파울로 코엘료

에스파냐 남부 안달루시아의 평원을 떠도는 양치기 산티아고. 양 떼를 위해 날마다 싱싱한 풀을 찾아 나서는 것이 일상의 삶이다. 어느 날 그는 낡은 교회에서 잠들었다가 똑같은 꿈을 거듭 꾼다. 어린아이가 나타나 양 떼와 잘 놀다가, 갑자기 산티아고의 손을 붙잡고 이집트의 피라미드로 데려가는 것이었다. 해몽을 잘하는 노파에게 꿈을 들려주었더니, 노파는 보물을 찾으면 10퍼센트를 달라는 조건을 내건다. 산티아고가 반신반의하면서도 그러겠다고 하자 노파는 해몽을 해 준다. 그 꿈은 그가 피라미드에서 보물을 찾게 되는 꿈이라고.

160개가 넘는 언어로 번역되어 세계적으로 1억 부 이상 팔린 초대형 베스트셀러 『연금술사(O Alquimista)』는 이렇게 시작한다. 자신의 내면에 귀를 기울여 진정한 행복을 찾으라는 메시지를 담고 있는 이 소설의 작가는 브라질 출신의 파울로 코엘료. '소설가 코엘료'를 이 세상에 있게 한 것은 세상에서 가장 아름답다는 '산티아고 가는 길'이다. 이는 『연금술사』의 주인공 이름이 '산티아고'이고, 그 모태가 된 처녀작의 제목이 '순례자'라는 것만 보아도 쉽게 짐작할 수 있다.

원래 코엘료는 브라질에서 노래 가사나 신문 칼럼, TV 프로그램 대본 등을 쓰며 살던 평범한 글쟁이였다. 25세부터 순례길에 오르기 직전인 38세 때까지 배우, 연출가 등으로도 활동하면서 유명 가수들과 음반 작업을 함께하는 등 나름대로 잘나가는 사람이기도 했다. 하지만 그의 이전 삶이 어떠했는지 찾아보면 이내 생각에 잠기게 된다.

10대 때는 강제로 정신병원에 입원을 당해 스무 살에야 퇴원했고, 청년 시절에는 브라질 군사 독재에 반대하는 반정부 활동을 하다 두 차례나 수감되어 고문을 당하기도 했다.

우여곡절은 많았지만 38세의 코엘료는 성공한 사회인이었다. 그럼에도 그는 당시를 "스스로 밥벌이를 하고, 사랑하는 사람이 곁에 있기에 행복했지만 여전히 꿈을 이루지 못한 때"라고 회상한다. 이렇듯 외형적인 성공을 거두었음에도 코엘료 자신은 그리 만족스럽지 못하게 살고 있음을 안 아내는 산티아고 순례를 떠나라며 그의 등을 떠밀었다. "어차피 세상은 망하지 않아요! 당신에겐 생각할 시간이 필요해요!" 그리하여 1986년 코엘료는 800킬로미터의 대장정에 올랐고, 이를 계기로 『순례자』를 구상했으며 소설가로서 살아가리라 마음먹었다. 이듬해 발표된 이 소설의 주인공은 코엘료 자신이다. 책을 읽다가 보면 '따분하고 편한 일상에 파묻혀 추하게 늙어 가는 삶, 한 번뿐인 인생인데 이렇게 살면 안 되잖아!'라는 코엘료 내면의 외침이 조용하면서도 힘 있게 다가온다.

만물의 정기는 사람들의 행복을 먹고 자라지. 때로는 불행과 부러움과 질투를 통해서 자라나기도 하고. 어쨌든 자아의 신화를 이루어 내는 것이야말로 이 세상 모든 사람들에게 부과된 유일한 의무지. 세상 만물

은 모두 한가지라네. 자네가 무언가를 간절히 원할 때 온 우주는 자네
의 소망이 실현되도록 도와준다네.

『연금술사』, 47~48쪽

코엘료의 모국어인 포르투갈어는 산티아고가 있는 에스파냐 북서부
갈리시아 지방의 언어에서 나왔다. 그러니 그의 산티아고 순례는 마치
산란기의 연어가 바다를 떠나 자신이 태어난 강으로 돌아오듯, 머나먼
이국(異國)에서 모국어인 포르투갈어의 고향으로 돌아오는 소중한 여
정이라 할 만하다.

그에게 이러한 귀환은 삶의 본질과 가치를 성숙하게 곱씹는 훌륭한
기회였다. 남부 유럽이 오랜 세월 동안 남아메리카를 식민지로 만들어
그 독창성을 박탈해 왔다면, 코엘료는 남부 유럽으로 홀로 되돌아옴으
로써 고유한 내면세계를 되찾아 세계적인 작가로 거듭날 수 있었다. 세
계사와 개인사는 종종 이처럼 극적인 대조를 보이곤 한다.

코엘료는 자신의 성과에 안주하지 않고 해마다 산티아고 순례를 통
해 삶을 영적인 에너지로 가득 채우고 있다. 그가 『연금술사』, 『피에트
라 강가에서 나는 울었네(Na Margem du Rio Piedra Eu Sentei e Chorei)』,
『베로니카, 죽기로 결심하다(Veronika Decide Morrer)』, 『악마와 미스 프
랭(O Demonio e a Srta. Prym)』, 『11분(Onze Minutos)』 등 굵직한 작품들
을 연이어 발표하면서 세계적인 작가로 확고하게 자리잡은 데는 산티
아고가 있었던 것이다.

🏔 세상의 끝에서 시작하는 삶의 길

소나기가 거세게 몰아친다. 굵다란 빗방울이 유리창을 두드리고, 강풍에 창틀까지 흔들린다. 그 너머 바다 가득히 파도들이 허옇게 까무러지고 있다. 바다로 향해 나 있는 골목들은 거대한 송수관처럼 변한 지 오래다. 에스파냐의 우기(雨期)인 가을과 겨울에 내리는 비는 '세상에서 가장 차가운 비'라는 말이 있을 정도다. 아직 여름이니 그 정도는 아니겠지. 나는 지금 에스파냐 북서부의 작은 항구 피니스테레에 있다.

며칠 전 산티아고 데 콤포스텔라 대성당에 도착해 이정표에서 '기점 0킬로미터' 표시를 확인하고 한숨 돌렸다. 세상을 모두 가진 듯한 충만감이 밀려왔다. 그때 저만치서 어슬렁거리며 걸어가는 무리가 보였다. 산티아고에서 서쪽으로 90킬로미터 떨어진 피니스테레로 가는 행렬이었다. 공식적인 순례 여정이 모두 끝났는데도 길은 끝없이 이어진다. 그새 긴장이 풀렸는지 몸이 무겁게 느껴졌다. '3분만 참으면 돼! 그러면 모든 게 새로워질 거야!' 나도 모르게 되뇌었다. 힘들 때마다 이렇게 중얼거리면, 대개의 경우 3분이 채 가기도 전에 웬만한 고통쯤은 사라졌다. 아침에 일어나기 힘들 때도 물론 이렇게 중얼거린다. 습관은 때때로 마술의 동의어다. 서서히 힘이 나기 시작했다.

어디선가 시원한 바람이 불어왔다. 가끔 버스가 지나갈 때마다 마음이 흔들렸다. 두어 시간 만에 피니스테레에 가려는 사람들이다. 잠깐 유혹이 생겼지만 피니스테레로 다시 뚜벅뚜벅 걸음을 옮겼다. 자유로움이란 무엇일까. 우리는 무엇으로부터 자유로워지려는 걸까. 자유란

과연 무엇일까. 무엇이 우리를 자유롭게 만드는 것일까. 혼자 걷다 보면 생각에 생각이 감겨 온다.

천천히 걷다 보니 사흘째 되는 날에야 피니스테레에 도착할 수 있었다. 어떤 경우든 방향을 정확히 잡으면 언젠가는 목표지에 도달하게 되는 법이다. 무엇이든지 끝이 있다는 사실은 이렇게 사람을 자유롭게 만들기도 한다. 이제 정말 끝이다. 작은 호텔에 짐을 풀고 이틀 동안 내리 잤다. 룸서비스가 잠깐 들렀던 것 같은데 기억이 별로 나지 않는다.

숙면을 취하고 나자 몸이 가뿐해졌다. 창밖에 내리는 소나기가 상쾌하게 느껴졌다. 눈앞에 활짝 펼쳐진 대서양을 바라보며 사색에 잠기고 싶었다. 사람들은 이베리아 반도의 서단(西端)에 위치한 피니스테레를 '땅끝'이라 부른다.

그러나 이곳은 바다(대서양)의 시작이다. 또한 바다 쪽에서 보면 땅의 시작이기도 하다. 이처럼 동일한 사물도 관점에 따라 다르게 보인다. 문제는 다 알면서도 거의 매번 그러한 진실을 놓친다는 것이다. 실제로 우리는 종종 자신의 육체적 눈을 과신한 나머지 내면의 눈을 잊곤 한다. 옛이야기의 예언자들이 대부분 '장님'인 것도 이러한 인간 존재의 한계를 암시한다. 육체의 눈 따위에 흔들리지 않는 사람만이 영혼의 눈으로 세상의 진실을 볼 수 있다는 것, 이는 만고불변의 진리다.

산티아고로 가는 길은 과연 내게 어떤 의미였을까. 갑자기 '의미'란 무엇인가 궁금해진다. 길이라는 실체보다 오히려 길이라는 표현, 그 은유와 상징 속에서 나는 알지 못하는 사이에 진짜 의미를 놓친 것은 아닐까. 내가 떠나온 일상이야말로 오히려 나의 삶이 온전하게 펼쳐지는 가장 중요한 길이 아니었을까.

소나기가 잠깐 그치나 싶더니 어디선가 음악 소리가 들렸다. 영국 그룹 세인트 에티엔(Saint Etienne)의 〈피니스테레〉, 웬만해서는 서로 삐걱거리기 쉬운 인디 음악과 댄스 음악이 아주 묘하게 어울린다. 해남의 땅끝 마을이 생각난다. 200여 개의 계단을 숨가쁘게 오르면 다도해의 아름다운 풍광이 펼쳐지는 전망대. 그리스 산토리니(Santorini) 섬에 있는 이아(Oia) 마을의 절경처럼 아름다운 그곳 풍광들. 이제 밤이 되면 비 내리는 어둠을 향해서 등대가 강력한 빛을 쏘아댈 것이다. 나그네의 향수가 다도해의 섬들 사이로 성큼 다가오는 소리가 들린다.

어스름이 깔리는 바닷가 쪽으로 불빛과 연기가 보인다. 이곳에 도착해 자신의 물건을 태우거나 바다로 던지며 소원을 빌면 이루어진다는 믿음 때문이다. 미신인들 어떠랴, 산티아고에서 온 사람들은 여행자용

지팡이나 티셔츠, 신발 등을 태우고 버렸다. 처음부터 다시 시작하고 싶은 마음에서일 것이다. 길의 끝은 언제나 새로운 시작이다. 나는 무엇을 태우고 무엇을 시작해야 할지, 길의 의미를 여러 겹으로 곰곰이 생각해 본다.

🏔 산티아고 길과 제주 올레, 인터넷 그리고……

몇 년 전 나보다 먼저 이곳에 온 한국인이 있었다. 시사 주간지 편집장, 인터넷 신문 편집국장을 지낸 맹렬 언론인 서명숙. 그 역시 산티아고 순례를 마치고 피니스테레에 들러 며칠 동안 머물렀다. 그는 이렇게 말한다.

> 날마다 짐을 꾸려 길을 떠나다가 한곳에서 머무르니 고향에 돌아온 기분이었다. 아침마다 빵가게 2층 민박집을 나서서 슬리퍼를 질질 끌면서 설렁설렁 마실을 다녔다. 마을 길은 거의가 항구로 이어졌다. 올망졸망 비좁은 골목의 끝자락에는 선물처럼 푸른 바다가 기다렸다. 예전의 서귀포 솔 동산이 그랬듯이. (……) 책도 읽으면서 바에서 오전을 보내다가 오후가 되면 바닷가로 나갔다. 그곳 바위에 걸터앉아 망망대해를 하염없이 바라보곤 했다. '서귀포 앞바다에는 섬이 다섯 개나 있는데……'
>
> 서명숙, 『제주 걷기 여행』, 245쪽

서귀포가 고향인 소녀의 어릴 적 별명은 '간세다리.' 천성이 게으르고 행동이 굼떠 하기 싫은 일은 어떻게든 피하는 사람을 가리키는 말이란다. 하지만 서울 생활을 30년간 하다 보니 서귀포 간세다리는 지독한 일벌레가 되었고, 결국 몸과 마음이 지칠 대로 지쳐 버렸다. 산티아고와 피니스테레를 거치면서 그녀는 더 많은 사람이 느긋한 간세다리의 삶을 누리면 좋겠다고 생각했다. 그래서 고향으로 내려가 산티아고만큼이나 아름다운 제주의 길, '제주 올레'를 만드는 데 힘을 쏟았다.

제주 올레 길을 만든 것은 속도에 치이고 일에 쫓겨 사는 나 같은 사람에게 휴식과 위안을 주기 위해서였다. 진정한 평화와 행복은 '느림'과 '여유'를 통해서만 찾아오는 것. 사람들을 '간세다리'로 만들어야만 했다. 적어도 평화의 섬 제주에서만큼은.

서명숙, 같은 책, 254쪽

'올레'란 자기 집 마당에서 마을의 큰길로 들고 나는 진입로를 뜻하는 제주 토박이말이다. 자기 집 올레를 나서야만 이웃집으로, 마을 복판으로, 옆 마을로 갈 수 있다. 올레를 모두 이으면 제주뿐 아니라 지구를 다 돌 수도 있다는 점에서 올레는 모든 길의 시작이요 끝이다. 게다가 '제주에 올래?'라는 의미로도 해석할 수 있으니 '올레'라는 말을 활용한 것은 금상첨화(錦上添花)의 명명법(命名法)이다.

제주의 산간 지역에 오름과 함께 어울려 있는 무수한 길들, 해안으로 펼쳐지는 수많은 길은 제주 올레의 범위를 무한하게 만들어 준다.

고1 무렵 처음 제주도에서 오토바이를 배워서 산간 지역의 작은 길을 달리던 때가 생각난다. 나즈막한 밀감 나무가 가득한 사잇길, 검은 돌들 사이로 이어지는 길을 따라서 신나게 고속으로 질주하다 보면 비로소 살아 있는 것 같은 느낌이 들었다. 여름에 제주의 해안 도로를 3주 동안 혼자 걸으며 여행한 적도 있었다. 해수욕장에서 종일 뒹굴다가 저녁 무렵이면 다음 마을로 이동하는 식으로 북쪽 해안을 돌았다. 시계 반대 방향으로 제주도의 해안을 거의 돌았던 기억은 아직도 생생하다.

파울로 코엘료의 책들이 유명세를 타면서 1년에 고작 400여 명이 찾던 산티아고 길은 이제 해마다 500만 명 넘는 사람들이 다녀가는 세계적 명소가 되었다. 이와 마찬가지로 산티아고에서 제주 올레로 이어지는 여정들이 도시와 현실에 찌든 이들을 모두 길 위에서 만나게 하여, 참된 자신으로 거듭나게 해 준다면 좋겠다. 이들이 산티아고에서 피니스테레로, 다시 평화의 섬 제주도까지 걷는 가운데, 올레 역시 섬처럼 따로 떠 있던 사람들을 자유롭게 연결하고 소통하게 해 주는 근사한 길로 다시 태어날 것이다.

🏰 우리들만의 산티아고로 가는 길

만일 코엘료가 자신의 책 가운데 1권 이상을 전자책으로 무료로 공개한다면 어떨까. 그래서 가정 형편이 어려운 아이들이 '정보 통신(IT) 기술의 강대국' 대한민국에서 태어나고도 책을 못 읽어서 가난이 대물

림되는 일은 없도록 하는 것이다. 내가 활동하는 '책으로 따뜻한 세상 만드는 교사들'에서는 2007년부터 저작권 기부 운동*을 벌이고 있다. 이 운동에는 외국인 저자 2명과 국내 저자 90여 명이 동참해, 그들의 책 중 한 권은 누구나 무료로 읽을 수 있다. 그러니 코엘료, 당신도 아무쪼록 우리와 뜻을 같이해 주기를!

포털 사이트 '네이버'는 몇 해 전 '오늘의 문학' 코너에 코엘료의 신작 『승자는 혼자다(*Vencedor Estásó*)』를 독점 연재했다. 코엘료가 산티아고를 순례했던 1986년과 비교해 볼 때, 세상은 많이 달라졌다. 저작권을 보호해야 한다는 목소리는 높지만, 정작 사람과 사람 사이의 소통을 염두에 두고 자신의 혼을 담아 글을 쓰고 책을 펴내는 경우는 점점 줄어드는 듯싶다.

코엘료의 말처럼 "세상은 경이로움으로 가득 차 있고, 인생은 매순간 그 경이로움을 만나는 모험 여행"이다. 또한 "인생을 살맛나게 해 주는 건 꿈이 실현되리라는 믿음"이며, "비범한 삶은 언제나 평범한 사람들의 길 위에" 있다. 그러니 자유와 진리, 소통과 사랑의 새로운 길을 함께 만들어 보자! 제주도에서든 인터넷에서든, '우리들만의 산티아고'로 가는 길을 만들어 보는 노력은 많을수록 좋지 않은가. 우리는 길 위에서 태어나, 길을 만들며 살다가, 길 위에서 죽는 순례자들이다.

저작권 기부 운동
책의 저자가 청소년을 비롯한 독서 소외층을 위해 자신의 저작물 중 1권 이상을 전자책 형태로 인터넷에 무료로 공개하도록 독려하는 문화 운동이자 우리나라에서 시작한 세계적인 기부 운동이다.
지적 창작물에 대한 권리를 모든 사람이 공유하는 카피레프트(copyleft) 운동과 달리 저작권 기부 운동, 즉 카피기프트(copygift!)는 저자와 출판사의 자발적 동의를 전제로 한다.

116

문학 수첩

삶의 연금술을 보여 준 언어의 연금술사! 파울로 코엘료

1947년 리우 데 자네이루에서 태어난 코엘료는 산티아고 순례에 나서기 직전까지 나름대로 '잘나가는 삶'을 살았지만 그의 인생이 줄곧 평탄하지만은 않았다. 어려서부터 작가가 되고 싶었던 코엘료는 부모의 반대에 부딪혀 우울과 분노 속에서 유년을 보냈다. 게다가 그의 부모는 내향적인 성격과 기존 질서에 대한 저항심을 이유로 16세의 코엘료를 정신병원에 입원시켰다. 스무 살에 퇴원할 때까지 세 번이나 탈출을 감행해야 했던 코엘료는 결국 작가의 꿈을 버리고 만다. 법학 대학에 입학하였으나 1년 만에 자퇴하고, 히피 문화에 심취해 세계 곳곳을 여행했다. 브라질로 돌아와 다양한 분야에서 일하던 중 1974년에는 군사 독재에 맞서서 반정부 활동을 하다가 두 차례나 수감되기도 했다. 출옥한 뒤에도 그는 여전히 히피 문화에 심취해 있어 록 밴드를 만들고 120여 곡을 작사·작곡하기도 했다. 죽고 싶을 만큼 힘든 순간을 이겨 내고, 쓰라린 체험을 문학적으로 승화시킨 파울로 코엘료야말로 진정한 삶의 연금술사가 아닐까.

더 읽어 봅시다!

파울로 코엘료는 꿈을 잃고 자살을 기도한 베로니카가 정신병원에서 만난 이들을 통해 사랑과 삶의 빛을 찾는 『베로니카, 죽기로 결심하다』, 인생의 비애와 현실의 공포를 잊고자 일이나 사랑, 유흥 등에 중독된 사람들에게 일상의 껍질을 깨고 진정한 자아를 발견하길 권하는 『오 자히르(O Zahir)』, 세계 각지에서 만난 이들의 이야기와 우화를 모은 산문집 『흐르는 강물처럼(Ser Como O Rio Que Flui...)』 등을 썼다. 우리나라 도보 여행서에는 《동아일보》 기자 김화성의 『길 위에서 놀다』, 이혜영의 『지리산 둘레길 걷기 여행』 등이 있다.

산티아고에서 포르투까지, 표류하는 땅과 인간

주제 사라마구, 『돌뗏목』

피레네 산맥이 갈라지면서 이베리아 반도가 유럽 대륙에서 떨어져 나간다. 아수라장 속에서 다섯 명의 주인공은 기이한 체험 때문에 한데 모이게 되고, 이내 사랑에 빠진다. 그러나 북대서양을 향해 표류하던 이베리아 반도가 아조레스 제도와 충돌할 위험이 예측되면서, 위기에 놓인 갈리시아 주민들의 탈출이 시작된다. 주제 사라마구(José Saramago, 1922~2010)의 소설 『돌뗏목(*A Jangada de Pedra*)』은 초현실적인 설정을 바탕으로 시작해 혼란을 물리친 평범한 민중 덕분에 평화가 찾아오는 것으로 끝을 맺는다. 그렇다면 이 작품에 담긴 작가의 메시지는 무엇일까? 포르투갈의 어제와 오늘 그리고

『눈먼 자들의 도시(*Ensaio Sobre a Cegueira*)』로 유명한 주제 사라마구의 작품 세계를 돌아보는 꿈의 여정을 시작한다.

🎒 자전거 순례의 서막

산티아고 순례는 정말 근사했다. 호흡에 맞춰 찬찬히 밟은 피레네 산맥과 에스파냐 북서부, 그곳의 모든 길은 내 안에서 다시 태어났다. 하늘에 은하수가 흐르듯 내 마음속에도 어느새 푸른 생명과 부드러운 흙으로 이루어진 길이 펼쳐졌다. 여행을 하면 새로운 우주가 가슴 가득 태어난다. 빅! 뱅!

에스파냐의 땅끝이자 대서양의 시작인 피니스테레에서 산티아고로 돌아올 때는 버스를 탔다. 며칠간 뚜벅뚜벅 걸어온 길이건만, 버스로 두 시간 만에 훌쩍 도착하니 왠지 허전했다. 산티아고 대성당 앞에서 행선지를 놓고 다시 고민했다. 그래, 포르투갈! 이베리아 반도에 함께 자리한 이 나라를 그냥 지나치기란 어려웠다. 여행자는 돌아올 날을 기약하지 않는 법! 지금, 포르투갈과의 '마지막 인연의 문'이 닫히고 있는지도 모른다. 여행자가 명심해야 하는 영원한 철칙을 중시하기로 했다. '마음 가는 대로 하라!'

에스파냐에서 포르투갈로 가는 육로는 다섯 갈래다. 먼저 에스파냐 중서부인 살라망카와 카세레스, 바다호스에서 각각 포르투갈 중동부인 빌라르 포르모주, 포르탈레그르, 엘바스를 거쳐 들어오는 세 갈래 길이 있다. 여기에 세비야에서 파로까지의 남부 길, 투이에서 발렌사까지의 북부 길이 더해진다. 산티아고에서 출발할 경우 당연히 북부 길을 택해야 한다.

그럼 버스나 기차로 갈까? 시원한 냉방 장치가 된 차 안에서 늘어지게 한숨 자다 보면 어느새 목적지에 도착하겠지. 그래, 좋아. 스페인의 산티아고 데 콤포스텔라에서 포르투갈의 포르투까지 기차 요금이 26유로. 포르투에서 코임브라까지 기차로 13.20유로, 다시 코임브라에서 포르투갈의 수도 리스본까지 버스로 14유로. 이렇게 버스와 버스 요금을 하나씩 따지다 보니 문득 공허해졌다. 이러려면 차라리 집에 있을 걸 그랬다.

문득 집이 있는 경기도 일산이 생각난다. 뭉게구름이 하늘 가득 펼쳐지고 한강 하구의 습지가 더욱 깊어지는 곳. 집 근처 호수공원의 나무 그늘 아래 은박 돗자리 하나 깔아 놓고 비스듬히 누워 책을 읽던 작년 여름. 목이 마르면 아이스박스에 챙겨 간 캔맥주를 마시다가 졸음이 밀려오면 그냥 잠에 빠져들었다. 매미 울음소리에 잠이 깨면 다시 책장을 넘겼고 어느새 가을을 품은 바람들이 몇 갈래씩 불어와 책갈피를 빠져나갔다. 책장을 넘기던 내 손길은 그때마다 황홀하게 떨렸다. 얼마나 근사했던 시간들인가. 아무리 해가 바뀌었다고는 해도 똑같은 시간대에 버스와 기차에 갇혀 물건처럼 이동하기는 싫었다.

엄청나게 뜨거운 폭염 속에서 걷기도 싫고, 그렇다고 쉽게 가기는 더더욱 싫고……. 좋아. 그럼 절충을 하자. 자전거 여행을 해 보자! 일단 한낮의 더위를 피해 12시에서 4시까지는 그늘 속에 몸을 숨기자. 졸리면 자유롭게 눈을 붙이고, 그 앞뒤의 시간에는 느긋하게 자전거로 포르투갈의 해안과 마을을 만끽해 보자. 브라보!

🏍 산티아고에서 포르투갈로 가는 길

포르투갈에는 정식 자전거 도로가 거의 없다. 하지만 대부분의 도로는 자전거를 즐기기에 적합하다. 특히 남부의 알렌테 주와 산악자전거 경주 '트랜스 포르투갈 가민(Trans-Portugal Garmin)' 경로 일부인 중부의 이스트렐라(Estrela) 산맥, 북부의 페네다 게레스(Peneda-Gerês) 국립공원은 자전거 주행에 최적의 코스로 꼽힌다. 8월에 열리는 포르투갈 최대의 자전거 대회인 '볼타 아 포르투갈(Volta a Portugal)'은 유럽에서 가장 오래된 대회 가운데 하나다.

여기에 자전거 투어 회사를 이용하면 더욱 환상적인 자전거 여행을 즐길 수 있다. 이를테면 새들 스케대들(Saddle Skedaddle) 같은 영국 회사도 추천할 만하다. 이곳에는 17일짜리 포르투갈 종단 투어를 비롯한 여러 가지 산악자전거 투어 상품들이 많다. 포르투갈에서 즐길 수 있는 상품은 애틀랜틱 트레일(Atlantic Trails)이라는 7일짜리 산악자전거 투어인데 참가비 995파운드에 비행기 요금 대략 150파운드 정도면 가능하다. 원한다면 별도로 보험에 들 수 있고 자전거도 빌릴 수 있다. 비용은 각각 34파운드와 140파운드.

하지만 지금처럼 산악자전거를 타는 여행도 정말 신난다. 북쪽에서

남쪽으로 내려오면 바람을 등지게 되므로, 산악자전거의 속도감을 만끽하기에 딱이다. 포르투갈에서 산티아고로 가는 길, '포르투갈 길(Camino Portugues)'이라 불리는 이 길을 역방향으로 따라갔다.

먼저 산티아고에서 약 24킬로미터 떨어진 파드론은 사도 야고보의 시신을 실은 배를 묶었던 돌이 있어 유명하다. 다시 19킬로미터 정도 더 남쪽으로 내려가면 칼다스 데 레이. 순례자의 길에 흔히 볼 수 있는 알베르게 대신에 꽤 번듯한 호텔이 있는 곳이다. 다시 23킬로미터 정도 더 가면 오른편으로 바다를 볼 수 있는 폰테베드라, 다시 18킬로미터 정도 내려가면 레돈델라, 15킬로미터 정도 더 가면 포리뇨. 국경 도시인 투이까지가 115킬로미터다. 여기서 작은 강(Rio: '히우'라 발음함)인 '히우 미뉴(Rio Minho)'를 건너면 포르투갈의 영토인 발렌사 두 미뉴(Valença do Minho)다.

여기서 다시 포르투까지 123킬로미터를 내려가면 바로 포르투갈에서 산티아고로 가는 길 238킬로미터가 된다. 인터넷에서 찾은 지도를 보면 포르투까지 모두 8개의 강을 거쳐야 한다. 히우 미뉴, 히우 리마(Rio Lima), 히우 네이바(Rio Neiva), 히우 카바두 (Rio Cávado), 히우 에스트(Rio Este), 히우 아비(Rio Ave), 히우 라즈(Rio Laje), 히우 레사(Rio Leça), 포르투의 기점 바로 남쪽에서 흐르는 작은 강 히우 도루(Rio Douro)까지 따지면 모두 9개의 강을 거쳐야 하는 코스다.

기타라
12줄로 된 포르투갈의 전통 기타

산티아고로 가는 길은 널리 알려진 것만 열 갈래가 넘는다. 그 가운데 하나가 바로 앞서 말한 포르투갈에서 산티아고로 가는 길이다(Camino Portugues). 나는 지금 산티아고로 가는 사람들을 보면서 거꾸로 나만의 순례를 즐기고 있다. 그것도 대부분의 다른 이들과 달리 자전거까지 타고서. 자전거 바퀴 위에서 보는 에스파냐와 포르투갈이 같으면서도 다르고 다르면서도 같다. 어디선가 포르투갈의 전통 음악인 파두(fado)의 선율이 들려왔다. 파두에는 포르투갈의 영광과 슬픔이 깊은 허무감으로 배어 있다. 기타라* 의 애수 어린 음률로 연주되는 파두는 포르투갈인들의 사고와 정서가 담긴 '살아 있는 과거'다.

🏃 황금시대의 영광, 제국주의의 그늘

포르투갈 또한 에스파냐만큼 태양이 작렬한다. 이베리아 반도에 있는 나라답다. 12시에서 4시까지의 가장 뜨거운 시간을 피했지만 여전히 햇빛은 강렬하고 기온은 높다. 마치 햇빛이 내리쬐는 고온 건조장에라도 들어온 듯싶다. 이럴 때 바퀴는 엿가락처럼 늘어졌다.

포르투갈은 기원전 2만 년 전쯤으로 추정되는 선사시대부터 사람이 살기 시작한 이래로 켈트인과 반달족, 알란족, 서고트족 등이 자리를 잡았다. 여러 지배자들을 거치던 중 8세기 무렵에는 북아프리카 이슬람인 무어족의 침략을 받고 그들의 지배에 놓이기도 했다. 그러다 북부의 기독교 세력이 힘을 키우면서 마침내 12세기에는 포르투갈 전역에서 이슬람 세력을 몰아내었다.

포르투갈의 전성기는 무역 독점을 위해 에스파냐와 앞다투어 탐험대를 내보내 항로를 개척하던 무렵이다. 1492년 콜럼버스가 아메리카 대륙을 발견하면서 양국 간의 갈등은 정점에 이르렀다. 2년 뒤인 1494년, 두 나라는 전 세계의 식민지를 양국이 나눠 갖는다는 내용의 '토르데시야스(Tordesillas) 조약'을 맺었다. 두 나라의 당시 국력이 어느 정도였는가 짐작할 수 있는 대목이다.

조약의 결과, 브라질을 제외한 아메리카 대륙의 거의 모든 지역이 에스파냐의 통치권에 들어갔다. 포르투갈 또한 브라질을 포함한 아메리카 대륙 동부의 국가는 모두 자국의 영토라고 선언했고 모잠비크와 앙골라를 비롯한 아프리카 국가 대부분이 포르투갈의 식민지가 되었다. 자국의 탐험가들이 본토로 가져오는 소득의 5분의 1을 조세로 받았기에, 포르투갈은 유럽에서 가장 풍요로운 국가가 될 수 있었다.

하지만 기독교만 고집했던 포르투갈 왕실이 에스파냐계 유대인들을 추방하고, 개종한 유대인들마저 처형하는 바람에 '돈줄'이 사라져 국가 재정이 파탄 나고 말았다. 게다가 왕위에 오른 젊은 이상주의자 세바스티앙은 모로코를 기독교 영토로 만들려고 무리한 전쟁을 벌였다가 그 자신은 물론 군사의 절반이 몰살당하고 말았다. 결국 포르투갈의 황금시대는 1580년에 막을 내리게 된다. 이토록 짧은 영광과 몰락은 포르투갈 사람들에게 아픈 역사의 기억으로 깊이 아로새겨진다. 나 아닌 존재를 억압하는 모든 권력이란 결국 자신을 철저히 억압한다.

파두에는 '그때 그 시절'에 대한 포르투갈 민중의 향수가 담겨 있다. 드넓은 세계로 나아가는 배들을 보며 느꼈던 무한한 자부심, 이제는 그 모습을 찾아볼 길 없는 데 따른 극단의 허무함이 묘하게 어우러진 노래가 파두다. 애조 띤 그 선율은 듣는 이의 가슴을 해 질 녘의 어스름으로 물들였다가, 대서양의 검푸른 심연처럼 가라앉게 만든다.

파두를 대표하는 포르투갈 국민가수 고(故) 아말리아 호드리게스 (Amália Rodrigues)의 노래는 전설이다. 지난 2007년 부산영화제에서 모든 관객의 기립 박수를 받은 영화 〈파두〉도 놀라웠다. 85분 동안 소름이 끼치도록 아름답게 가슴을 파고드는 파두의 위력을 실감케 했다. 에스파냐에 현란하고 슬픈 플라멩코가 있다면, 포르투갈에는 검고 우울한 파두가 있다. 파두 공연을 접하지 않았다면 포르투갈을 갔다 왔다고 하지 말아야 한다.

🚲 자전거 바퀴에 감겨 오는 세계와 나

앞으로 몇 개의 강을 더 건너야 할까. 이정표는 보이지 않고 강을 헤아리던 손가락은 어느 틈에 풀려 있다. 아주 천천히 자전거를 타다 보면 바퀴살에 감겨 오는 시간처럼 나도 모르게 깊은 사념에 빠지게 된다. 발아래에서 펼쳐지는 자연이 저 멀리 아름다운 풍광을 만들고 다시 그로부터 모든 세상이 펼쳐진다는 사실을 실감하게 된다. 이미 소설가 김훈이 자전거 타기에 관한 자신의 성찰을 잘 펼쳐 내었다.

구르는 바퀴 위에서 몸과 길은 순결(純潔)한 아날로그 방식으로 연결되는데, 몸과 길 사이에 엔진이 없는 것은 자전거의 축복(祝福)이다. 그러므로 자전거는 몸이 확인할 수 없는 길을 가지 못하고, 몸이 갈 수 없는 길을 갈 수 없지만, 엔진이 갈 수 없는 모든 길을 간다.

구르는 바퀴 위에서, 바퀴를 굴리는 몸은 체인이 매개하는 구동축(驅動軸)을 따라서 길 위로 퍼져 나간다. 몸 앞의 길이 몸 안의 길로 흘러 들어왔다가 몸 뒤의 길로 빠져나갈 때, 바퀴를 굴려서 가는 사람은 몸이 곧 길임을 안다.

김훈, 『자전거 여행』, 17쪽

자전거 바퀴를 자기 힘으로 굴리는 순간에 바퀴와 몸, 길은 하나가 된다. 다시 말해 자전거를 타면 자전거라는 도구와 나라는 주체, 눈앞에 펼쳐지는 세계가 하나가 되는 완벽한 순간을 맛볼 수 있다는 것이다. 이렇듯 성찰이 담긴 문장은 글과 인간, 세상이 어떻게 연결되는지 암시해 준다.

하지만 굳이 이렇게 사념적인 문장이 아니더라도 자전거를 사랑하는 사람들은 가슴으로 안다. 느리게 달리는 자전거 덕분에 나 역시 길과 세상과 하나가 된 듯한 느낌을. 순례자의 길을 따라 다가오는 수많은 얼굴들. 그들은 또 다른 '나', 수많은 '나'다. 바퀴를 굴리며 생각에 잠기고 바퀴 속으로 풍경이 감겨 온다.

자전거를 타고 저어갈 때, 세상의 길들은 몸속으로 흘러 들어온다. 강물이 생사(生死)가 명멸(明滅)하는 시간 속을 흐르면서 낡은 시간의 흔적을 물 위에 남기지 않듯이, 자전거를 저어갈 때 2만 5,000분의 1 지도 위에 머리카락처럼 표기된 지방도, 우마차로, 소로, 임도, 등산로 들은 몸속으로 흘러 들어오고 몸 밖으로 흘러나간다. 흘러오고 흘러가는 길 위에서 몸은 한없이 열리고, 열린 몸이 다시 몸을 이끌고 나아간다. 구르는 바퀴 위에서, 몸은 낡은 시간의 몸이 아니고 생사가 명멸하는 현재의 몸이다. 이끄는 몸과 이끌리는 몸이 현재의 몸속에서 합쳐지면서 자전거는 앞으로 나아가고, 가려는 몸과 가지 못하는 몸이 화해하는 저녁 무렵의 산속 오르막길 위에서 자전거는 멈춘다. 그 나아감과 멈춤이 오직 한 몸의 일이어서, 자전거는 땅 위의 일엽편주(一葉片舟)처럼 외롭고 새롭다.

김훈, 같은 책, 16쪽

자전거는 어느새 작은 배가 된다. 아말리아 호드리게스의 〈검은 돛배(Barco Negro)〉가 지평선 위로 떠오른다. 빗속에 춤추는 검은 배, 돌아오지 않는 해변의 돛단배. 미칠 듯한 그리움 속에 돌아오지 않는 연인을 기다리는 이의 절규가 떠오른다. 이곳은 포르투갈이다.

🎒 사라마구의 거대한 상상 속에서 표류하다

1998년 주제 사라마구가 일흔여섯의 나이로 노벨 문학상을 받았을 때 우리나라의 대다수 문학 애호가들은 깜짝 놀랐다. 국내에는 거의 알려지지 않은 작가인 데다가 그가 보여 준 상상력이 너무나 엄청났기 때문이다. 1986년에 발표한 장편『돌뗏목』만 해도 '포르투갈과 에스파냐의 국경을 이루는 피레네 산맥이 갈라지며, 거기서 떨어져 나온 이베리아 반도가 대서양을 향해 떠내려간다'는 설정에 바탕을 둔다. 한반도가 돌뗏목이 되어 미지의 바다로 나아간다고 상상한 적이 있는가. 이러한 상상은 아무나 할 수 없다.

사라마구는 '표류하는 반도'의 이곳저곳을 여행하는 다섯 명의 인물을 통해, 인간 심리와 상황을 정확하게 포착하여 치밀하게 묘사한다. 유럽 통합을 앞둔 1980년대 중반이 배경인 이 작품에는 포르투갈의 정체성과 현실에 대한 통찰이 번득인다(이 소설이 발표된 1986년은 포르투갈이 에스파냐와 함께 유럽 경제 공동체 EEC에 가입한 해이다).

아직 날빛이 약간 남아 있었다. 많지는 않았지만 멀리 수평선까지 바다가 간신히 보일 정도는 되었다. 카시아스로 내려가는 이 정상에서는 이 거대한 물의 규모를 판단할 수 있다. 그래서인지 몰라도 주제 아나이수는 중얼거렸다. 달라. 그러자 그가 무슨 말을 하는 것인지 전혀 몰랐던 조아킴 사사가 물었다. 뭐가 다르다는 거야. 물, 물이 달라. 인생은 이물처럼 변해, 변했는데 우리가 눈치조차 못 채는 거야, 우리는 평온하니까 우리가 변하지 않았다고 생각하지, 착각이야, 완전한 기만이야, 우리 삶은 계속 움직이는 거야. 바다가 힘차게 도로의 난간에 부딪혔다.

『돌뗏목』, 188쪽

이처럼 사라마구의 작품은 허구와 현실을 넘나드는 '환상적 리얼리즘'을 자랑한다. 『눈먼 자들의 도시』는 모든 사람이 눈이 먼 가운데 단 한 사람만이 그러한 세상을 볼 수 있는 극한의 상황을 제시한다. 영화로도 만들어진 이 작품에서, 작가는 대재앙에 반응하는 인간과 사회의 면모를 냉철하게 묘파한다.

『죽음의 중지(As Intermitencias da Morte)』 또한 마찬가지다. "다음 날, 아무도 죽지 않았다"로 시작하는 이 작품은 어느 날 갑자기 죽음이 사라져 버린다는 상상에서 출발한다. 사람들은 죽음의 공포에서 해방되었다며 환호하지만, 이는 잠시 동안의 착각일 뿐이다. 아무도 죽지 않는다면 인간의 삶은 과연 행복하기만 할까? 죽음이 중지된 삶은 대학살보다 심각하고 처참하다는 작가의 상상과 통찰은 우리를 끝없는 고민의 수렁으로 몰아넣는다. 그는 인간이 어떤 존재인지 속속들이 알고 있는 절대자처럼 인간의 삶과 현실을 놀라우리만큼 치밀하게 표현한다.

그래서 사라마구의 작품들은 눈으로 건성건성 읽어 내려가기 힘들다. 문장 부호도 마침표 대신 쉼표를 많이 쓰는 까닭에 결코 가볍게 읽히지 않는다. 그렇다고 난해한 작품으로 오해하지는 말자. 찬찬히 작가의 호흡을 따라가다 보면, 자신도 모르게 그에게 빠져들게 될 테니까. 거대한 상상력으로 세상을 펼쳐서 인간의 삶을 섬세하게 짚어 가는 사라마구의 작품 세계는 그야말로 경이로움 그 자체다.

> 반도는 멈추었다. 여행자들은 오늘, 오늘밤, 내일 여기를 떠날 것이다. 떠나
> 려 하는데 비가 오고 있다. (……) 언젠가 누군가가 그 이야기를 할 것이다.
> 어떤 미래가 얼마나 많은 시간이, 어떤 운명이 그들을 기다리고 있는지 누가
> 알겠는가. 느릅나무 가지는 녹색이다. 아마 내년이면 다시 꽃을 피울 것이다.
>
> 같은 책, 476쪽

어쩌면 우리 모두는 표류하는 돌뗏목 위에 있는 게 아닐까. 단단히 뿌
리내린 듯싶지만 알고 보면 떠돌아다니는 삶. 어쩌면 이베리아 반도같이
크지만 않을 뿐 우리들 각자가 이미 돌뗏목인지도 모른다. 하지만 어떤
상황에서라도 희망을 잃지 말 것! 나는 자전거 바퀴로 가로지른 포르투
갈의 바다와 길을 가슴 가득 담아 간다. 사라마구를 만나러 그가 생의
마지막을 보낸 작은 섬으로 발길을 돌릴까. 아니다. 리스본의 카페에서
파두를 원 없이 감상하고 싶다. 그 대신 포르투에 들렀다가 리스본에 도
착하기까지 나는 모든 밤을 사라마구의 소설과 함께할 것이다.

문학 수첩

현실과 환상을 넘나드는 경이로운 상상력

농부의 아들로 태어난 사라마구는 고등학교를 마친 뒤 용접공, 제철공, 막노동 등 숱한 직업을 전전하면서 문학을 독학하였다. 1969년 우익 독재 정권에 반기를 든 공산주의 정당에 가입해 칼럼니스트로 활동하다 1975년에 국외로 강제 추방되었다. 이후 번역가·언론인으로 일하던 그는 57세에 전업 작가의 길을 택했다. 1982년에 환상적인 역사 소설 『수도원의 비망록(*Memorial do Convento*)』으로 명성을 얻은 이래 '환상과 현실을 넘나드는 상상력과 인간애, 풍자에 바탕을 둔 새로운 소설의 영역을 개척한 작가'로 평가되었다. 1993년 에스파냐령 카나리아 제도의 란사로테 섬으로 이주해 기자 출신의 아내와 은둔자처럼 살다 2010년 지병으로 인한 다발성 장기 부전으로 세상을 떠났다.

더 읽어 봅시다!

주제 사라마구는 '눈먼 자들이 눈을 뜬' 이후 4년이 흐른 선거일에 유권자의 80퍼센트가 백지 투표를 던지면서 벌어진 사상 초유의 사태를 그린 『눈뜬 자들의 도시(*Ensaio Sobre a Cegueira*)』와 꼭 닮은 교사와 배우가 서로 누가 원본이고 복사본인지 따져 묻는 『도플갱어(*O Homem Duplicado*)』, 플라톤의 동굴 비유를 통해 자본주의의 폐해를 우화적으로 풀어낸 『동굴(*Caverna*)』, 포르투갈의 역사를 다룬 원고에 단어 하나를 덧붙여 대안 역사가 탄생하는 과정을 그린 『리스본 쟁탈전(*Historia do Cerco de Lisboa*)』, 더 이상 존재하지 않는 섬을 찾아 나선 남자의 여행을 그린 『미지의 섬(*O Conto da Ilha Desconhecida*)』, 중앙 호적 등기소의 말단 직원이 겪는 황당한 사건을 통해 인식과 실재의 간극을 묻는 『이름 없는 자들의 도시(*Todos os Nomes*)』 등을 썼다.

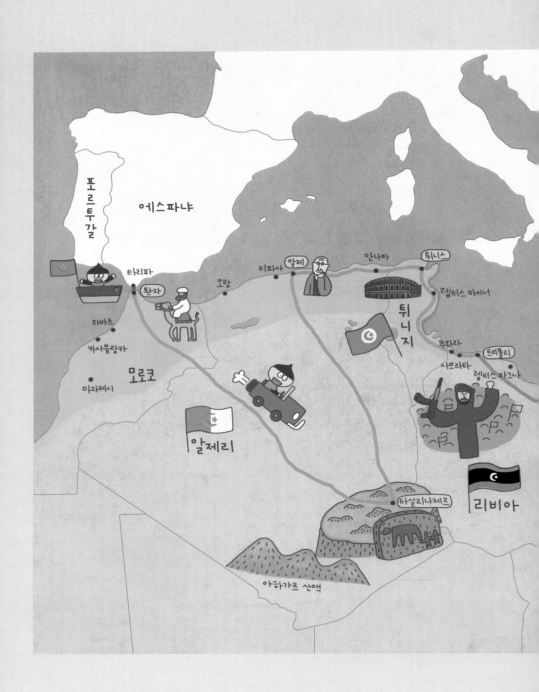

3장

아프리카 사막에 남긴 인류의 발자국

왕세리에 온 까닭은 너지 시수메위 타깃리의 앞벽과 그러고 브래갠 의 밤 는 특별한 페이지들을 보니 싶어서만은 아니었다. 나를 청춘의 위업한 뒷에서 헤맨시켜 주고 늘 최종을 꿈 있게 만드량그께 차리 지침 역사에 부닙 싶어서왔다 대민에 있는 '밖으로 나가고 싶은 북빛'들 건이 러시 키나 즉 그와 친것들으 오래오랫 떠나기 싶어서 었 나 여행은 본론의 장의이나.

모로코 퇀자에서 찾은
위대한 여행가의 숨결

이븐 바투타, 『이븐 바투타 여행기』

"고향을 감미롭게 생각하는 사람은 아직 허약한 미숙아다. 모든 곳을 고향이라고 느끼는 사람은 상당한 힘을 갖춘 사람이다. 그러나 전 세계를 낯설게 느끼는 사람이야말로 완벽한 인간이다."

프랑스의 대문호 빅토르 위고(Victor-Marie Hugo)의 말에서 보듯, 모름지기 새로운 지식과 사상, 문화는 익숙한 것과의 결별에서부터 탄생한다. 여기, 낯익은 것에서 낯선 것을 발견하고, 개별적인 지역 문화에서 인류 보편의 근원을 꿰뚫어 본 14세기의 여행가가 있다. 이슬람권 국가들에서 자부심의 대명사로 통하는 그의 이름은 이븐 바투타(Ibn

퇀자
퇀자의 국립국어원 표준어
표기는 에스파냐어 이름인
탕헤르(Tanger)이다. 이 책
에서는 아랍어 이름을 그
대로 쓰고, 현지 발음 및 이
슬람 전문가 정수일 박사
의 한글 표기를 따랐다.

Battūtah, 1304~1368). 그는 25년간의 아시아 기행과 2년간의 유럽 여행, 3년간의 사하라 사막 횡단이라는 사상 초유의 여행을 마치고 고국으로 돌아왔다. 이븐 바투타의 고향인 아프리카 모로코의 항구 도시 퇀자(Tanjah)˙를 찾아 그의 발자취를 더듬어 보고 싶다.

🐫 모로코, 아프리카와 유럽이 만나는 그곳

드디어 아프리카다. 에스파냐 남부의 타리파에서 페리 FRS호를 타고 지브롤터 해협을 35분 만에 가로질러 모로코 북부의 항구 도시 퇀자에 도착했다. 푸른 천으로 싸인 산뜻한 객실 의자에 앉아 수첩을 꺼내 메모를 시작한 지 얼마 되지 않아서였다. 너무 금방이라 아쉽기까지 하다. 여행은 조금 느려야 제맛이니까. 너무 빠르게 이동하다 보면 꽉 짜인 일상에서 벗어났다는 해방감을 맛볼 수 없다.

배에 타기 전 에스파냐에서 육안으로 보이던 모로코 왕국. 아프리카는 피레네 산맥에서 시작한다는 말도 있지만, 막상 모로코 땅을 밟으니 지브롤터 해협의 남쪽과 북쪽은 확연히 다르다. 지중해성 기후인 점은 같으나, 길거리의 행인들 모습부터 차이가 났다.

모로코인들은 대개 베르베르인이거나 아랍인이다. '고귀한 종족의 후예'라는 뜻의 베르베르인은 피부가 약간 검은 반면, 아랍인은 피부가 희다. 똑같이 '무어인(Moor)'이라 불리는 이들은 8세기경 이베리아 반도를 지배한 옴미아드 왕조의 후손이다. 셰익스피어의 희곡에 무어인이 자주 등장하는 것만 봐도 그 위세가 어떠했는지 짐작할 수 있다.

하지만 오늘날에는 상황이 역전되어, 모로코에도 에스파냐 영토가 버젓이 자리 잡고 있다. 아랍어로 '사브타'라 불리는 인구 7만여 명의 항구 도시 세우타(Ceuta)는 1580년 포르투갈에서 이양된 이래 에스파냐의 카디스 주에 속해 있다. 배후에 있는 산은 지브롤터와 함께 '헤라클레스의 기둥'이라 불리기도 한다.

그런가 하면 에스파냐의 이베리아 반도 끝에는 영국 영토인 면적 6.8제곱킬로미터의 지브롤터가 박혀 있다. 이렇게 지브롤터 근처의 바다와 육지에서는 지중해와 대서양을 자유롭게 이으려는 의지 그리고 유럽 남부와 아프리카 북부를 관통하려는 힘이 날줄과 씨줄처럼 얽혀 대지와 인간의 운명을 가르고 역사를 만들어 왔다.

모로코에는 바다와 산맥과 사막이라는 세 가지 자연 환경이 있다. 대서양과 지중해 그리고 4,167미터 높이의 투브칼 산이 있는 하이 아틀라스 산맥과 아프리카 북부를 뒤덮은 사하라 사막이 그것이다. 여기에 아프리카와 유럽, 아랍의 문화가 한데 어우러져 있는 곳이 바로 모로코다. 유럽인에게 모로코는 언제든 가까이 가고픈 고국 같은 이국(異國)이자 이국 같은 고국이었다.

이곳을 배경으로 하는 서구 영화가 많은 것은 우연이 아니다. 〈카사블랑카(Casablanca)〉와 〈아라비아의 로렌스(Lawrence of Arabia)〉는 아직도 영화 팬들에게 손꼽히는 명작이다. 카사블랑카가 세계적인 관광지가 된 것은 담배 연기 가득한 카페에서 고뇌에 잠긴 배우 험프리 보가트의 모습을 담은 영화 〈카사블랑카〉 덕분이다. 영화 촬영지가 카사블랑카가 아니라는 사실이 밝혀진 뒤에도, '모하메드 5세 공항'은 여전히 〈카사블랑카〉를 기억하는 세계 각지의 관광객들로 북적거린다.

탄자에서 시작하는 사하라 종단 여행

인구 70만 명의 자유무역항인 탄자의 명성은 이제 옛날 같지 않다. 고급 주택단지에서 밤새 호화 파티를 열던 유럽의 재력가들도 이곳을 떠난 지 오래다. 주변 세력들이 충돌하던 전략적 요충지로서의 중요성도 떨어졌다.

그러나 이곳에는 아직도 역사의 흔적이 생생하게 살아 숨 쉬고 있다. 탄자 서쪽의 스파르텔 곶은 '헤라클레스의 동굴'로 유명하다. 선사시대 사람들이 여기서 암석으로 절구를 만들었다는 이야기가 전해진다. 탄자와 세우타 사이에 있는 과거의 항구 도시 크사르 세기르(al Qasr al-Seghir)도 그냥 지나칠 수 없다. 이곳은 트로이 전쟁이 끝난 뒤 고향인 이타카로 돌아가지 못한 채 표류하던 영웅 오디세우스가 아틀라스의 딸 칼립소에게 포로로 잡힌 곳이라 한다. 칼립소는 그를 사랑하여 7년간 붙잡아 두면서 영생(永生)과 재물, 권력을 주겠다고 했으나 집으로 돌아가려는 그의 결심을 돌리진 못했다. 여기서 보듯, 지중해는 유럽과 아프리카의 사회, 문화, 역사를 낳은 인류 문명의 거대한 자궁이다.

7세기 이후 모로코는 아프리카라는 지역 특성에 충실하게 뿌리를 박으면서 그리스 로마 신화로 대표되는 헬레니즘, 그리고 기독교 문명으로 요약되는 헤브라이즘(Hebraism)* 과 결별했다. 모로코는 이후 아랍어를 공용어로 쓰는 이슬람 왕국으로 남아 아랍 문명의 일원이 되었다. 약 3,000만 명의 인구 가운데 65퍼센트가 아랍인이며, 나머지는 거의 베르베르인이다.

헤브라이즘
유대교와 기독교의 뿌리가 된 고대 히브리인의 사상 및 문화적 전통을 말한다. 헬레니즘과 함께 서구 문명을 지탱해 온 두 기둥이다.

그럼에도 모로코는 여전히 에스파냐 서남부의 안달루시아 지방과 비슷한 색채를 띤다. 세비야나 코르도바, 그라나다 같은 에스파냐 도시는 모로코의 톈자, 페스(Fés), 라바트(Ribaat), 마라케시(Marrakech) 등과 오누이처럼 잘 어울린다. 안달루시아에 가면 북아프리카의 아랍을 느낄 수 있고, 다시 모로코에 가면 안달루시아를 떠올릴 수밖에 없다. 모로코에서 쓰이는 아랍어 방언 가운데는 어근이나 단어의 변형, 관용적 표현 등에 에스파냐어와 공통점이 많다고 주장하는 언어학자도 있단다.

카사블랑카, 마라케시, 페스……. 근사한 도시들의 이름을 중얼거리며 랜드로버 좌석에 길게 몸을 기댄다. 마음을 푸근하게 만드는 랜드로버는 둔탁해 보이는 외관만큼이나 내구력이 좋아 대를 이어 물려줄 수 있다는 차다. 조금은 허풍이 섞였겠지만 실제로 사하라 사막을 건널 수 있는 자동차는 랜드로버밖에 없다. 랜드로버는 모래밭뿐만 아니라 자갈길을 포함해 어느 길이든 가리지 않고 잘 간다. 하이 아틀라스 산맥을 넘든지 아니면 사하라 사막을 종단하든지 랜드로버야말로 북아프리카의 가장 현실적인 이동 수단이다.

녹색 랜드로버 하나가 쿠르릉대며 옆으로 지나간다. 언뜻 보니 차 문에 인생을 즐기는 사람들이란 뜻의 프랑스어 '레 봉 비방(les Bons Vivants)'이라는 글자가 찍혀 있다. 차에 탄 세 명의 젊은이는 해변에서 잤는지 몰골이 꾀죄죄하다. 뒷좌석에는 연료통과 물통, 통조림 상자, 여행 장비 들이 처박혀 있다. 사하라 사막을 건널 때 통조림은 필수품이기에 찾는 사람들이 늘 있다. 커피와 취사용 석유 버너는 물론이고 콩과 스파게티, 소시지, 복숭아, 녹색 완두콩 통조림 등 여기서 쉽게 구할 수 있는 음식들도 챙겨야겠다. 나의 랜드로버 여행을 시작하려면!

위대한 여행가 이븐 바투타와 함께

시로코의 손길이 머리카락을 살랑살랑 건드렸다. 랜드로버를 길가에 세워 둔 채 거리를 느릿느릿 걸었다. 아직 더위가 가시지 않아 모든 사람들이 천천히 움직인다. 길모퉁이를 돌아서자 전통 시장이 있는 '작은 광장', 프티 소코(Petit Socco)가 나타났다. 발목까지 오는 긴 옷에 히잡*을 둘러쓴 여인들이 밝게 웃으며 흥정을 벌이고 있다. 세계 어디를 가도 시장에서는 사람 사는 냄새가 물씬 풍긴다. 왠지 기분이 울적하면 시장을 찾곤 하는 친구 얼굴이 떠올랐다.

다른 곳으로 이동하려면 배가 든든해야겠기에 노

히잡
시리아, 터키 등 아랍권의 이슬람 여성들이 머리와 상반신을 가리기 위해 쓰는 외출용 쓰개

천카페에서 쿠스쿠스(couscous)를 먹었다. 쿠스쿠스는 밀가루 반죽 비슷한 것에 양고기와 생선 등을 얹어 먹는 모로코의 전통 음식이다. 쿠스쿠스를 별로 좋아하지 않는 관광객들도 있다. 하지만 집 떠나면 무엇이든 맛있게 잘 먹어야 한다. 그러지 못한 자여, 그대는 여행을 하면서도 집에 갇혀 있으려 하는가?

카사블랑카나 라바트 등을 제쳐 두고 이곳 톈자부터 찾은 것은 '인류 역사상 가장 위대한 여행가'인 이븐 바투타를 하루빨리 만나고 싶어서다. 톈자 사람들은 그의 이름을 딴 공항과 거리까지 조성할 정도로 이 위대한 인물을 언제나 자랑스럽게 기억하고 있다. 이븐 바투타는 이슬람 세계의 자랑인데 아라비아 반도의 두바이에 그의 이름을 딴 대형 쇼핑몰이 있을 정도다.

이븐 바투타는 1304년 이곳 톈자에서 이슬람 명문가의 아들로 태어나 법관이 된 인물이다. 그는 21세가 되던 해인 1325년, 여느 청년들처럼 이슬람교도의 의무를 다하기 위해 메카(Mecca)*로 성지순례를 떠났다. 3년간 북아프리카를 거쳐 아라비아 반도까지 순례를 모두 마친 이븐 바투타는 고향으로 돌아가는 대신, 놀랍게도 27년간 아프리카와 유럽, 아시아에 걸쳐 무려 12만 킬로미터를 여행했다. 단순히 계산해도 30년간 매일 10킬로미터 이상 움직인 셈이다. 변변한 이동 수단도 없었고, 각 지역의 기후와 일기 변화로부터도 자유롭지 못했던 그 당시 형편을 생각하면 믿을 수 없을 정도로 초인적인 여행이다.

메카
사우디아라비아 서부에 있는 도시. 이슬람교 제1의 성지로, 이슬람교의 창시자인 예언자 무함마드가 태어난 곳이다. 이슬람교도들은 매일 5번씩 메카를 향해 기도하고 일생에 한 번은 이곳을 순례한다.

이븐 바투타의 긴 여행은 크게 네 시기로 나눌 수 있는데, 우선 1325~1329년 모로코의 탕자에서 출발해 이집트를 거쳐 메카를 순례하고 주변을 더듬은 여행을 들 수 있다. 다음으로 1331~1332년 홍해 연안과 아프리카 동해안을 거쳐 아라비아 반도를 돌아본 여행, 1332~1351년 터키에서 남러시아를 지나 인도와 중국을 둘러본 여행, 마지막으로 1351~1354년에 이베리아 반도의 마지막 이슬람 왕조인 나스르 조(朝)의 수도 가르나투아(오늘날 에스파냐의 그라나다)와 아프리카 북부를 거쳐 간 여행이 그것이다. 지도에 여정을 표시해 보면, 놀랍게도 유럽과 아프리카, 아시아라는 세 대륙이 순식간에 연결되며 채워진다.

내가 카아바를 순례하고 사자(使者) ―그에게 지고의 평화가 있기를― 의 성묘(聖墓)를 참배하기 위해 고향 탕자를 떠난 것은 AH* 725년 (서기 1325년) 7월 2일 목요일이었다. 나는 가슴 깊이 간직한 순례의 굳은 의지와 성지에 대한 애틋한 그리움으로 친한 길동무 하나 없이 혈혈단신으로 장도에 올랐다. 여행길에는 대체로 무언가를 타고 다녔다. 나는 남녀노소, 사랑하는 사람들의 곁을 떠나 마치 새가 둥지를 떠나듯 고국과 석별하였다. 그때 양친은 아직 생전이어서 나는 그분들과 헤어지는 아픔을 가까스로 참아야만 했다. 그분들이 겪은 그 별한(別恨)은 나 역시 마찬가지였다. 그때 내 나이는 갓 22살이었다.

『이븐 바투타 여행기 1』, 33~34쪽

AH
교조 무함마드가 메카에서 메디나로 천이(遷移)한 해를 원년으로 하는 이슬람력. 라틴어로는 '안노 헤지라이(Anno Hegirae)'라고 한다. 헤지라이는 히즈라(Hijrah), 즉 성천(聖遷)을 의미한다.

성지순례로 시작된 이븐 바투타의 여행은 이슬람 문명 탐구로 이어졌고, 이는 미지의 세계에 대한 호기심과 열정에 힘입어 평생 계속되었다. 튀니스와 트리폴리를 거쳐 이집트에 도착한 그는 성지뿐 아니라 다른 지역도 직접 가 보기로 마음먹었다. 법관 출신의 지식인답게 이븐 바투타는 직접 보고 듣고 경험한 모든 사례를 자세하고 꼼꼼하게 기록했다.

🐪 수백 년을 건너온 이슬람교도의 세계 여행기

『이븐 바투타 여행기(تحفة النظار في غرائب الأمصار وعجائب الأسفار(رحلة)』는 13세기 후반에 마르코 폴로(Marco Polo)가 쓴 『동방견문록(*Divisament dou Monde*)』에 비해 서술 분량과 여행 지역이 각각 세 배에 이르는 방대한 규모를 자랑한다. 게다가 마르코 폴로는 남에게 전해 들은 이야기까지 모아 놓은 데 비해, 이븐 바투타는 철두철미하게 직접 체험한 것만 기록했다. 그가 "어떤 길이든 두 번은 가지 않는다"는 철칙 아래 여행을 떠난 무렵은 운 좋게도 이슬람 문명이 강한 영향력을 떨치고 있던 때라 성공할 수 있었다. 그는 마음먹은 대로 갈 수 있었으며, 어디를 가든 '모든 이슬람교도는 형제'라는 교리에 따라 도처에서 그의 여행을 흔쾌히 도와주었다.

다마스쿠스의 종교 기금 중에는 세민(細民-빈민)들이 걸어서 성지순례를 하는 데 필요한 비용 기금, 가정 형편이 어려워 부담할 수 없는 신부의 출가비 보조 기금, 포로 속금(贖金-죄를 면하기 위해 바치는 돈) 보조 기금, 여행자들이 고향에 돌아갈 때까지의 의식비와 여비의 보조 기금, 심지어 양켠에 인도가 있고 그 사이를 거마(車馬)가 지나가도록 되어 있는 시대의 좁은 길 보수 기금까지 포함되어 있다. (……) 어느 날 나는 다마스쿠스의 한 골목에서 한 머슴애를 만났다. 그는 들고 있던 쇠한(sahan)이라고 부르는 자기 접시를 그만 손에서 떨구어 깨뜨려 버렸다. 사람들이 모여들었다. 그중 한 사람이 이 어린이에게 "깨진 조각을 주워 모아서 그릇 보조 기금 관리인에게 가지고 가라"라고 타일렀다. 그리곤 그 애와 함께 관리인에게 가서 접시 조각들을 보여 주었다. 그러자 관리인은 별 군말 없이 그만한 접시를 살 수 있는 돈을 선뜻 내주는 것이었다. (……) 이렇게 보면 이러한 보조 기금은 아픈 마음을 달래 주는 하나의 양약(良藥-효험이 있는 좋은 약)이다.

같은 책, 160쪽

독실한 무슬림*이었던 이븐 바투타는 철저히 이슬람의 시각에서 세계를 여행하고 기술했다. 그런 까닭에 원제가 '여러 지방의 기사와 여러 여로(旅路)의 이적(異蹟)을 목격한 자의 귀중한 기록'인 그의 여행기는 아랍의 시각과 문화, 가치관을 이해하는 문명 탐구서로서 중요한 가치를 지닌다.

이 책은 유럽에 소개된 지 채 150년이 안 될 정도로 최근에야 알려졌다. 이븐 바투타가 움직이는 모든 발걸음이 동서 문명 교류의 역사라는 사실과 함께 그가 실제 보고 들은 것들을 꼼꼼하게 기억하여 펴낸 기록물이라는 점에서 이 책은 독보적 가치를 지닌 세계 여행 문학의 백미이다.

무슬림
이슬람교 신자를 일컫는 말

술탄
이슬람 국가의 군주를 부르는 말로 '권위', '권력'을 뜻한다.

그는 아프리카 내륙을 여행하던 중, 마리니야 왕조의 술탄* 아부 아난의 명을 받고 1357년에 이 여행기를 완성했다. 오늘날 전해지는 판본은 그 이듬해에 아부 아난의 명으로 당대의 명문장가 이븐 주자이 알 칼비(Ibn Juzayi al-Kalbi)가 원문을 요약한 것이다.

쿠스쿠스를 먹고 나자 금세 힘이 났다. 비스밀라(신의 이름으로)! 식사 전에 하는 인사지만, 배가 부르니 자연스레 이 말이 나왔다. 비스밀라! 좁다란 골목길을 꼬불꼬불 올라간다. 몇 사람에게 물어보니 모두 고개를 끄덕거린다. 제대로 찾은 듯싶다. 우리나라로 치면 산꼭대기 달동네의 어느 집에 '이븐 바투타의 묘'라는 작은 팻말이 붙어 있다.

자물쇠를 열어 줘서 들여다보니 조그만 실내에 작은 관이 놓여 있다. 언뜻 눈높이쯤에는 작은 선풍기도 하나 매달려 있다. 아랍이 자랑하는 세계적인 여행가의 묘가 탄자의 산꼭대기 빈민촌에 있다니 놀랍기만 하다. 모든 기록에는 이븐 바투타가 탄자에 묻혔다고 나오는데 혹시 이곳엔 빈 관만 전시하고 무덤은 또 어디 다른 곳에 있는 건 아닐까? 만일 그렇다면 저 관 속에는 누가 있단 말인가? 하얗게 칠한 언덕 위 작은 집들이 석양에 눈부시게 빛났다. 그 사이로 몇 시간 전에 구한 내 랜드로버가 살짝 보였다. 나는 위대한 여행자의 영혼과 숨결이 어린 이곳에서, 랜드로버를 탄 21세기의 이븐 바투타로 다시 태어났다!

문학 수첩

이븐 바투타의 정식 이름은 '아부 압둘라 무함마드 븐 압둘라 븐 무함마드 븐 이브라힘 알 라와티 아트 퇀지 이븐 바투타'이다. 그는 1997년 《라이프(Life)》가 선정한 '인류의 1,000년을 만든 위인 100명'에서 마르코 폴로보다 5계단 높은 44위를 기록했다. 이렇 듯 그의 여행기가 높이 평가되는 이유는 이슬람의 명소, 사원의 건축양식, 이슬람교도 와 이교도의 관계와 같은 이슬람 문명 전반뿐 아니라 세계 각지의 동식물과 종교, 관혼 상제, 민간요법, 전설, 통치 형태에 이르기까지 인류 문명 전체를 아우르는 다채로운 내 용으로 가득 차 있기 때문이다.

더 읽어 봅시다!

마르코 폴로의 『동방견문록』은 유라시아 대륙의 서쪽에서 동쪽까지 실크로드를 따라 걸으며 각 지역의 풍습과 자연환경, 사람들의 모습과 종교 등을 13세기 유럽인의 눈으 로 세세하게 묘사하였다. 미국 만화가 크레이그 톰프슨은 모로코, 프랑스, 에스파냐를 여행하며 이를 글과 그림으로 기록해 『만화가의 여행(Carnet de Voyage)』을 펴냈다. 정다영의 『다영이의 이슬람 여행』은 고등학교 2학년 다영이가 세계사 교과의 사각지대 인 이슬람 나라들의 역사와 문화를 현장 답사하면서 기록한 글을 모은 책이다. 『이븐 바투타 여행기』를 번역한 정수일 박사는 『이슬람 문명』에서 종교를 바탕으로 한 이슬 람 문명을 체계적으로 풀어 설명했다.

인류의 고향 알제리에서
영혼의 양식을 얻다

앙드레 지드, 『지상의 양식』

앙드레 지드(André Gide, 1869~1951)의 『배덕자(*L'Immoraliste*)』에서, 연구에만 몰두하던 고고학자 미셸은 신혼여행 도중 북아프리카에서 결핵에 걸려 죽음의 공포를 겪는다. 생명에 대한 애착과 아내의 헌신적인 간호 덕분에 겨우 살아난 그는 살아 있다는 데서 오는 기쁨과 자유를 영원히 누리기를 갈망한다. 그래서 그를 구속했던 모든 도덕적인 것과 인연을 끊고 쾌락에 몸을 맡긴다. 아프리카를 다시 찾은 그는 아픈 아내를 버려둔 채 방탕한 생활을 즐기다가, 아내가 숨을 거두고 나서야 자신이 바라던 자유는 그런 게 아님을 깨닫고 절망한다. 지드의 알제리 여행 경험이 바탕이 된 『배덕자』는 강한 자전적 성향이 특징이다. 그의 정신적 고향 알제리를 찾아가, 아프리카에 깃든 태초의 생명력을 가슴속 깊이 느껴 보려 한다.

👤 세상과 인간이 만드는 거대한 역사책, 사하라

알제리 동북부의 사하라 사막. 거대한 모래언덕들이 출렁거리듯 펼쳐진다. 우주 저편의 별에 온 듯 낯설고도 근사한 풍경에 감탄이 절로 나온다. 여기가 지구임을 새삼 깨닫자, 이내 눈앞의 풍경들이 '지구라는 거대한 책'이 펼쳐 보이는 한 페이지처럼 느껴진다. 아프리카 면적의 4분의 1을 뒤덮고 있는 사하라는 아프리카에서 두 번째로 큰 나라인 알제리 영토의 4분의 3을 차지하고 있다. 이 광활한 사막 한가운데를 랜드로버를 몰고 4,000킬로미터 이상 달려 알제리 남부에 갔다 오는 길이다. 사막 투어로 흔히 택하는 아드라르 주의 남서부 루트와는 완전히 다른 경로다.

낙타 대신 화물차를 모는 운전수들이라면 아침과 저녁에만 주행하여 보통 한 달 정도 걸리는 코스를 단 보름 만에 주파했다. 아무리 극한 상황에서도 달릴 수 있는 랜드로버라지만 이제 거의 멈추기 일보 직전처럼 덜그럭거린다. 나 역시 목젖이 벌써 며칠째 불편하다. 모래알들이 깊숙이 박혀 있는 듯하다. 선글라스를 끼었지만 햇빛이 너무나 강렬하여 눈도 제대로 뜨기 힘들다. 여행하기 좋은 11월이 가까웠다는 점이 그나마 다행이었다.

처음 유럽을 떠나 지브롤터 해협을 거쳐 아프리카로 건너올 당시만 해도, 이 코스를 감히 선택할 엄두조차 내지 못했다. 지리적·기후적 조건도 너무나 가혹하거니와, 무엇보다 알제리의 치안이 그렇게 안전하다고 볼 수 없기 때문이다. 특히 2011년에 북아프리카를 강타했던 시민혁명 아랍의 봄* 에 쓰였던 각종 무기들 때문에 더 위험한 상태다. 이와 상관없이 사하라에서는 외국 여행객 하나쯤은 어떻게 되어도 아무도 모른다.

하지만 이 모든 걱정과 난관을 돌파하고 남동쪽에서 돌아오는 길, 가슴은 터질 듯 벅차오른다. 알제리 남동쪽 사하라 사막의 타실리나제르(Tassili-n-Ajjer, تاسيلي ناجر), '강이 흐르는 땅'이라는 이름과 달리 해발고도 1,500~2,000미터의 험준하고 황량한 땅, 프랑스 탐험대를 이끈 앙리 로트(Henri Lhote)* 가 1956년 본격적으로 조사하여 세계에 알린 선사시대 암벽화들이 숨어 있는 곳. 유네스코가 세계 문화유산으로 지정한 아프리카의 놀라운 예술 앞에 섰을 때의 순간은 정말 평생 잊기 어려울 것이다.

흔히 사막이라면 모래만 있다고 생각하는데 절대 그렇지 않다. 낮에는 섭씨 60도까지 상승하던 기온이 밤에는 영하 20도 이하로 내려가는 사하라는 일반적인 생각과 달리 모래사막이 10~20퍼센트에 불

아랍의 봄
2010년 말 튀니지에서 시작해 중동 및 북아프리카 국가로 확산된 반(反)정부·민주화 혁명의 통칭. 집권 세력의 부패, 빈부 격차, 청년 실업으로 인한 젊은이들의 분노가 주요 원인이었다. 튀니지의 반정부 시위는 2011년 1월 재스민 혁명으로 번졌고, 이집트에서는 같은 해 2월 코사리 혁명이 일어나 각각 정권 교체에 성공했다. 리비아에서는 2011년 10월 무아마르 알 카다피가 사망해 42년간의 독재 정치가 막을 내렸다.

앙리 로트(1903~1991)
프랑스 인류학자이자 고고학자. 북아프리카, 특히 사하라 사막 일대를 중심으로 1929년부터 연 10만 킬로미터를 낙타로 답사해 호가르 산맥, 타실리나제르 등지에서 많은 미술 유적을 발견하였다. 저서로 『타실리 암벽화의 발견(A la Découverte des Fresques du Tassili)』가 있다.

과하다. 나머지는 최장 70일까지도 부는 사막의 모래바람으로 깎여 가는 암석 지대가 대부분이며, 심지어 소금 평원도 있다.

타실리나제르 고원은 험난한 지형 때문에 사하라 사막 중에서도 사람이 접근하기 어려운 지역으로 흔히 손꼽히는 곳. 웬만한 백과사전이라면 이곳을 이렇게 요약한다. 전체 면적이 7만 2,000제곱킬로미터에 이르는 이 고원은 바람에 의해서 움직이는 거대한 모래언덕인 사구로 둘러싸여 천혜의 자연 요새를 이루고 있으며 사암이 침식돼 생긴 '바위 숲'으로 이루어진 전경은 마치 달의 표면과도 같다고.

타실리나제르의 1만 5,000점 이상의 바위 그림과 암각화 들은 아직도 신비에 싸여 있다. 주로 신석기시대 이후에 그려졌으리라 추정하며, 그 양식은 크게 세 가지로 나눌 수 있다. 기하학적이며 추상적인 상징을 사용하고 있는 고전주의 양식, 극도로 사실적인 묘사를 하고 있는 자연주의 양식, 현대미술에 얼마나 큰 영향을 주었을지 누구라도 직감할 수 있을 정도로 추상적인 입체파 양식.

이곳 유적들은 제작 시대에 따라 사바나 동물상이 묘사된 자연주의 시기, 주술적 의미의 상형문자가 보이는 원시시대, 소 떼나 일상생활을 묘사한 소의 시대, 말이 등장하기 시작하는 이쿼드의 시기, 마지막으로 낙타가 등장하는 카멜린 시기, 이렇게 5단계로 나눈다. 그중 기원전 4000년경에서 1500년경에 걸쳐 2,500여 년 동안 그려진 '소의 시대' 암벽화들이 제일 많다. 이들 그림은 사하라가 점점 사막으로 바뀌어 가면서 소 대신 말이 등장하고, 다시 말조차 살기 어려워질 정도로 건조해지자 낙타가 등장하는 식으로 사하라 사막과 그 위에 살던 인류의 역사를 정확히 보여 준다. 머리가 새 모양인 여신, 가축 떼를 부리는 목동, 춤추는 여자, 장작을 패거나 전투 중인 남자 등 세월의 흔적을 간직한 갖가지 삶의 편린이 생생하게 살아 숨 쉬고 있기에, 5부작 대하소설을 보고 있는 것 같다.

그렇다. 아직 상형문자조차 해독하지 못하고 있는 타실리의 유적들, 곳곳에 시대별로 펼쳐진 수직의 암벽화들은 엄청난 모래바람으로 순식간에 사라지고 다시 만들어지는 모래언덕과 함께 사하라와 인간의 자취를 기록하는 역사서다. 나는 강물이 유유히 흐르고 풀과 나무가 자라던 풍요로운 사하라의 과거를 떠올린다. 세상과 인간이 만드는 거대한 책을 사하라에서 만나는 중이다.

🧔 앙드레 지드, 내 청춘의 오아시스

프랑스 작가 앙드레 지드의 글을 수없이 공책에 옮겨 적던 때가 있었다. 대학 신입생 시절이었다. 미래에 대해 막연히 가슴 두근거리면서도 과연 무엇을 추구하며 살아야 할지 아득하던 때였다. 저녁마다 술집에 모여 불안한 미래와 부조리한 현실 앞에서 절망하다가 술에 취해 집으로 비틀거리며 돌아오면 더욱 절망스러워지던 무렵이었다.

평화로운 나날보다는, 나타나엘이여, 차라리 비장한 삶을 택하라. 나는 죽어서 잠드는 휴식 이외의 다른 휴식을 바라지 않는다. 내가 살아 있는 동안 만족시키지 못한 모든 욕망, 모든 에너지가 사후까지 살아남아서 나를 괴롭히게 되지 않을까 두렵다. 나는 내 속에서 대기하고 있는 모든 것을 이 땅 위에다가 다 표현한 다음 흡족한 마음으로 더 바랄 것 없이 완전하게 '절망하여' 죽기를 희망한다.

『지상의 양식』, 23쪽

모든 욕망을 쏟아 부어 아무것도 남지 않을 때까지 후회 없이 표현하라는 앙드레 지드의 말은 그 시절 젊은이의 가슴속 깊이 파고들어 왔다. 나는 지드의 작품들을 대학 도서관에서 빌려 허겁지겁 읽어 가기 시작했다. 『지상의 양식(Les Nourriture Terrestes)』을 비롯하여 『배덕자』, 『좁은 문(La Porte Étroite)』, 『전원 교향곡(La Symphonie Pastorale)』 등 그의 작품들은 지드 식으로 표현하면 내게 '사막 위에 떠 있는 섬' 같은 오아시스 그 자체였다. 나는 어느새 그의 작품집들을 사서 모으고 있었다.

당시에 지드를 읽으며 또박또박 옮겨 놓았던 구절들은 지금도 떠올릴 수 있다. "나는 존재한다. 그러나 나는 그 존재의 이유를 발견하고 싶은 것이다. 왜 내가 살고 있는지를 알고 싶은 것이다", "허위의 탈속에 자기를 감추려고 하지 말라! 당신이 최후의 승리를 원한다면 진리를 따라야 한다. 한때 불리하고 비참한 처지에 빠지더라도 그것은 치료를 받을 수 있는 상처이다. 당신이 의지할 바는 정당한 사실과 그리고 분명한 진리라야 한다" 등.

때로는 제대로 번역되었나 싶게 엉성한 대목들도 있었지만 늘 떠올

리며 곱씹는 데는 그리 문제가 되지 않았다. 지드는 청춘의 고통을 해
결해 준 나의 은인들 가운데 하나였다. 우리나라에는 『좁은 문』을 쓴
노벨상 수상 작가로 한때 널리 알려졌지만 지금은 거의 잊혀진 듯싶어
너무나 안타깝다.

앙드레 지드는 누구나 반드시 읽어야 할 작가다. 특히 청춘의 알 수
없는 열정과 불안 그리고 갈망에 시달리는 영혼들이라면 더욱 그러하
다. 그의 작품을 읽다 보면 인간과 현실, 감각과 진리 등을 놓고 그가
얼마나 치열하고 진지하게 고뇌하고 사색하며 글을 썼는가 놀라게 된
다. 지드는 어느 유파에도 속하지 않고 자신의 삶과 문학 세계를 무한
히 확대하고 심화시켜 간 작가다.

그러므로 나의 이야기를 읽고 난 다음에는 이 책을 던져 버려라. 그리고 밖으로 나가라. 나는 이 책이 그대에게 밖으로 나가고 싶은 욕망—어느 곳으로부터든, 그대의 도시로부터, 그대의 가정으로부터, 그대의 방으로부터, 그대의 생각으로부터 밖으로 나가는 욕망을 불러일으키기 바란다. (……) 나의 이 책이 그대로 하여금 이 책 자체보다 그대 자신에게 그리고 그대 자신보다 그 밖의 다른 모든 것에 흥미를 가지도록 가르쳐주기를.

같은 책, 16쪽

이번에 알제리에 온 까닭은 단지 사하라와 타실리의 암벽화 그리고 모래언덕이 만드는 특별한 페이지들을 보고 싶어서만은 아니었다. 나를 청춘의 위험한 덫에서 해방시켜 주고, 늘 청춘을 꿈꾸게 만든 앙드레 지드를 직접 확인해 보고 싶어서였다. 내 안에 있는 '밖으로 나가고 싶은 욕망'을 건드려서 키워 준 그의 작품들을 온몸으로 만나고 싶어서였다. 여행은 온몸의 향연이다.

🧑 문학적 영감의 원천이자 제2의 조국, 알제리

앙드레 지드의 조국은 프랑스다. 하지만 그의 문학적 고향은 분명 이곳 북아프리카의 알제리다. 이십 대 중반에 떠난 아프리카 여행은 청년기의 지드에게 육체뿐만 아니라 정신에 결정적인 활력을 주었다. 아프리카의 광대한 자연과 무한한 생명력이 결핵 등에 시달렸던 그를 육체적 고통에서 벗어나게 해 주었고 영원한 예술적 영감을 주면서 그를 세계적인 대문호로 만들었다.

모루
대장간에서 달군 쇠를 올려 놓고 두드릴 때 받침으로 쓰는 쇳덩이

하이 아틀라스 산맥 너머로 펼쳐지는 지중해 연안의 풍요로움과 불모의 땅이지만 무한한 생명력을 품고 있는 사하라 사막. 이 둘이 완벽하게 공존하는 알제리는, 부조화 속에서 조화를 꿈꾸며 다시금 새로운 부조화로 나아갔던 지드에게 영원한 탐구 대상이자 문학적 형상화를 위한 창작의 든든한 모루*였다.

지드는 1893년과 1894년 사이에 북아프리카를 처음 여행했다. 1895년 10월부터 이듬해까지는 신혼여행으로 튀니지의 튀니스(Tūnis)와 알제리의 엘 칸타라(El Kantara), 비스크라(Biskra), 투구르트(Touggourt) 등지를 거쳐 갔다. 1899년 아내인 마들레느와 함께 알제리를 여행한 그는 이듬해에 다시 이곳을 찾았으며, 3년 뒤에는 혼자서 거듭 방문했다. 지중해를 건너면서 거의 죽을 뻔한 적도 있었다는 지드 자신의 기록도 있고 보면 그에게 아프리카와 알제리는 죽음을 무릅쓰고 반드시 찾아야 할 곳이었다.

아프리카 여행에서 돌아온 지드는 아프리카를 영감의 원천으로 삼아 감각과 육체를 존중하는 한편, 기존의 도덕과 질서에 대해서는 강한 회의를 품었다. 신을 섬기며 욕망을 절제하라는 헤브라이즘의 교훈에서 벗어나 인간의 자연스러운 욕망을 인정하는 헬레니즘의 사고에 깊이 빠져든 것이다.

"나는 육체에서 잘라 낸 영혼을 믿지 않는다. 나의 육체와 영혼은 동일한 것이며, 육체의 생활이 이미 없어졌을 때 양자(兩者)는 함께 끝난다고 생각한다"는 그의 말은 후대 작가들에게 기독교의 구속에서 벗어날 수 있는 탈출구가 되었다. 또한 "모든 것은 과거로 지나가 버린다. 오늘도 내일이 되면 과거가 된다. 그 사실을 알고 있으면서도 내 관심은 현재에만 쏠려 있다"라는 그의 지적은 현재를 중시하라는 복음으로 퍼졌다.

아프리카 여행은 실제로 그의 작품 세계를 철저히 변모시켰다. '감각을 중시하며 삶과 생명을 노래한 열정적인 찬가'라는 극찬을 듣는 한편, '감각의 해방을 가르치고 정열을 교사(教唆)하는 엉성한 사념뿐인 졸작'이라는 거센 비난도 함께 받았던 『지상의 양식』이 그 증거다. 여기서 그는 그 당시 예술의 주류였던 사실주의와 자연주의는 물론 상징주의까지 비판하면서, 관념과 몽상에 빠지지 말고 진정한 감각을 통해 새로운 삶에 눈뜨라고 역설했다.

바닷가의 모래가 부드럽다는 것을 책에서 읽기만 하면 다 되는 것이 아니다. 나는 내 맨발로 그것을 느끼고 싶은 것이다. 감각으로 먼저 느껴 보지 못한 일체의 지식이 내겐 무용할 뿐이다.

같은 책, 39쪽

지드는 세상의 아름다움을 있는 그대로, 아니 사물과 세상, 인생의 본질 깊숙이 파고들어 더욱 인상 깊게 드러내 보인다. 그는 "세상의 아름다움을 직시하고 통찰하여 묘사하는 순간이야말로 신을 만나는 순간"이라고 힘주어 말한다. 모든 아름다움은 신의 변형된 모습이므로, 제대로 볼 수 있고 표현할 수 있는 영혼만이 신을 소유할 자격이 있다는 것이다.

모든 구속에서 탈피하여 생명의 아름다움을 노래하는 『지상의 양식』은 10여 년간 겨우 500부만 팔릴 정도로 세간의 관심을 끌지 못했다. 그러나 이 작품을 예찬하는 영혼들이 늘어나면서 마침내 지드의 대표작으로 평가받기에 이르렀다. 그의 추종자들 가운데는 훗날 세계적인 작가로서 노벨 문학상의 영예를 안게 되는 어린 알베르 카뮈(Albert Camus)도 있었다.

지드의 작품을 읽다 보면 그의 문학과 삶에서 상호 모순을 발견하게 된다. 그는 작품 속에서 기존의 도덕과 가치를 타파하고 육체의 해방과 자유를 부르짖으면서도 절제의 필요성을 강조한다. 게다가 그의 삶 또한 양면성을 유감없이 드러낸다. 이를테면 그는 아내를 사랑하면서도 여행 중에 부인은 아랑곳 않고 동성애를 즐겼다. 그런가 하면 지극히 개인을 중시하면서도, 한편으로는 소련식 공산주의를 예찬하며 진정한 개인의 자유로움은 공동체에서 가능하다는 주장을 펼쳤다(물론 소련의 실체를 확인한 뒤에는 공산주의와 결별했다).

지드는 동성애나 공산주의의 경우에서 보듯, 자신이 옳다고 믿는 것은 그대로 밀고 나갔다. 또 자신의 과오임이 밝혀지면 반성하고 사과하며 정직하게 자신의 삶과 세계를 지키려 노력했다. 프랑스 식민지였던 콩고를 여행한 뒤 원주민의 고통과 절망을 고발하며 프랑스 정부와 정면으로 맞선 것 또한 이러한 맥락에서다.

그는 권위와 폭력에 짓눌린 사람들을 사랑으로 보듬었으며, 언제나 정의와 진실을 추구한 양심적인 작가였다. 이렇듯 전통적인 종교와 윤리의 구속을 거부하고, 진정한 가치의 탐색을 위해 고통스럽고 충실한 작업을 마다하지 않은 덕분에 그는 서구 사회에 새로운 정신적 풍토를 조성하게 된다.

나타나엘이여, 나의 책을 던져 버려라. 거기에 만족하지 말라. 너의 진실이 어떤 다른 사람에 의하여 찾아진다고 믿지 말라. 그 점을 그 무엇보다도 부끄럽게 생각하라. 내가 너의 양식들을 찾아낸다 하더라도 너는 그걸 먹을 만큼 배고프지 않을 것이다. 내가 너의 침대를 마련한다 하더라도 너는 거기에서 잠잘 만큼 졸리지 않을 것이다.

내 책을 던져 버려라. 이것은 인생과 대면하는 데서 있을 수 있는 수많은 자세 중 하나에 불과하다는 것을 명심해라. 너 자신의 자세를 찾아라. 너 자신이 아닌 다른 사람도 할 수 있었을 것이라면 하지 말라. 너 자신이 아닌 다른 사람도 말할 수 있었을 것이라면 말하지 말고, 글로 쓸 수 있었을 것이라면 글로 쓰지 말라. 너 자신의 내면 이외의 그 어느 곳에도 있지 않은 것이라고 느껴지는 것에만 집착하고, 그리고 초조하게 혹은 참을성을 가지고 너 자신을, 아! 존재들 중에서도 결코 다른 것으로 대치할 수 없는 존재로 창조하라.

같은 책, 202쪽

그대만이 할 수 있는 것들, 그대만이 쓸 수 있는 것들을 중시하라. 그
래서 자신을 세상에서 가장 중요한 존재로 만들라는 그의 외침은 당
대를 넘어 오늘에 이르기까지 절절하게 다가온다.

🧔 알제리가 낳은, 또는 알제리를 낳은 작가들

알제리 하면 빼놓을 수 없는 작가가 또 있으니, 바로 실존주의*의 대
표 주자 카뮈다. 프랑스 식민지였던 알제리 빈민촌
에서 태어나 파리 문단을 뒤흔들어 놓은 그는 노벨
상 수상의 영예를 거머쥔 지 3년 만에 불의의 교통사
고로 세상을 떠났다. 드라마틱한 삶의 주인공인 카뮈
가 남긴 문학적 발자취는 알제리에 고스란히 남아 있
다. 수도 알제는 『이방인(L'Étranger)』의 무대이며, 알
제 서쪽으로 70킬로미터 떨어진 고대 유적지 티파사
(Tipasa)는 희곡 「결혼(Noces)」의 곳곳에 등장한다.

여기서 다시 서쪽으로 300여 킬로미터를 가면 『페
스트(La Peste)』의 배경이 된 오랑 시도 나온다. 그래
서인지 '알제리의 문화 아이콘'이라고 하면 카뮈를 첫
손에 꼽는 사람이 많다. 하지만 지드가 있었기에 카
뮈가 존재할 수 있었다. 알베르 카뮈 연구자인 김화
영 교수의 『알제리 기행』 역시 카뮈와 함께 지드의

> **실존주의**
> 19세기 말에서 20세기 초
> 에 대두된 철학 사조로, 인
> 간의 개별적·주체적 존재
> 성을 강조한다. 이성과 논
> 리를 중시하는 합리주의
> 적 관념론이나 관찰과 실
> 험을 통해 검증 가능한 지
> 식만을 인정하는 실증주의
> 등의 19세기 사상에 반대하
> 여 발생하였다. 키르케고
> 르와 니체, 독일의 하이데
> 거와 야스퍼스, 프랑스의
> 마르셀과 사르트르 등이
> 이에 속한다.
> 실존주의 문학은 실존주의
> 철학과 궤를 같이하는 문
> 예사조이다. 그 범위가 명
> 확히 정해진 것은 아니나
> 주로 암울한 현실에 처한
> 인간 존재를 사실적으로
> 그려냈다.

삶과 문학을 더듬고 있다. 카뮈에게 알제리가 삶과 문학 그 자체라면, 지드에게 알제리는 사고방식과 행동을 이끈 문학적 영감과 에너지의 원천이다.

알제리, 사하라와 지중해를 동시에 품은 나라. 수많은 작가들이 알제리에서 태어나거나 새롭게 거듭났다. 프란츠 파농을 비롯하여 훌륭한 지성과 문호 들이 알제리에서 태어났다. 4세기 무렵의 성자인 성 아우구스티누스를 비롯하여 현대문학의 기수인 카텝 야신(Kateb Yacine), 에마뉘엘 로블레(Emmanuel Roblés) 등도 언뜻 떠오른다.

나는 지금 하이 아틀라스 산맥을 막 넘어 북쪽으로 펼쳐진 쪽빛 지중해와 아름다운 항구 도시 알제를 본다. 사막과 바다를 동시에 품고 있는 나라, 찬란한 고대사의 숨결 속에 식민지 근대사의 아픔을 간직한 이 나라, 지구 반대편의 조국이 겹쳐진다. 문득 배가 고프다. 알제리의 쿠스쿠스는 어떤 맛이 날까. 아니 알제리 고유의 음식인 양고기 통구이 메슈이나 먹어 볼까.

문학 수첩

앙드레 지드의 삶과 문학이 지닌 양면성은 가정 환경과도 밀접한 연관이 있다. 아버지는 프랑스 남부 출신의 신교도이자 시인 기질이 풍부한 몽상가인 반면, 프랑스 북부 출신의 어머니는 가톨릭교도로서 극단적인 현실주의자였다. 지드는 자서전에서 이렇게 고백한다. "나는 작가가 되지 않을 수 없었다. 작품을 통해서만 내 속에서 서로 대립하는 두 요소를 조화시킬 수 있기 때문이다." 내면에 존재하는 대립적인 두 요소는 그에게 창작의 원동력으로 작용했던 것이다.

더 읽어 봅시다!

앙드레 지드의 다른 책에는 현재 교황청에 있는 교황은 가짜이고 진짜 교황은 지하실에 감금당했다고 사기를 치는 지네 일당이 벌이는 사건들을 통해 도덕과 자유의 본질을 그린 『교황청의 지하실(*Caves du Vatican*)』, 도스토옙스키의 탄생 100주년을 기념한 행사에서 여섯 번에 걸쳐 강연한 내용을 묶은 『앙드레 지드, 도스토예프스키를 말하다(*Dostoevsky*)』, 1925~1926년에 책과 재산을 팔아 조카 마르 알레그레와 함께 콩고를 여행한 기록 『앙드레 지드의 콩고 여행(*Voyage au Congo*)』, 당시에는 악마적인 범죄처럼 여겼던 동성애를 옹호한 소설 『코리동(*Corydon*)』 등이 있다. 허버트 로트먼의 『카뮈, 지상의 인간(*Albert Camus: A Biography*)』은 알제리가 낳은 또 한 명의 문인 카뮈의 생애를 다룬 책이다.

튀니지가 남긴 로마,
사라지지 않는 역사의 흔적

시오노 나나미, 『로마인 이야기』

"나는 로마에 대한 꿈을 종종 꾸곤 했다. 영원한 도시 로마는 영혼을 지닌 존재다. 그곳에서 일어나는 모든 것은 사라지지 않으며, 그곳의 최근 모습 또한 여전히 옛것들과 나란히 존속할 것이기 때문이다." 정신분석학자 프로이트(Simund Freud)의 말이다. 오래전에 역사의 저편으로 사라지기는 했지만, 로마는 우리에게 여러모로 영향을 미치고 있다. 멀게는 르네상스가 그랬고, 가깝게는 로마 시대를 소재로 한 소설과 영화가 널리 사랑받고 있으며, 특히 로마의 법과 건축은 현대 문명에 큰 발자취를 남겼다. 한때 로마의 식민지였던 아프리카 튀니지를 찾아가는 길에서 고대 로마의 숨결이 느껴진다.

카르타고와 로마의 운명을 가른 포에니 전쟁

튀니지 공화국의 항구 도시 튀니스. 지중해 연안 특유의 순백색 건물과 푸른색 창문이 눈부시다. 바다와 하늘, 창문이 모두 유난히 푸른 이곳의 해변을 몇 시간째 거니는 중이다. '그랑 블뢰(Le Grand Bleu)', 깊고 푸른 지중해의 수평선이 장쾌하게 펼쳐진다. 목을 조여 오듯 감격스럽다면 너무 과도한 표현일까. 늦가을 지중해의 잔잔한 파도와 선선한 바람, 나는 살아 있다.

유럽과 아프리카, 아시아를 끌어안은 지중해는 서쪽으로는 지브롤터 해협을 거쳐 대서양으로 이어지고, 동쪽으로는 수에즈 운하를 통해 홍해와 인도양으로 이어지며, 동북쪽으로는 다르다넬스 해협과 보스포루스 해협을 사이에 두고 흑해와 이어진다. 지중해라는 이름은 라틴어 '메디테라네우스(mediterraneus)'에서 온 것으로 '지구의 한복판'이란 뜻이다. 알보란 해와 발레아레스 해, 리구리아 해, 티레니아 해, 아드리아 해, 이오니아 해, 에게 해 등을 품은 지중해는 그야말로 '바다의 바다'다.

지중해는 일찍부터 미노아 문명을 비롯해 숱한 인류 문명을 낳았고, 헬레니즘과 헤브라이즘을 잉태하면서 역사의 수많은 페이지들을 창조했다. 또한 이집트인, 페니키아인, 카르타고인, 그리스인, 레반트인, 로마인, 무어인, 투르크인 등 여러 민족이 각축을 벌이던 치열한 삶의 현장이기도 하다. 사르코지 전 프랑스 대통령이 제안하여 2008년 7월에 첫 정상회담을 가진 지중해 연합* 회원국만 해도 43개국이나 된다.

지중해 연합
지중해를 둘러싸고 있는 유럽·중동·아프리카 등 3개 대륙의 국가들이 정치·경제적 협력과 평화 유지를 목적으로 출범한 국가 연합.

페니키아 문자
아람(Aram) 문자, 히브리 문자와 함께 서북 셈 문자에 속하는 고대 표음 문자의 하나. 기원전 15세기에 22자의 자음으로 된 체계를 갖추었다.

지중해는 대륙과 대륙을 모으고 바다와 바다를 이으며 인간과 인간을 만나게 한 역사와 문명의 거대한 축이다.

튀니지에는 고대 로마의 유적이 여기저기 널려 있다. 2만여 명을 수용하는 원형극장, 마사지실을 비롯해 방이 수백 개나 되는 공중목욕탕 등은 이탈리아의 로마 유적보다도 더 로마의 분위기를 띤다. 하지만 이곳의 로마 문명이 특별한 까닭은 원래 주인이었던 카르타고를 완전히 파괴하면서 세워졌다는 데 있다.

카르타고는 기원전 6세기경에 지중해의 제해권을 완전히 장악했다. 알파벳의 시초가 된 페니키아 문자를 만들고 해상무역을 활발히 한 지중해의 주인이었다. 그러나 카르타고는 기원전 264~241년, 218~201년, 149~146년 세 차례에 걸쳐 벌인 포에니 전쟁에서 로마에 패하고 지중해 세계에서 자취를 감추고 말았다.

카르타고는 함락되고도 일주일 동안 불에 타며 철저히 파괴되었다. 그래도 성에 안 찬 로마군은 땅에 소금까지 뿌려 생명체가 살 수 없게 만들었다. 카르타고인의 흔적은 무너지지 않은 몇 개의 기둥과 그들의 묘지만 남았을 정도였다. 이는 로마 역사에서도 유례를 찾기 힘들 정도로 잔혹하고 무자비한 응징이었다. 카르타고는 절대로 부활하면 안 되는 공포 그 자체였기에 나온 행동이었다.

지금 눈앞에 보이는 것은 그로부터 한 세기쯤 지나서 아우구스투스 황제가 건설한 로마 문명의 잔해들이다. 테베레 강 옆, 원로원과 의사당, 신전 등이 자리한 포로 로마노(Foro Romano)의 유적이 로마의 흥망성쇠를 고스란히 보여 준다면, 튀니스에 남겨진 로마 유적은 카르타고 문명을 말살한 뒤에 건설한 문명의 잔해라는 점에서 더욱 무겁게 다가온다.

그리스 역사가 폴리비오스에 따르면, 소(小) 스키피오라 불리는 3차 포에니 전쟁의 주역 스키피오 아이밀리아누스(Publius Cornelius Scipio Aemilianus Africanus Numantinus) 장군은 승전의 기쁨보다 언젠가 닥쳐올 로마의 종말을 예감하며 우울해했다고 한다. 2차 포에니 전쟁에서 한니발을 이긴 스피키오 아프리카누스[대(大) 스키피오]의 양손자인 소 스키피오의 말은 뒷날 정확히 들어맞았다. 이곳 튀니스의 로마 문명 역시 문화재 파괴로 악명 높은 반달족에 의해 무참하게 훼손되었기 때문이다. 그나마 다행인 것은 반달리즘°이란 신조어까지 탄생시킨 그들이었지만, 문명국인 로마인들이 카르타고를 완전히 파괴한 수준보다는 덜 잔혹하여 이만큼이나마 로마 유적들이 북아프리카에 남겨졌다.

로마인보다 로마를 더 잘 아는 일본인 작가

세계적인 베스트셀러인 『로마인 이야기(ロ-マ人の物語)』는 일본인 작가가 방대한 로마 관련 사료(史料)들을 빠짐없이 섭렵하고 일일이 현장 답사까지 하여 치밀하게 서술한 문학적 성과로 손꼽힌다. 저자 시오노

나나미[鹽野七生, 1937~]는 역사의 진실을 탄탄하게 붙잡아 낼 뿐 아니라, 특유의 날카로운 통찰로 이면의 진실 또한 놓치지 않는다.

알렉산드로스 대왕 이후 가장 뛰어난 전략가로 꼽히는 한니발(Hannibal)*은 2차 포에니 전쟁을 일으키며 에스파냐를 공격한다. 그리고 피레네 산맥을 넘어 갈리아(오늘날의 프랑스) 남부를 석권한 뒤, 눈 덮인 알프스를 넘어 이탈리아 전역을 유린하며 로마군을 격파한다. 대 스키피오는 아버지와 함께 참전한 전쟁에서 한니발에게 연속으로 처절한 패배를 당하지만 로마 최고의 장군으로 성장하여 마침내 한니발을 격파하면서 17년 만에 전쟁을 끝낸다.

이렇듯 2차 포에니 전쟁은 이야기만으로도 흥미진진한 극적인 드라마다. 더욱이 『로마인 이야기』의 '한니발 전쟁' 편을 읽노라면, 저자의 탁월한 이야기 솜씨에 누구나 푹 빠져들게 된다. 치밀하게 찾아낸 관련 자료를 제시하며 전투 장면을 박진감 있게 묘사하는가 하면, 주변의 역학 관계와 전쟁 상황에 대한 예리한 분석이 뒤따른다. 풀 내음을 풍기고 말발굽 소리를 들려주는가 하면, 들판 가득히 활짝 핀 꽃들과 먼 곳에서 불어오는 수많은 갈래의 바람들을 보여 주는 식이다.

여기에 저자 특유의 관점과 미의식까지 더해지니 독자는 책을 읽으면서 자기도 모르게 고개를 끄덕거리게 된다. 사실 이러한 독서 태도는 경계해야 한다. '공감'과 '비판'이라는 두 현(絃)이 조화를 이루도록 자신의 이성과 감성을 조절해야 한다. 그래야 '진실'이라는 음악을 연주할 수 있기 때문이다. 이를 알면서도 어느새 그녀의 이야기에 점점 더 빨려든다.

시오노 나나미는 『로마인 이야기』에서 독자들에게 끊임없이 묻는다. 로마인들은 어떻게 그토록 강력하고 거대한 문명을 성취하고 유지할 수 있었을까. 나 역시 지중해의 남쪽 튀니스의 해안까지 온 것은 로마인의 비밀을 알고 싶어서다.

지성에서는 그리스인보다 못하고, 체력에서는 켈트인이나 게르만인보다 못하고, 기술력에서는 에트루리아인보다 못하고, 경제력에서는 카르타고인보다 뒤떨어지는 것이 로마인이라고, 로마인들 스스로가 인정하고 있었습니다.

그런데 왜 그들만이 그토록 번영할 수 있었을까요. 커다란 문명권을 형성하고 오랫동안 그것을 유지할 수 있었을까요. 사람들은 흔히 말합니다. 로마인이 대제국을 건설하여, 그 광대한 영역을 그토록 오랫동안 경영할 수 있었던 것은 군사력 덕분이라고. 과연 그럴까요. 사람들은 또 이렇게도 말합니다. 로마인도 결국 쇠망의 길을 걸은 것은 패권을 장악한 민족이 흔히 빠지기 쉬운 교만 때문이었다고. 과연 그럴까요.

『로마인 이야기 1』, 11쪽

이 질문에 대한 저자의 답은 책에서 찾을 수 있다. 이를테면 그리스 작가 플루타르코스가 말했듯이, 패자까지 동화시키는 포용성은 로마 문명의 원동력 가운데 하나다. 로마는 주변의 이민족과 문명 들을 이기고 나서도 정복(征服)하는 대신 통합(統合)했다. 정복이 승자 독식이란 결과를 낳는 데 비해, 통합은 상호 이익의 밑거름이 된다. 로마는 카르타고 등 극소수만 제외하고 주변 세력들과 평등하게 '로마 연합'을 이룸으로써 '천년 로마'를 만들어 냈다.

로마인들은 다른 민족의 신들까지도 인간의 보호자로 존중했다. 자기네 신이 아니라고 배척하지 않았다. 인간을 위해 신이 존재한다는 로마의 인간 중심주의 덕분에 로마는 종교전쟁을 벌인 적이 단 한 차례도 없다. 최근까지도 끊이지 않는 기독교와 이슬람 간의 해묵은 종교전쟁은 로마인에게 좀처럼 이해할 수 없는 반문명적인 태도일 뿐이다.

역사, 서로 다른 관점과 진실의 기록

시오노 나나미는 『로마인 이야기』에서 포에니 전쟁의 시발이 된 사건을 이렇게 서술한다.

기원전 265년, 로마 원로원은 전례 없는 난제 앞에서 고심하고 있었다. 구원을 청해 온 메시나의 대표에게 회답을 주어야 할 필요에 쫓기고 있었기 때문이다. 메시나는 시칠리아의 최강국인 시라쿠사의 공격을 받고 있었는데, 자력으로는 이 위기를 타개할 수 없다고 생각하여 카르타고에 의지할 것인가, 로마에 구원을 청할 것인가를 놓고 의견이 갈라져 있었다. 그래도 로마파가 우세했던 것은 엎드리면 코 닿을 곳에 있는 레기움(오늘날 이탈리아 남부의 레조)의 상황 때문이었다. (······) 그러나 지원을 요청받은 로마는 망설이고 있었다. 로마인은 법을 존중한다. 동맹 관계에 있는 우방이라면 구원을 요청받았을 때 응하는 것이 의무지만 메시나와는 동맹 관계가 아니었다. 게다가 메시나에 가려면 아무리 좁은 해협이라고는 하지만 바다를 건너야 한다. 로마 군단은 한 번도 바다를 건넌 적이 없었다. 군선은 있지만, 수송 선단조차 갖고 있지 않았다. 지금까지 선박이 필요할 때는 '로마 연합'에 속해 있는 항구 도시 나폴리나 타란토가 대행해 주었다. 지금까지는 그것으로도 충분했다. 그런 로마인이 발을 물에 담그기를 망설인 것은 당연한 일이었을 것이다.

『로마인 이야기 2』, 17쪽

충분히 설득력 있는 전개다. 이어서 저자는 시칠리아 동북쪽의 도시 메시나가 카르타고의 수중에 떨어졌을 때 이탈리아 남서부에 가해지는 위협이 얼마나 심각한지 언급하면서, 고심하는 원로원의 풍경을 생생하게 묘사한다.

하지만 같은 사건을 다룬 본격 연구서인 『지중해의 역사(*Historie de la Méditerranée*)』를 보면, 이내 고개가 갸우뚱거려진다. 메시나의 구원 요청에 로마가 기다렸다는 듯이 호응했다고 나와 있기 때문이다.

막대한 전리품을 얻을 수 있으리라 생각한 로마인들은 기원전 264년 카르타고의 공격을 받고 있던 메시나 주민들이 구원을 요청해 오자 주저하지 않고 바로 응답했다. 바로 이날이, 기원전 264년에서 146년까지 지중해 전역이 연루되어 세 차례에 걸쳐 벌어진 대전(大戰)의 서막을 알리는 신호가 되었다.

장 카르팡티에·프랑수아 르브룅, 『지중해의 역사』, 94쪽

이 책의 공동 저자들 장 카르팡티에와 프랑수아 르브룅은 프랑스 사학계의 대가로, 『로마인 이야기』 이상으로 방대한 지도와 연표, 통계자료를 인용하고 있다. 이 책이 프랑스에서 지중해 관련 교재로 손꼽히는 명저이고 보면 궁금증은 더욱 커진다. 『로마인 이야기』와 『지중해의 역사』는 어째서 동일한 역사적 사건을 정반대로 서술하고 있을까? 역사의 진실을 제대로 짚은 건 어느 쪽일까? 혹시 역사의 진실은 아무도 짚어낼 수 없는 게 아닐까? 역사는 진실 또는 허구일까, 아니면 그 둘의 혼합일까?

로마는 하루아침에 사라지지 않는다

로마에 가 본 사람들은 과거의 화려한 영광을 떠올리면서 인간사의 허망함을 곱씹곤 한다. 여기 지중해 남쪽의 로마 유적들에서는 더욱 그러하다. 사라진 원의 중심을 끝까지 간절히 주시하려는 원주의 모습과 같다고나 할까. 아무것도 없는데 무엇이든 찾으려 한다.

어느덧 지중해와 하늘, 창문의 푸르름이 어둠 속으로 완전히 잠겼다. 로마의 흔적도 이렇듯 홀연히 사라질까. 문득 중학교 때 배운 영어 속

담이 떠오른다. "로마는 하루아침에 이루어지지 않았다(Rome was not built in a day)." 이 속담은 이제 이렇게 고쳐야겠다. "로마는 하루아침에 사라지지 않는다."

"모든 길은 로마로 통한다(All roads lead to Rome)"는 속담도 다시 음미해 보고 싶다. 한니발이 에스파냐의 식민지 총독이 된 기원전 221년, 지구 반대쪽에서는 진시황*이 중국을 통일했다. 한니발은 초인적으로 알프스를 넘었으나, 새로운 길을 만들지 않았기에 결국 패배했다. 진시황 또한 만리장성을 쌓아 통일 중국을 그 안에 가두어 버렸다. 반면에 어디로 가든지 사방팔방으로 통하는 길부터 닦았던 로마는 오래오래 번영을 누렸다. 길은 소통을 뜻한다.

진시황
(기원전 259~210)
중국 진나라의 1대 황제. 기원전 221년에 중국을 통일하고 스스로 시황제라 칭하였다. 중앙 집권을 확립하고, 도량형·화폐의 통일, 만리장성 증축, 분서갱유 따위로 위세를 떨쳤다.

주위를 둘러보면 로마가 낳은 영혼의 보물이 무수히 많다. 시오노 나나미가 로마를 만든 또 다른 힘으로 꼽은 로마의 법과 제도도 주목해야 한다. 인류의 생활 속에 남아 있는 모든 '로마'는 위대한 유산이다.

그렇다면 도대체 사라지는 것은 무엇인가. 카르타고와 한니발이 이곳 튀니지인들의 가슴속에 살아 있듯이, 그 무엇도 완전히 사라지지는 않는다. 다가왔나 싶다가도 아스라이 멀어져 가는 지중해의 파도 소리처럼 미처 눈으로 지각하지 못할 뿐이다. 나는 호텔로 돌아온 뒤 영원과 불멸에 대해 생각하면서, 지중해가 불러 주는 자장가를 들으며 깊은 잠에 빠져들었다.

프로이트의 말이 귓가를 맴돌았다. "나는 로마에 대한 꿈을 종종 꾸

곤 했다. 영원한 도시 로마는 영혼을 지닌 존재다. 그곳에서 일어나는
모든 것은 사라지지 않으며, 그곳의 최근 모습 또한 여전히 옛것들과
나란히 존속할 것이기 때문이다."

문학 수첩

카르타고와 로마, 사랑과 이별의 드라마

로마인은 자신들의 선조가 트로이 전쟁 때 기적적으로 탈출한 아이네이아스와 그 일족
이라고 믿었다. 아이네이아스는 트로이의 왕 프리아모스의 사위이자 미의 여신 아프로
디테와 트로이 왕족 안키세스의 아들이었다.

몇 척의 배에 몸을 실은 아이네이아스와 그 일행은 델로스 섬, 크레타 섬, 시칠리아 등
지를 거쳐 마침내 아프리카의 카르타고에 도착하였다. 그곳에서 아이네이아스는 사랑
의 신 비너스의 뜻대로 카르타고의 여왕 디도와 결혼하였다. 사랑에 빠진 그는 건국
의 사명을 잊었으나 제우스의 명령에 따라 카르타고와 디도를 떠나 마침내 로마를 세
운다. 이 무슨 운명의 아이러니인가. 로마 건국의 선조는 카르타고를 통해 탈출하고 그
후손은 다시 카르타고를 멸망시키며 세계 제국으로 성장한 것이다.

디도와 아이네이아스의 사랑은 서구 문학과 예술의 중요한 모티프로, 로마의 시인 베
르길리우스는 이를 '아이네이아스의 노래'라는 뜻의 『아이네이스(*Aeneis*)』로 옮겼다.
또한 바로크 음악가인 헨리 퍼셀은 오페라 〈디도와 아이네이아스(Dido and Aeneas)〉
를 작곡했으며, 17세기 프랑스 화가인 클로드 로랭도 이와 관련된 그림들을 남겼다.

한 편의 영화로 지중해 문명을 동경하게 된 시오노 나나미는 자신이 사랑하는 영화들을 『나의 인생은 영화관에서 시작되었다(人びとのかたち)』에 소개했다. 또한 로마 천년의 역사를 한 권에 담은 『또 하나의 로마인 이야기(ローマから日本が見える)』와 베네치아, 피렌체, 로마 등 이탈리아의 세 개 도시를 배경으로 한 3부작 소설의 마지막 시리즈 『황금빛 로마(黄金のローマ)』를 썼다.

18세기 영국의 역사가 에드워드 기번은, 『로마 제국 쇠망사(*The History of the Decline and Fall of the Roman Empire*)』에 1,400년에 걸친 로마 제국의 멸망을, 고대 그리스의 문인 플루타르코스는 『플루타르크 영웅전(*Plutarchos Bioi Paralleroi*)』에 고대 그리스 로마 영웅들의 이야기를 담았다.

리비아의 민중,
자유와 혁명을 외치다

프란츠 파농, 『대지의 저주받은 사람들』

2009년 가을, 프랑스판 《보그(*Vogue*)》는 논란을 불러 일으켰다. 유명 백인 모델을 흑인으로 분장시킨 사진을 흰 피부의 원래 사진과 나란히 게재한 것이다. 사람들은 "문화적 배경을 전혀 고려하지 않은 몰지각한 사진"이라며 사진작가와 잡지사를 비판했다. '살색'이라는 표현이 인종차별이 될 수 있는 것처럼, 이 사진 역시 '인종에 상관없이 존중받을 권리'를 침해한 것으로 읽힐 수 있기 때문이다.

오늘날 인종차별적인 태도가 '공공의 적'으로 간주되는 것은 진정한 인간 해방을 꿈꾸었던 '의식 있는 선구자들'과 함께한 민중의 노력 덕분이다. 프란츠 파농(Frantz Fanon, 1925~1961)은 이 같은 선구자의 한 사람으로 알제리의 독립 투쟁과 아프리카 해방에 앞장선 인물이다.

그런데 그의 정신을 계승한 사건이 2011년 리비아에서 벌어졌다. 민중의 힘으로 독재 정권을 물리친 '아랍의 봄'이 그것이다. 나는 진정한 자유와 혁명을 찾는 이들을 만나기 위해 바로 그 현장으로 향하고 있다.

🌵 아프리카 해안 도로를 따라 스쳐간 슬픈 역사

낡은 랜드로버를 타고 리비아 북서부의 해안 도로를 달린다. 주와라(Zuwarah)를 거쳐 사브라타(Sabratha)에 이르는 길은 수도 트리폴리(Tripoli)를 향해 동쪽으로 뻗어 있다. 왼편으로는 깊고 푸른 바다가 지중해를 엮어 내고, 오른편으로는 사막이 연이어져 사하라를 펼쳐 낸다. 하늘이 푸른색에서 붉은색으로, 다시 검은색으로 수없이 바뀌면서 지중해와 사하라의 모습 또한 시시각각 변한다. 조용하면서도 역동적인 장관을 보자니 갑자기 지중해 속으로, 하늘 속으로, 사하라 사막의 모래 속으로 파고드는 듯한 느낌이 든다.

오가는 사람도 없는 데다 시야가 탁 트여 있어 운전하기는 정말 편하다. 사위(四圍)가 어두워졌지만 넉넉하게 쏟아지기 시작한 달빛 덕분에 세상 모든 길이 환하게 도드라져 보인다. 이렇게 아름다운 길이 어둠 속에서 펼쳐지다니! 북아프리카는 종종 예기치 못한 놀라움을 선사한다.

고대 벽화를 보러 알제리 남부의 사하라에 다녀온 뒤로는 웬만한 험로나 장거리 운전쯤은 두렵지 않다. 무더위에 지치고 졸음기에 밀려 사막의 외줄기 길을 몇 번이나 벗어났던가. 모래언덕에 처박기도 했었지. 정들었던 '사막 여행의 친구' 랜드로버를 트리폴리에 가면 팔아야 한다는 생각에 가슴이 짠해 온다. 알제리 사막에서 고생을 함께했던 추억은 사라지지 않으리라. 튀니지에 만나 동행 중인 체코 청년은 조수석에서 벌써 잠에 떨어져 있다. 나도 달빛 속에서 잠들고 싶다.

돌이켜 보니 남부 유럽에서 지브롤터 해협을 건너와 벌써 몇 달째 마그레브(Maghreb, المغرب العربي)* 지역을 여행 중이다. 모로코와 알제리, 튀니지, 리비아까지……. 예정에 없이 길게 끌었지만 지나고 보니 순간처럼 느껴진다. 과거 이 지역의 명칭인 바르바리(Barbary)는 원주민인 베르베르(Berber)족의 이름에서 유래했다. 유럽인들은 북아프리카의 이 지역에 사는 사람들을 모두 야만인(野蠻人) 또는 교양 없는 인간을 뜻하는 바바리안(barbarian)으로 불렀다.

북부 아프리카는 남부 유럽보다 오히려 더 빨리 문명의 태동과 전파가 이루어졌던 곳이다. 로마가 포에니 전쟁에서 카르타고 세력을 격파하면서 이곳을 포함한 지중해 전역이 로마 세계로 완전히 편입되었으니 문명의 우열을 따질 수도 없다. 한편 그리스와 로마 사람들은 자기네와 다른 언어를 쓰는 집단을 모두 바바리안이라 불렀다는 기록도 있다. 그렇다면

> **마그레브**
> 리비아, 튀니지, 알제리 등을 포함하는 아프리카 서북부 지역. 이 말은 '동방'에 대하여 '서방'을 뜻하는 아랍어로, 이슬람의 동방 세계가 아랍인과 페르시아인 중심인 데 반해 서방 세계는 아랍화한 베르베르인을 중심으로 이루어졌음을 뜻한다. 이 지역은 비슷한 자연 환경과 역사적 배경, 같은 언어와 종교 등을 바탕으로 여러 분야에 걸쳐 협력 체제를 유지한다.

바바리안이 '바르바리'라는 지역 이름에서 나왔다는 추리는 사실이 아닐 수도 있다.

어느 쪽의 해석이 맞든 사실 무슨 상관인가. 나는 이곳을 연구하러 온 학자가 아니다. 자유롭게 숨 쉬고 싶어서 내 안에 가득한 열정을 따라 여기에 왔을 따름이다. 나의 이번 여행은 '읽기와 쓰기 그리고 삶'이라는 생존 공간의 연장일 뿐이다.

이 지역을 뒤흔들던 바르바리 해적(barbary pirates)의 횡포는 분명 대단했다. 기원전부터 출몰한 이 근방의 해적들은 1530년부터 1789년까지 약 150만 명의 이방인을 노예로 삼았다는 기록까지 있다. 1775년에 창설된 미국 해병대가 19세기 말 이곳 해적들을 상대로 승리를 거두면서 미국이 강대국으로 성장하는 계기가 되었다는 분석도 있다.

이렇게 유서 깊은(?) 해적의 존재는 바르바리 지역의 생활 조건이 얼마나 열악했는지를 보여 준다. 한마디로 이 지역 사람이라면 목숨을 부지하기 위해 해적이 되거나, 아니면 그들이 약탈한 전리품에 기대어 살아야 했다. 남의 것을 조금이라도 뺏지 않으면 모든 것을, 이를테면 생존까지도 위협받는 세월이 계속되어 왔다는 역사적 사실을 살필 때면 늘 곤혹스러워진다. 역사의 의미란 과연 무엇일까.

더구나 해적들과 그들의 식솔이 사는 바르바리 지역은 자신들에게 야만인이라는 이름을 붙여 준 사람들로부터 더욱 엄청난 폭압을 당하게 된다. 19세기 말부터 몰려온 유럽의 제국주의 열강들이 바로 가해자였다. 프랑스는 모로코와 알제리, 튀니지를, 이탈리아는 리비아를, 영국은 이집트를 앞다투어 식민지로 삼았다.

지하자원에 눈독을 들인 이들은 침략의 손길을 뻗었고, 여기 북부 지방에서 시작된 수탈이 전역으로 번지면서 아프리카는 삽시간에 '슬픈 대륙'으로 전락했다. 원시와 생명, 문화를 자랑하던 아프리카는 수난과 질곡의 아비규환으로 변하기 시작했다. 아프리카는 노예 상인들에게 시달리던 때와는 비교가 되지 않을 정도로 엄청난 폭력에 신음하는 대륙으로 전락한 것이다. 지금 아프리카가 품고 있는 거의 모든 비극은 근대 유럽의 제국주의가 저지른 범죄에서 비롯되었다.

물론 아프리카가 그대로 당하지만은 않았다. 이곳 북아프리카 역시 오랜 착취에 시달리다가 마침내 유럽의 제국주의 세력들에 강력하게 저항하기 시작했다. 모로코와 튀니지, 알제리의 독립 전쟁은 물론이며 넓게 보아 리비아의 군사 쿠데타까지도 바로 이러한 차원에서 파악할 수 있는 사건들이다.

그렇다고 북아프리카의 민족주의가 전체 아프리카의 민족주의와 같다고 오해하면 곤란하다. 사하라 사막을 경계로 북쪽은 아랍 민족주의(Arab National-ism)*로, 남쪽은 흑인 민족주의(black nationalism)*로 엄격히 구별한다. 북쪽의 아프리카는 서남아시아와 유럽이라는 역사적·사회적·문화적·지리적 맥락에 다시 이슬람이

아랍 민족주의
19세기 말부터 등장한 아랍 지역의 정치 사조로, 아랍인들이 단일한 정치 공동체를 구성해 하나의 정부를 가져야 한다는 주장이다. 이집트의 나세르 전 대통령, 리비아의 카다피 등이 이러한 아랍 통합의 이상을 실현하고자 노력했으나 국가 간 의견 불일치로 실패했다. 『쿠란』의 가르침에 따라 이슬람 본연의 정신으로 돌아가자는 이슬람주의, 혹은 이슬람 원리주의와 함께 여러 아랍 국가의 통치 이념이면서 아랍 국가 간 협력의 이념적 기반이다.

흑인 민족주의
흑인이 백인의 통제에서 벗어나 독립해야 함을 강조하는 사회적 운동이다. 아프리카인의 후손인 각 개인이 외국의 지배에 대항해 단결하려는 '범아프리카주의', 공통 언어와 종교를 통한 모든 흑인의 단결과 발전을 도모하는 '문화적 민족주의', 흑인 민족의 경제체제를 완전히 재조직하려는 '혁명적 민족주의' 등을 포함한다.

라는 종교적 맥락까지 더해지는 공간이다. 그 결과 모로코와 알제리, 튀니지, 넓게 보아 모리타니와 리비아 일부까지 포함하여 프랑스 식민 지배를 벗어나고자 애쓰는 마그레비즘(Maghrebism)이 독자적으로 태동한다. 흔히 아프리카를 동일한 권역의 한 대륙으로 단순하게 생각하는데 절대 그렇지 않다.

아프리카인들은 외세로부터 독립하여 진정으로 인간답게 살 수 있는 공동체를 염원했다. 유럽의 제국주의에 맞서 인간 해방을 꿈꾸는 아프리카의 노력은 눈물겹게 커져 갔다. 여기에 공감하는 영혼들이 아프리카 밖에서도 나타나기 시작했다. 자신의 가슴속 깊이 울려 나오는 양심의 소리에 전적으로 의지하며 행동하는 지식인들이었다. 프란츠 파농같이 프랑스인이면서도 아프리카를 위하여 자신의 목숨을 걸고 동참한 사람도 있었다.

사람은 꼭 자기 이해관계 때문에 움직이는 단순한 생명체가 아니다. 인간은 자신의 양심과 인격에 따라 움직이고 행동하는 존재다. 저 멀리 어둠 속에서 조그맣고 하얀 호텔이 나타난다. 잠깐이라도 편안하게 잠들고 싶다. 다시 새벽이 되어 길을 떠나면 내일 오전 중에는 트리폴리, 지중해의 하얀 신부를 만날 수 있을 거다.

🦅 검은 피부 아래의 하얀 가면을 고발하다

리비아의 수도 트리폴리. 로마 시대에는 이 일대를 '세 개의 도시'란 뜻에서 트리폴리타니아(Tripolitania)라 불렀다. 그 이름처럼 이 일대는 트리폴리의 중심인 오에아(Oea), 서쪽의 사브라타, 동쪽의 렙티스 마그나(Leptis Magna)로 이루어져 있다. 렙티스 마그나는 튀니지에 있는 렙티스 마이너(Leptis Minor)와 짝을 이루는 지중해 최대 규모의 로마 도시였다. 리비아 출신으로서 로마의 황제가 된 셉티미우스 세베루스(Septimius Severus) 시대에 전성기를 누렸다 한다. 가장 아름답고 보존이 잘 된 로마 제국의 도시 유적 중 하나인 만큼 볼거리도 많을 터. 하지만 '바다 중의 바다' 지중해에서 더 이상 로마 제국의 흔적을 확인하고 싶지 않다는 생각에 좀처럼 마음이 내키지 않는다.

여기는 트리폴리 거리의 카페. 커피 한 잔을 시켜 놓고 하염없이 앉아서 노닥거릴 수 있는 여유로운 분위기가 마음에 든다. 짙고 깊은 향이 느껴지는 이곳의 커피를 마시며, 파농의 책을 배낭에서 꺼내 읽는다. 리비아를, 마그레브 지역을 떠나기 전에 이 남자의 삶을 다시 한 번 찬찬히 더듬고 싶어서다.

프란츠 파농은 알제리와 튀니지 등 아프리카 전역을 누비며 인간 해방을 외친 정신과 의사다. 1925년 프랑스령 마르티니크 섬의 중산층 가정에서 성장한 그는 1952년에 식민지인의 왜곡된 심리를 분석한 『검은 피부, 하얀 가면(Peau Noire, Masques Blacs)』을 발표해 주목받았다. 파농에 따르면, 지배층 백인들은 식민지의 흑인들을 인격체가 아니라 사물로 취급한다. 그 결과 흑인들은 '검은 피부', 곧 자신의 존재를 부정하고 스스로를 백인과 동일시하여 '하얀 가면'을 쓰게 된다.

이 같은 문제작을 출간했다는 이유로 고향에서 일자리를 구할 수 없

게 된 그는 1953년 알제리의 병원에서 근무하면서 알제리와 인연을 맺었다. 그전에 그가 근무하던 프랑스 생탈방의 정신병원 원장 토스켈은 파시즘에 반대하여 에스파냐에서 이주해 온 정신분석학자였다. 이 만남을 계기로, 파농은 1954년 알제리 독립 전쟁이 일어나자 '제2의 고향'인 알제리의 독립을 위해 애쓰다가, 1961년 36세로 생을 마감하고 알제리에 묻혔다.

아프리카를 또 다른 유럽으로 만들고 싶다면, 아메리카를 또 다른 유럽으로 만들고 싶다면, 우리의 운명을 유럽인들에게 맡겨도 좋다. 그들은 우리들 중 가장 뛰어난 사람들보다도 그 일에 관해 잘 알고 있다. 그러나 인류를 한걸음 전진하게 하고 싶다면, 인류를 유럽이 보여 준 것과는 다른 차원으로 이끌고 싶다면, 우리는 새로운 발명과 발견을 이루어야 한다. 우리 민중의 기대에 맞추고 싶다면, 우리는 유럽 이외의 다른 곳에서 대답을 찾아야 한다. 나아가 유럽 민중의 기대에도 부응하고 싶다면, 그들을 모방해서는 안 된다. 그들은 자신들의 사회와 사상에 대해 때로 엄청난 혐오감을 느끼기 때문이다.

동지들이여, 유럽을 위해, 우리 자신을 위해, 인류를 위해 우리는 새로운 각오를 다지고, 새로운 발상을 만들고, 새로운 인간을 정립해야 한다.

『대지의 저주받은 사람들』, 357~358쪽

파농의 존재가 사람들에게 널리 알려진 건 그리 오래되지 않았다. 우리나라에서도 1980년대 군부 독재 시절에 민주화 운동의 영향으로 그에 대한 관심을 잠시 가졌을 뿐이다. 그는 이제 조국인 프랑스에서는 물론, 자신의 이름을 딴 학교가 있는 알제리에서조차 잊혀졌다고 한다. 뿐만 아니라 살아 있을 때도 프랑스의 우파들은 그를 모국을 저버린 반역자로, 좌파들은 유럽인 전체를 식민주의자로 매도하고 농민 대중을 지나치게 중시한 과격하고 시대착오적인 사상가로 여겼다. 그런 의미에서 파농의 전기를 쓴 정신분석학자 알리스 셰르키(Aliice Cherki) 여사의 말은 시사하는 바가 크다.

프란츠 파농은 유명인도 아니고 무명인도 아니다. 체 게바라*도 아니고, 사르트르나 카뮈도 아니다. 그는 인종차별주의, 식민주의, 억압자와 피억압자의 관계, 개발도상국의 미래에 관해 적극적인 제안을 내놓은 선구자다. 그의 말은 위험을 알리고 주의를 촉구하는 외침이 되어 현재 속에 여전히 자리 잡고 있다.

알리스 셰르키, 『프란츠 파농』, 30쪽

🎁 '검은 어린 왕자'의 염원

"인간의 존엄성과 자유가 침해되는 상황이면, 피부색이 희든 검든 노랗든 우리 모두와 관련이 있습니다. 어느 곳에서든 인간의 자유와 존엄성이 위협받고 있다면, 저는 언제라도 참여하겠습니다"라는 발언이 암시하듯, 파농은 '인간 해방'이란 화두에 대해 심도 있게 고민했다. 백혈병으로 투병 중이었으면서도 10주 만에 완성한 『대지의 저주받은 사람들(Les Damnés de la Terre)』에서 그는 이렇게 부르짖는다.

유럽의 성과, 유럽의 기술, 유럽의 양식은 더 이상 우리를 유혹하지 못한다. 유럽의 기술과 양식에서 인간을 찾으려 하면, 오직 끊임없는 인간의 부정과 잔혹한 살인만을 보게 될 것이다. 인간의 조건, 인류를 위한 계획, 인간성을 증대하기 위해 서로 협력하는 일은 진정한 창의력을 필요로 하는 새로운 문제들이다. 유럽을 흉내 내지 말자. 우리의 근육과 두뇌를 모아 새로운 방향으로 나아가자. 유럽이 낳을 수 없는 완전한 인간을 창조하기 위해 노력하자.

『대지의 저주받은 사람들』, 354쪽

알제리가 독립했고, 우리나라를 비롯해 식민 통치와 독재의 아픔을 겪은 제3세계의 많은 나라가 민주화를 이룬 오늘날에도 파농의 외침은 크나큰 울림으로 다가온다. 그는 시대를 앞서간 자유로운 영혼이 겪을 수밖에 없는 슬픔과 '프랑스 국적의 흑인'이라는 주변인으로서의 정체성에 대한 고민을 진지하게 털어놓았다. 지구라는 별에 잠시 불시착했다가 우리에게 꿈을 되찾아 주고 사라져 버린 어린 왕자처럼, 그는 억압과 착취가 저항을 불러왔던 역사의 현장에서 진정한 인간 해방을 부르짖다가 너무도 일찍 우리 곁을 떠나 버렸다. 한 인간을 평가하려면 좀 더 오래도록 보아야 하는데 그는 너무 일찍 생을 마감하였다. 그는 잊혀지거나 오해받기는커녕 정신분석학과 문화인류학, 사회심리학 등 여러 차원에서 얼마든지 새롭게 읽을 수 있는 지성이다.

창문 밖으로 그랜드 호텔과 그 건너편의 녹색 광장(Green Square)이 보인다. 지금은 '순교자의 광장'이라 불리는 이 광장은 이탈리아 식민지 시절에는 '이탈리아 광장'으로, 그 이후 군주정 시대에는 '독립 광장', 다시 카다피 정권 때에는 '녹색 광장'으로 그 이름이 바뀌어 왔다.

1969년 무아마르 알 카다피는 군사 쿠데타를 일으켜 리비아에 서구식 의회 민주주의를 가장한 독재 정권을 수립하였다. 그러나 도무지 무너지지 않을 것 같던 카다피의 절대 권력도 2011년에 중동과 아프리카를 휩쓴 '아랍의 봄' 때 무너졌다.

진정한 혁명이란 무엇인가, 인간의 진정한 해방이란 과연 무엇인가. 파농의 함성은 어디에서 찾을 수 있을까. 삶의 혁명과 존재의 해방을 위하여 온몸을 던진 파농은 어디로 무한 폭발 중일까. 돌아보니 주변은 온통 녹색뿐이다. 갑자기 답답해진다. 트리폴리 공항으로 가는 길에 늘어선 대추야자 나무들 사이로 바람이 분다. 10월에 부는 사하라 사막의 열풍 기블리(ghibli)가 다시 부는 건가. 정들었던 바르바리여, 안녕! 한때 저주받았으나 앞으로는 크나큰 축복을 받아야 할 검은 대륙이여, 안녕!

문학 수첩

아프리카의 상처에 대한 공감과 치유

프란츠 파농은 제2차 세계대전 당시 나치에 협력한 프랑스 비시 정부의 해병대로부터 인종차별을 경험하고, 18살 나이에 드골이 이끄는 자유 프랑스군에 지원병으로 참전했다. 프랑스 리옹 대학에서 정신의학을 전공한 그는 철학과 인류학, 연극에도 조예가 깊었고, 이는 그의 저서들에도 잘 드러나 있다. 1957년 알제리의 정신병원을 완전히 그만두고 혁명에 투신한 그는 알제리 민족 해방 전선의 기관지 《알 무자히둔》에 기고하면서 대변인 역할을 톡톡히 했다. 이후 임시 혁명정부의 요청으로 가나 주재 대사로 활동하는 등 알제리 독립 투쟁과 아프리카 해방에 앞장섰다.

더 읽어 봅시다!

프란츠 파농은 그 외에도 알제리 민족해방전선(FLN) 내부, 투쟁의 중심에서 쌓은 경험을 옮긴 『알제리 혁명 5년(*L'An V de la Révolution Algérienne*)』을 썼다. 이 책은 혁명에 참여한 알제리 민중의 일상적 삶을 담아 내 아래로부터의 혁명을 잘 보여 준다.

장 코르미에가 쓴 『체 게바라 평전(*Che Guevara*)』은 남미를 넘어 전 세계 독재에 반대한 위대한 혁명가일 뿐 아니라, 누군가의 아들이자 아버지이고 친구였던 체 게바라의 삶을 그렸다.

21세기의 보고로 거듭난 이집트의 고대 도서관

알렉산드리아 도서관

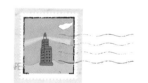

　　　　　역사적으로 추적이 가능한 인물 가운데 '도서관 사서 제1호'로 지목되는 사람은 누굴까? 그 주인공은 의학의 아버지라 추앙받는 그리스의 히포크라테스* 다. 본래 의학 도서관의 사서였던 그는 실수로 도서관에 불을 낸 뒤, 전국을 유랑하는 의사가 되었다고 한다. 이밖에 기록이 남아 있는 인물로는 고대 그리스의 유명한 시인인 칼리마코스, 최초로 지구의 둘레를 측정한 고대 그리스의 천문학자 에라토스테네스가 주로 거론된다. 이 둘의 공통점은 알렉산드리아 도서관의 사서 출신이라는 것인데, 그 당시에 사서와 도서관의 역할은 오늘날과는 다소 달랐다. 이제 지중해 세계의 교역과 문화·학술의 중심지로 번영했던 이집트의 알렉산드리아(Alexandria)를 찾아간다. '인류 지식의 보고'라 불리는 도서관의 향기가 벌써부터 느껴진다.

🕌 알렉산드리아에서 마주친 이집트 문명의 열쇠

카이로에서 기차를 탔다. 목적지는 알렉산드리아의 미스르 역. 에스파냐를 떠난 뒤 오랜만의 기차 여행이다. 노벨 문학상을 수상한 이집트 작가 나기브 마푸즈(Nagīb Maḥfūẓ)의 소설을 읽다가 중간중간 실비아 플라스의 시집을 곁들이니 3시간이 금세 지나갔다. 창밖으로 사라져 갔을 풍경들을 생각하니 조금 아깝다.

여기는 지중해의 물결이 출렁거리는 알렉산드리아 항구. 방파제의 끝에 서 있는 카이트베이 요새(The Citadel of Qaitbay, قلعة قايتباي). 1466년 맘루크 왕조의 술탄 카이트베이가 축조한 성벽과 건물이 멋지다. 출렁이는 수평의 지중해를 향해 완강하게 서 있는 수직의 요새가 서로 잘 어울린다. 이집트 제2의 도시인 알렉산드리아에서 가장 눈에 띄는 건축물이기도 하다.

하지만 이곳이 전 세계 관광객들로 이렇게 늘 북적거리는 까닭은 카이트베이 요새의 근사한 모습 때문만은 아니다. 그동안 찾을 수 없었던 전설의 등대, 오랜 세월 동안 지중해의 밤바다를 밝히며 뱃사람들의 목숨을 지켜 주었다는 파로스(Pharos) 등대가 있

> **히포크라테스 (기원전 460?~377?)**
> 고대 그리스의 의학자로서 '의학의 아버지'라 불리는 인물이다. 경험적 지식에 의거한 의술을 펼칠 것을 주장하고, 의도(醫道)의 기초를 확립하였다.

던 자리가 바로 여기이기 때문이다.

파로스 등대는 기원전 280~250년경 지어진 세계 최초의 등대다. 고대 이집트의 프톨레마이오스 2세인 필라델포스가 그 아버지인 프톨레마이오스 1세의 사업을 이어받아 알렉산드리아 항구 근처의 작은 섬 파로스에 세웠다고 전해진다. 일찍부터 고대의 7대 불가사의(不可思議) 가운데 하나로 손꼽혀 온 이 등대는 자그마치 135미터 높이에 각각 사각, 팔각, 원통형으로 이루어진 3단 형태의 외부에, 내부는 16층으로 올려진 초대형 건축물이었단다. 대리석으로 지어졌거나, 적어도 대리석으로 덮였을 거라는 이 놀라운 등대의 꼭대기에는 불빛을 퍼뜨리는 거울이 있었다고 한다.

하지만 전설과 문헌에서만 찾을 수 있을 뿐 등대의 실체는 확인할 수 없어, 1300년대에 일어난 대지진 때 붕괴되었을 거라 여겨져 왔다. 그러다가 1994년 가을, 프랑스의 해저 고고학 발굴 팀이 알렉산드리아 앞바다에서 파로스 등대의 잔해 수백 점을 건져 올렸다. 화강암으로 된 높이 4.55미터, 무게 12톤의 여신상까지 모습을 드러내자 이집트와 지중해, 나아가 전 세계는 등대의 존재를 확신하게 되었다. 파로스 등대가 신비의 베일을 벗고 역사의 무대로 등장하는 순간이었다. 7미터 깊이의 바다에서 건져 올린 등대의 잔해와 조형물에 새겨진 문자 및 문양은 고대 이집트의 역사와 사회, 문화를 이해하는 결정적인 단서가 된다. 문득 파로스 등대와 오벨리스크, 피라미드, 나아가 세상의 모든 '탑'은 천상을 열어 보고 싶다는 인간의 욕심이 만들어 낸 '지상의 열쇠'라는 생각이 든다.

물론 고대 이집트 문명을 단박에 파악하게 만든 가장 극적인 열쇠는 로제타석이다. 1799년 알렉산드리아 동쪽 63킬로미터 지점에 있는 나일 강 하구의 마을에서 높이 1.2미터, 너비 75센티미터, 두께 28센티미터의 작은 현무암 비석이 발견되었다. 마을 이름을 따서 '로제타석'이라 불리는 이 비석은 고대 이집트의 신성문자(神聖文字)인 히에로글리프 해독에 결정적인 역할을 했다.

마을에 진지를 구축하던 나폴레옹의 이집트 원정군이 로제타석을 처음 발견하였다. 훗날 이를 영국에 빼앗기게 되자 프랑스 학자들은 여러 개의 복사본을 만들었는데 그중 하나가 샹폴리옹(Jean-François Champollion)에게 건네졌다. 어학의 천재이자 이집트학의 창시자인 샹폴리옹은 돌에 새겨진 세 가지 문자들을 비교 분석하여 이집트 상형문자의 체계를 추리해 냈다. 이로써 '이집트 고대사'라는 복잡한 피라미드의 문을 열어 줄 본격적인 열쇠가 제 모습을 드러낸 것이다.

로제타석은 국왕 프톨레마이오스 5세의 덕행을 칭송한 비석으로, 우리 식으로 치면 마을 입구에 흔히 세웠던 송덕비다. 그러나 알렉산드리아의 그레코로만 박물관에 있는 로제타석은 사본이고, 진품은 대영박물관에서 보관하고 있다. 이집트의 세계적인 문화재가 프랑스에 의해 발견되어, 이제는 영국의 박물관에 가 있는 것이다.

이러한 상황은 문화재와 국력의 관계를 새삼 떠올리게 한다. 다른 것도 아니고 인류의 정수(精髓)인 문화재조차 약육강식의 논리가 지배하는 것이 현실이다. 1866년 병인양요 때 프랑스군이 퇴각하면서 탈취해 간 우리나라 외규장각* 도서들에 대해 일찍이 프랑스 행정 법원은 우리나라에 도서 반환을 할 필요가 없다고 판결했다. '취득 당시 상황이나 조건은 외규장각 도서가 프랑스의 국가 재산이라는 사실에 영향을 줄 수 없다'는 요지의 판결은 쉽게 말해서 '불 지르고 훔친 물건도 프랑스 소유라면 돌려줄 수 없다'는 뜻이다. 얼마 전 조선 왕실의 어람용(御覽用) 의궤(儀軌) 191종 297권은 영구 대여 형식으로 우리나라에 돌아왔다. 의궤는 조선 왕조의 책이었지만 내 마음속의 영원한 책들이다.

최초의 세계도시, 세계 최대의 도서관

그리스 북쪽에 있는 작은 나라 마케도니아의 알렉산드로스 대왕은 강대국 페르시아를 격파하고 멀리 인도와 파키스탄에 이르는 광활한 제국을 건설했다. 그에게 이집트는 페르시아인들이 지중해와 유프라테스 강 너머로 접근하지 못하게 하는 전략적 요충지였다. 기원전 332년, 알렉산드로스 대왕은 페르시아의 지배를 받던 이집트를 마침내 수중에 넣었고, 모든 이집트인들은 그를 이집트의 해방자이자 새 파라오로 숭배하게 되었다. 기원전 331년 4월 7일로 추정되는 날, 그는 자신의 이름을 딴 도시, 장차 이집트 프톨레마이오스 왕조의 수도가 될 도시를 건설하기 시작했다. 최초의 세계도시, '지중해의 진주'라 불리는 이곳이 바로 알렉산드리아다.

그리스의 역사가 디오도로스의 말처럼 아름다움과 규모, 부유함과 편리함 그리고 화려함에서 알렉산드리아와 견줄 만한 도시는 없었다. 유럽 전체에서 오직 로마만이 알렉산드리아를 능가할 수 있는 유일한 도시였다. 기록에 따르면 알렉산드리아는 기원전 3세기 초에 주민의 수가 이미 10만 명을 넘어섰고, 기원전 2세기 초에는 인류 최초이자 최대의 세계도시로 거듭났다. 기원전 1세기 무렵에는 무려 50만 명이 거주하는 '명실상부한 고대 지중해 세계의 중심'이 되었다.

로마 황제 시대에도 이집트는 알렉산드리아 항구를 통해 매년 1,300만 셰펠(Scheffel), 즉 11만 3,100톤의 곡물을 로마로 보냈다. 이 식량들을 공수받지 못하면 로마 제국도 별수 없이 굶주려야 했다. 파로스 등대의 불빛이 300스타디온(약 50킬로미터)까지 퍼져 나갔다는 기록을 감안하면, 알렉산드리아가 얼마나 엄청난 규모의 교역 장소였는지 짐작할 수 있다. 파로스 등대는 상당한 경제력과 이를 뒷받침하는 강력한 통치권이 있기에 가능했던 대역사(大役事)였다.

문명사적으로 볼 때 유럽과 북아프리카, 중동, 아시아에 걸친 알렉산드로스 대왕의 제국은 자연스럽게 그리스 문명을 전파하며 지중해와 아시아의 문화에 활력을 불어넣었다. 말하자면 지중해를 중심으로 하는 그리스 문화를 아시아 문화와 창조적으로 뒤섞은 것이다. 이렇게 동서양 문화가 이상적으로 융합된 결과물이 바로 그 유명한 헬레니즘이다. 그 중심에 있었던 알렉산드리아는 자연스럽게 헬레니즘의 상징이 된다.

그리스인들은 새로운 나라, 새로운 인간 그룹, 새로운 식물 그리고 부분적으로 지금까지 알려지지 않았던 연구 방법들을 알게 됐고, 그 모든 지식을 모아서 체계화하고자 하는 희망을 품었다. 거의 모든 분야에서 헬레니즘 학문은 기원전 3세기부터 전성기를 맞았고, 알렉산드리아는 이 학문의 중심지였다.

만프레드 클라우스, 『알렉산드리아』, 144쪽

알렉산드로스 대왕이 세상을 떠난 뒤, 그의 수하 프톨레마이오스가 이집트에 새 왕조를 열었다. 프톨레마이오스 1세가 기원전 300년경에 설립한 알렉산드리아 대학은 현대적 의미에서 최초의 대학으로, 고대 그리스 로마 시대의 싱크탱크* 역할을 했다. 최초의 세계도시에서 최초의 대학이 탄생하는 장면은 경제와 지식의 관계가 얼마나 밀접한지 잘 보여 준다.

이 같은 흐름 속에서 자연스럽게 등장한 것이 그 당시 세계 최대 규모를 자랑했던 알렉산드리아 도서관(BA: Bibliotheca Alexandrina)이다. 프톨레마이오스 1세는 데메트리오스 팔레레우스(Demetrius Phalereus)에게 도서관 건립과 운영을 맡기면서, 자유로운 학문 연구를 보장했다. 그 결과 당대의 지성들이 알렉산드리아 도서관으로 속속 몰려들었다. 부력을 계산한 아르키메데스, 기하학을 창시한 에우클레이데스(영어식 표기로는 '유클리드'), 지구 둘레를 잰 에라토스테네스, 지동

> **싱크탱크**
> '무형의 두뇌'라는 뜻으로 두뇌, 혹은 지식 집단을 말한다. 여러 학문 분야의 전문가를 조직적으로 결집하여 조사·분석 및 연구 개발을 수행하고 그 성과를 자금 지원처에 제공하는 것을 목적으로 한다. 주로 정부의 정책이나 기업의 경영전략을 연구한다.

설을 최초로 주장한 아리스타르코스, 인체를 해부한 헤로필로스 등 이곳에서 배출한 학자들의 면면은 눈부실 정도다.

12세기 최고의 문법학자 체체스에 따르면, 알렉산드리아 도서관은 약 50만 권의 두루마리 책을 소장하고 있었다. 파피루스 두루마리 역시 70만 권이나 되었다고 하니, 요즘 식으로 따져도 어마어마한 규모다. 프톨레마이오스 1세의 명에 따라, 팔레레우스는 최고의 지성들을 위하여 인류의 주요 문헌을 모았다. 사서들을 각지로 파견해 책을 사오게 했는가 하면, 뱃사람들을 통해 빌린 책을 베껴 필사본을 만든 다음 원본 대신 필사본을 돌려주기도 했다. 도서관이 활발하게 운영되는 동안 알렉산드리아에서 펼쳐졌던 모든 책의 페이지들은 오늘날 네이버나 구글이 전 세계를 향해 모니터로 펼쳐 내는 '페이지'들처럼 방대함 그 자체였다.

알렉산드리아 도서관은 짧게는 450여 년 동안, (서기 391년경까지로 보면) 길게는 700여 년 동안 존재했다. 그 과정에서 이곳은 왕실 도서관이자 최대의 지식 창고, 최고 수준의 학문의 전당으로서 그 의미와 가치를 확고하게 보여 주었다.

🗼 21세기 인류 지식의 보고로 다시 태어나다

알렉산드리아의 동쪽 항구는 지중해를 향해서 둥근 곡선을 그리며 쑥 들어가 있다. 왼쪽 방파제 끝에 있는 카이트베이 요새가 파로스 등대가 있던 자리에 들어섰다면, 오른쪽 방파제 동쪽으로 알렉산드리아 도서관이 있던 자리에는 2002년에 완공된 최신식 도서관이 우뚝 서 있다. 이 새 도서관은 '지중해의 영원한 일출'을 상징하는 디자인으로 유명하다. 태양은 진리의 빛, 따사로운 문명의 다른 이름이리라.

가까이 다가가서 보면 건물의 세 면은 얕은 연못으로 둘러싸여 있으며, 위쪽 모습은 원반형이다. 회색 화강암으로 된 외벽에는 전 세계의 문자 약 120종이 새겨져 있다. '인류 지식의 보고(寶庫)'였던 알렉산드리아 도서관의 의미를 단적으로 보여 주는 상징물이다. 자세히 들여다 보니 우리의 한글도 당당하게 자리 잡고 있어 가슴이 뿌듯해진다.

실제로 알렉산드리아 도서관 재건 아이디어에 대한 호응은 뜨거웠다. 유네스코가 앞장서고, 무바라크 전 이집트 대통령까지 발 벗고 나선 가운데 전 세계가 힘을 합쳐 20여 년 만에 새 알렉산드리아 도서관을 건립하기에 이르렀다. 2억 2,500만 달러의 비용은 사우디아라비아, 이라크, 아랍에미리트 같은 아랍 산유국과 이슬람계 복지 재단 아가칸이 책임졌고 프랑스, 에스파냐, 독일, 이탈리아와 마이크로소프트 사 등 27개 국가 및 기업체가 3,300만 달러를 부담했다. 이웃 나라 일본 역시 이 프로젝트에 참여했다.

도서관을 한 바퀴 둘러볼 때 도서관 가이드인 아자 에자트는 도서관 집기와 가구를 가리키며 노르웨이에서 기증한 것이라고 설명했다. 마루의 소음을 흡수하는 재질의 참나무는 캐나다, 건물을 지탱하는 검은 대리석은 짐바브웨 그리고 외벽의 화강암은 이집트 아스완에서 왔다. 더

구체적으로 도서관의 사무실 가구는 스웨덴, 현관의 가구와 집기는 노르웨이 BA 친선 협회에서 지원했다. 도서관을 소개하는 안내 책자들은 오스트리아와 그리스 BA 친선 협회의 지원으로 발행됐다. 불가리아는 1,000점의 자료를 기증했고 그리스는 고대 도서관을 건축한 데메트리오스의 동상을 헌정했다. 기업도 다임러크라이슬러는 메르세데스 버스 두 대, 지멘스는 인터넷 카페를 기증했다. (……) 그뿐만 아니라 정보처리 교육은 프랑스, 자료 자동 운송기기는 독일, 시청각 시설은 일본이 제공했다. 샌프란시스코에서 알렉사 인터넷이라는 벤처기업을 창립한 브루스터 칼리는 10억 페이지의 인터넷 정보 보관소를 통째로 기증했다.

홍은택, 「고대 알렉산드리아 도서관 재건」, 《동아일보》

새 알렉산드리아 도서관은 지리적으로만 이집트의 것일 뿐, 정신적으로는 지구촌 전체의 지식 문화유산이다. 여기에 공감한 국가와 기업체, 개인 등이 앞다투어 이곳을 인류의 도서관으로 만들고자 나선 것이다. 도서관 내부의 시설과 자료 등 대부분이 각국에서 기증받은 것이며, 이 아름다운 기부는 지금껏 계속되고 있다. 이렇듯 고대 알렉산드리아 도서관이 인류 문명에 기여한 공로를 기리고, 세계 최초의 공공 도서관의 정신을 잇고 싶다는 열정이 세계인의 공감을 얻어 새 도서관을 낳은 것이다.

층간 구분 없이 시원스럽게 뚫려 있는 도서관 건물은 수많은 책의 페이지가 만들어 내는 초현실적인 공간 같다. 도서관은 인간의 두뇌, 신비한 우주에 대한 은유가 아닐까. 세상 모든 도서관은 미지의 세계

플로티노스(205~270)
이집트 태생의 고대 로마
철학자. 신플라톤주의를 주
창하여 훗날 중세 스콜라
철학과 헤겔 철학에 큰 영
향을 끼쳤다.

를 열어 주는 인류의 열쇠이자 정신의 등대다. 그런 의미에서 고대 알렉산드리아에는 두 개의 등대가 있었다. 하나는 자연의 어둠을 밝히는 파로스 등대이며 또 다른 하나는 알렉산드리아 도서관이라는 등대다. 알렉산드리아 항구의 좌우에 파로스 등대와 알렉산드리아 도서관이 세워졌다는 사실은 가볍게 보아 넘기지 못할 절묘한 안배다.

등대는 사라졌으나 도서관은 1,600여 년 만에 인류를 하나로 묶으며 새롭게 태어났다. 동서 문명을 융합하여 르네상스의 초석을 다졌던 고대 도서관처럼, 새 도서관은 세계 공존공영을 꿈꾸는 학문의 전당으로 자리매김할 것이다. 진정한 도서관은 우리 가슴속에 '영원한 책'으로, '우주의 자궁'으로 또렷하게 존재한다. 이 놀라운 현장에서 벅찬 감격을 맛보다가 플로티노스*의 책을 찾으려고 자리에서 일어났다.

문학 수첩

도서관과 대학의 역할을 겸했던 고대 도서관

움베르토 에코가 쓴 『장미의 이름(*Il Nome della Rosa*)』에 등장하는 '꿈의 도서관'의 모델이 바로 알렉산드리아 도서관이다. 이 도서관에는 아리스토텔레스 전집을 비롯해 에우리피데스, 소포클레스 등 그리스 학자들의 저서 원본이 상당수 소장되어 있었다. 이집트 왕실의 임명을 받은 사서들은 작가·시인·학자·과학자 출신으로, 문헌을 수집하고 연구하면서 높은 봉급과 세금 면제, 숙식 제공 등의 특혜를 누렸다. 이들은 그리스 문헌을 비롯해 지중해, 중동, 인도 등지의 언어를 그리스어로 번역하는 데도 힘썼다. 파라오들의 연대기, 호메로스의 작품 등 그리스 고전문학의 필사본 또한 출처에 따라 체계적으로 분류되어 학문 발전의 밑거름이 되었다. 그 결과 이곳은 수학·천문학·기하학·의학·응용과학 분야에서 최고 수준을 자랑했다고 한다.

더 읽어 봅시다!

로이 매클라우드가 엮은 『알렉산드리아 도서관(*Library of Alexandria*)』은 새 알렉산드리아 도서관을 건립하는 데 앞장선 '알렉산드리아 도서관의 친구들' 호주 지부가 2002년 재건에 맞춰 알렉산드리아 도서관의 역사와 의미를 추적하고 분석한 글을 모은 책이다. 매튜 배틀스의 『도서관, 그 소란스러운 역사(*Library: an Unquiet History*)』는 수십 세기에 걸쳐 지식을 보호하고 숭배하는 한편 관리하고 통제해 온 도서관의 이중성을 추적한다. 알랭 카롱의 『알렉산드리아(*Alexandrie*)』는 고대 도시 알렉산드리아의 역사적 흥망성쇠를 종합적으로 제시한다.

흑 해

예루살렘

이스라엘

4장

이스라엘에서 터키,
다시 유럽으로!
문명의 충돌과 연쇄

소설의 첫대목을 읽을 때 나는 늘 가슴이 설렌
다. 그 뒤에 전개될 사건을 상상하노라면, 언어
가 펼쳐 내는 또 다른 세상을 향한 자유 여행객
늘 만지작거리는 이 같은 기분이 문득 현실과 부
지 않았으나 결코 현실은 아닌 또 다른 세계, 한
묶기 언어를 쓰면서 개척해 준 또 다른 전임가간
의 세계 말이다 나에게 독서와 여행은 완벽한 또
이었다

예루살렘, 피로 얼룩진 벽과 성스러운 책

『성서』와 『쿠란』

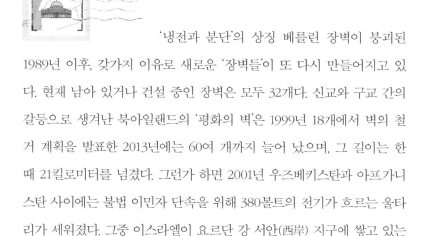

　　　　　　　　　　'냉전과 분단'의 상징 베를린 장벽이 붕괴된 1989년 이후, 갖가지 이유로 새로운 '장벽들'이 또 다시 만들어지고 있다. 현재 남아 있거나 건설 중인 장벽은 모두 32개다. 신교와 구교 간의 갈등으로 생겨난 북아일랜드의 '평화의 벽'은 1999년 18개에서 벽의 철거 계획을 발표한 2013년에는 60여 개까지 늘어 났으며, 그 길이는 한때 21킬로미터를 넘겼다. 그런가 하면 2001년 우즈베키스탄과 아프가니스탄 사이에는 불법 이민자 단속을 위해 380볼트의 전기가 흐르는 울타리가 세워졌다. 그중 이스라엘이 요르단 강 서안(西岸) 지구에 쌓고 있는 분리 장벽은 가장 첨예한 논쟁의 대상이다. 유대교와 기독교, 이슬람교 모두가 성지로 꼽는 이스라엘의 예루살렘(Jerusalem)을 찾아가는 길. 이 길은 『성서』와 『쿠란』이 전하는 사랑과 평화의 메시지를 되새기는 출발점이다.

🕌 분리 장벽 그리고 세상의 모든 벽들

텔아비브 공항을 빠져나와 예루살렘으로 가는 버스 안. 창밖으로 완전무장한 이스라엘 군인들이 보인다. 언제 총성이 울릴지 모르는 곳에 오니 나도 모르게 심장 박동이 빨라진다. 아드레날린이 마구 분출되나 보다. 충분히 예상했던 일이야, 중얼거리며 심호흡을 길게 한다. 조금 나아지는 듯싶다가 이내 숨이 턱 막혀 온다. 8미터 높이의 콘크리트 방벽이 시야에 들어왔기 때문이다. 이스라엘은 테러로부터 자국민을 보호하겠다는 명분을 내세워, 2002년부터 팔레스타인 거주 지역 둘레에 거대한 '분리 장벽'을 세우고 있다.

2004년 국제 사법 재판소는 "분리 장벽은 국제법 위반이므로 건설을 중지하라"는 권고 판결을 내렸다. 그러나 이스라엘 정부는 오히려 장벽을 연장하고 망루를 세워 팔레스타인 거주지를 감옥처럼 가두고 있다. 총길이 700킬로미터를 훌쩍 넘겨 완공될 장벽은 '인류가 만든 최장의 감옥 담장' 기록을 거듭 경신하는 중이다. 제2차 세계대전 당시 나치에 의해 수용소에 '가둬져' 숨겨 간 사람들의 후예가 팔레스타인 사람들을 '가두는' 수용소를 버젓이 짓고 있다니! 과거의 피해자가 현재의 가해자가 된 역사의 아이러니를 지켜보기란 난감하다. 진정 역사에 교훈이란 없는 건지 부끄러워진다.

휴전선
1953년 7월 27일 6·25전쟁의 휴전에 따라 설정된 남북 경계선. 비무장지대(DMZ) 내 육지 구간에 설치된 1,292개의 말뚝으로 표시된 군사분계선이다.

2009년 11월 9일, 빗속에서 열렸던 '독일 통일 20주년 기념식'이 떠오른다. 베를린 장벽 붕괴를 상징하는 '도미노 쓰러뜨리기' 이벤트는 정말 근사했다. 포츠담 광장에서 브란덴부르크 문 앞까지 1.5킬로미터 거리에 세워 놓은 1,000개의 도미노가 차례로 쓰러지자 시민들은 환호하기 시작했다. 마지막 도미노가 쓰러지고 수천 발의 폭죽이 터졌을 때 그들은 서로 부둥켜안고 통일의 감격을 다시 나눴다. 인터넷 중계로 보긴 했지만, 생생한 감동에 나도 모르게 눈물이 났다.

우리는 어떤가. 148마일, 약 238킬로미터의 휴전선* 철책을 따라 남북의 젊은이들이 서로에게 총구를 겨눠야 하는 내 조국. 이산가족의 피눈물이 아직도 멈추지 않은 내 조국. 철조망 저쪽으로는 몇 걸음도 갈 수 없는 내 조국. 어느새 고인 눈물에 모니터가 아른거리더니 이내 눈물이 주룩주룩 흘러내렸고, 나는 목 놓아 울고 말았다. 북아프리카의 밤, 조그만 모텔에서 통곡하던 외로운 여행자는 나 하나였겠지만 이국땅에서 조국의 의미, 모국의 현실을 슬퍼하는 이들이 어찌 혼자일까.

그때 생각이 나자 눈시울이 다시 뜨거워지고 차창 밖 풍경이 뿌옇게 흐려진다. 저 완강하고 거대한 벽 너머에서 새로운 이산가족이 생기겠지. 일방적으로 거기 갇히게 된 이들의 한숨과 눈물이 흐르고 흘러 증오의 강을 이루고, 폭력의 바다를 만들겠지. 누군가를 가두는 건 스스로가 갇히는 것. 이스라엘인들은 팔레스타인 사람들을 가두는 벽을 세워 세상으로부터 자신을 고립시키고 있다.

분리 장벽이든 휴전선이든 세상의 모든 장애물을 없애야 한다. 우리 편 아니면 모두 적이라는 이스라엘의 이분법적 태도, 통일의 가능성에 대한 우리의 점증하는 의심, 이러한 온갖 장애물이 그대로 있는 한 인류의 삶 또한 제대로 꾸려질 수 없다. 아, 한국으로 돌아가면 알란 파커의 영화 〈핑크 플로이드의 벽(Pink Floyd: The Wall)〉을 다시 보고 싶다.

예루살렘, 피로 얼룩진 평화의 도시

그들이 사는 나라는 동으로는 아라비아, 남으로는 이집트, 서로는 페니키아와 바다, 북으로는 멀리 시리아와 접해 있다. 대부분의 유대인은 마을에 자리를 잡고 도시를 세웠다. 수도 예루살렘에는 거대한 성전이 있었다.

타키투스, 『타키투스의 역사』, 403쪽

이스라엘 사람들은 자신들이야말로 하느님의 선택을 받은 유일한 선민(選民)이라 굳게 믿어 왔다. 이 믿음에서 유대교가 탄생했고, 예루살렘은 유대교도의 성지가 되었다. 한편 기독교도에게, 예루살렘은 인간의 죄를 대신하여 죽었던 예수가 다시 살아난 성스러운 곳이다. 『성서』에는 예수가 예루살렘의 올리브 산* 정상에서 하늘나라로 올라갔다는 기록이 남아 있다.

예루살렘은 이슬람교도에게도 성스러운 곳이다. 천국에 다녀온 무함마드는 예루살렘에서 바위에 금으로 된 못 19개를 박았는데, 이 못들이 전부 없어지면 세상은 최초의 혼돈 상태로 되돌아간다고 한다. 현재 남아 있는 못은 겨우 3개. 그나마 다행이다.

이렇듯 유대교와 기독교, 이슬람교라는 '3대 유일신 종교'의 성지 예루살렘에는 매년 수많은 신자들이 세계 각지에서 찾아온다. 통곡의 벽과 성묘 교회, 오마르 사원(황금 사원) 등 헤아릴 수 없이 많은 종교 유적은 예루살렘이 세계에서 가장 영적인 도시임을 당당히 선언한다.

1시간 정도 지났을까. 서예루살렘에 버스가 도착했다. 해발 780미터 높이의 구릉지인 예루살렘은 1번 도로를 경계로 동서로 나뉜다. 도로 동쪽에는 아랍어를 쓰는 팔레스타인 사람들이, 서쪽에는 히브리어를 쓰는 유대 사람들이 주로 산다. 예루살렘이 동서로 갈린 것은 1948년에 건국한 이스라엘이 예루살렘 서쪽을 차지하면서부터다.

1967년 제3차 중동전쟁*에서 승리한 이스라엘은 동예루살렘까지 점령했다. 대부분의 이스라엘인들은 이렇게 생각한다. 기원전 994년에

올리브 산
예루살렘 동쪽에 위치한 동산으로, '기름 짜는 기계'를 뜻하는 겟세마네라고도 불린다. 예수가 유다에게 배신당해 체포되었고 훗날 승천한 장소라 알려져 있다. 3,000년 이상 유대인들의 공동묘지로 쓰여 2013년 기준으로 대략 15만 개의 무덤이 있다. 우리나라 『성서』에는 감람산(橄欖山)으로 번역되었다.

제3차 중동전쟁
1967년 6월 5일, 이집트와 이스라엘의 전투에서 시작되어 시리아와 요르단으로 확대된 전쟁. 엿새 만에 이스라엘의 대승으로 끝났기에 '6일 전쟁'이라고도 한다.

이스라엘을 재통일한 다윗과 그의 아들 솔로몬의 땅이자, 하느님이 약
속한 성스러운 나라의 수도 예루살렘에 마침내 되돌아온 거라고. 그러
나 팔레스타인 사람들로서는 수천 년간 살아온 땅이 이스라엘 식민지
가 되었으니 가만있을 리 없었다. 기존 식민지들도 속속 독립하는 세계
사의 흐름 속에서 자기네만 식민지로 전락한 사실 또한 굴욕이었으리
라. 그리하여 20세기 최악의 종교 분쟁이 불거졌다. 게다가 영국을 비
롯한 제국주의 열강이 저마다 양쪽을 각기 두둔하는 척 부추기며 이
익을 챙기려 드는 바람에 사태는 꼬여만 갔다.

 역사를 살펴보면 예루살렘의 주인은 매번 바뀌었고, 그때마다 숱한 피가 뿌려졌다. 예루살렘은 기원전 586년 신바빌로니아에 점령된 이래, 기원전 63년에는 폼페이우스의 로마 공화정, 서기 638년에는 아랍의 이슬람교도, 1099년에는 제1차 십자군, 1187년에는 이집트의 술탄 살라딘, 1516년에는 오스만 제국, 1917년에는 영국의 지배를 받았다. 새로운 점령자들은 하나같이 예루살렘에 평화를 가져오겠다고 했지만, 결과는 항상 피로 얼룩진 비극이었다. 이 과정에서 종교는 언제나 분쟁의 도화선 역할을 했다. 예루살렘은 마음의 평화를 주는 동시에, 치명적인 폭력을 낳아 왔던 것이다.

예루살렘의 게스트 하우스에 도착해 짐을 풀었다. 게스트 하우스는 어디나 비슷하기에 이제는 고향 집에 온 듯 편안하다. 생수 한 병을 들고 밖으로 나와 시가지를 둘러보았다. 여행 책자에서 본 것처럼 종교에 따라 구역이 나눠져 있다. 자신들의 신만이 최고의 유일신이라 믿는 세 종교의 신자들은 예루살렘에서 이렇게 함께 산다. 이들은 각자의 신을 모시면서 저마다 영원한 생명을 꿈꾼다. 너무나 영적인 이곳의 거리 한복판에서, 문득 나는 자유와 평화, 영원과 생명을 떠올리며 깊이 생각에 잠긴다.

『성서』와 『쿠란』, 성스러운 책들 제대로 읽기

예루살렘만큼 평화와 폭력이 공존하는 도시는 세계 어디에도 없다. 구약과 신약의 『성서』 그리고 『쿠란』이 평화를 노래하는가 싶다가도,

어느 순간 자동 소총이 난사되고 폭탄이 터진다. 이러한 폭력 사태는 언제나 성전(聖戰)이라는 이름으로 미화된다. 싸움은 나쁘다는 경전의 말씀을 배우면서도, 이 싸움은 신성하니까 꼭 해야 한다고 우기는 모습. 이 같은 이율배반적인 태도는 비신자들로서는 도저히 이해하기 힘들다.

나는 『성서』와 『쿠란』을 지상에서 가장 성스러운 책으로 존중한다. 하지만 이들 책을 가까이하면서도 피로 얼룩진 분리 장벽을 만들고, 마음속에는 그보다 더 견고한 벽을 쌓고 있는 사람들을 결코 '진실한 신자'로 인정할 수 없다. 경전은 차별과 억압을 부르는 벽이 아니라 공감과 해방의 책, 삶을 행복하게 해 주는 책이다. 헌데 거짓 신자들은 성스러운 책의 의미를 거짓된 믿음으로 덮어 버리고, 다시 자신들의 믿음을 옹호하고 내세우려 고약하고 위험스러운 벽을 세웠다. 슬프고 안타깝게도 여기 예루살렘은 그 현장이 잘 보존된, 아니 언제나 생생한 증거 현장이다.

우리는 경전을 종교적으로나 역사적으로 읽기 전에 먼저 도덕적이며 윤리적으로 받아들여야 한다. 선의 기준을 세우고 진정한 가치를 보듬으며 이를 실천하기 위한 지침이자, 평화를 위한 인류의 교과서로 존중하며 읽어야 한다는 뜻이다. 도덕과 윤리가 필연적으로 종교와 역사로 이어진다면 문제의 실마리가 풀릴 듯싶다. 이들 책을 문학적으로 찬찬히, 넉넉한 마음으로 읽어 보는 것도 대안이 되겠다.

이들 경전은 언제나 풍부하고 생생하게 다가오는 최고의 문학 작품이다. 여기서 영감을 얻은 예술 작품들이 인류 문화에 미친 영향력은 그야말로 지대하다. 이를테면 미켈란젤로가 로마 시스티나 성당 천장에 그린 프레스코화 〈아담의 창조〉는 『구약 성서』가운데 「창세기」(1:11~2:4, 2:4~25)의 내용을 바탕으로 하고 있다. 고대 동방의 신화들을 토대로 삼은 이 놀라운 이야기는 우주와 세계의 질서를 문학적으로 표현한 결과다. 이밖에도 라파엘로의 프레스코화인 〈동물의 창조〉, 슈노어 폰 카롤스펠트의 목판화 〈안식일〉등 유럽의 어느 미술관에 들어가도 『성서』관련 작품을 쉽게 찾을 수 있다.

아담과 하와(이브)의 창조를 소재로 한 미술품도 마찬가지다. 얀 반 에이크가 그린 벨기에 성 바프 대성당의 〈겐트 제단화〉일부를 비롯해, 피렌체 우피치 미술관에 있는 루카스 크라나흐의 회화, 상트페테르부르크 국립 박물관이 소장한 한스 토마의 회화 등, 같은 제목의 작품이 수없이 많다. 한 가지 흥미로운 예를 덧붙여 소개하자면, 「창세기」[創世記, 히브리어 בראשית (브레쉬트), 그리스어 Γένεσις (게네시스)]를 뜻하는 제네시스(Genesis)라는 단어는 자동차의 모델명이면서 영국의 록 그룹 이름이고, 태양풍 연구를 시도한 미국의 무인 우주선 이름이기도 하다. 이렇듯 『성서』의 상상력은 우리 삶 전반에 큰 영향을 미치고 있다.

실제로 서양의 대학들에는 '문학으로서의 성서' 강좌가 빠짐없이 개설된다. 서양 문학을 제대로 이해하려면 『성서』의 내용을 알아야 하기 때문이다. 세계적인 문학 연구자인 노스럽 프라이(Northrop Frye)는 존 밀턴, 윌리엄 블레이크 같은 영국 시인들의 작품

노스럽 프라이 (1912~1991)
캐나다의 문학 이론가이자 비평가. 문학 작품뿐 아니라 사회, 신화, 역사, 이데올로기 문제 등을 결부한 문학적 지식과 통찰을 풀어냈다. 그의 책 『비평의 해부(Anatomy of Criticism)』는 현대 비평의 결정적 전환점이 되었다.

을 강의하다가, 『성서』를 모르는 학생은 작품을 이해하지 못한다는 사실을 깨달았다. 그래서 학생들에게 『성서』의 문학적 영향, 그 속에 담긴 신화와 은유, 수사법부터 설명해 주었다.

프라이는 "『성서』가 주는 상상력은 '신화적 우주'이며 서구 문학의 역사는 이 틀 안에서 이루어졌다"고 주장한다. 그에 따르면, 『성서』는 「창세기」와 함께 '태초의 시간'에서 출발하여 「요한계시록」이 상징하는 '종말의 시간'으로 마무리된다. 마치 완결된 구조를 가진 설화처럼 말이다.

『구약 성서』의 문학과 『신약 성서』의 그것과의 사이에는 여러 가지 뚜렷한 상이점이 있다. 첫째, 『구약 성서』는 다양한 문학형과 민족 문화가 반영되어 있는 하나의 전집이다. 반면에 『신약 성서』는 예수의 제자들로 이루어진 소그룹의 저술로 구성된, 엄격히 따지면 한 종파의 책이다. 둘째, 『구약 성서』의 작품들은 약 천 년간에 걸쳐서 쓰인 것이다. 그러나 『신약 성서』의 모든 작품은 서기 50년부터 125년까지 75년 동안 쓰였다고 생각된다. 셋째, 『신약 성서』의 '정신적 풍토'는 『구약 성서』의 그것과 판이하다. 오래 기다렸던 메시아(구세주)가 왔다는 이유에서 초대 기독교도의 저술은 기쁨, 희망, 예수의 메시지인 복음을 전파한다는 조급감에 차 있었다.

자크 뮈세, 『신약 성서 이야기』, 8쪽

버크너 트래위크(Buckner B. Trawick) 같은 사람은 『구약 성서』를 그 성격에 따라 역사와 전기, 예언 문학, 서정시, 극 문학, 단편소설과 설화, 지혜 문학, 묵시 문학*으로 나누어 살펴보기도 했다. 사실 『성서』와 『쿠란』 같은 경전들을 종교적으로 읽어야 할지 여부는 개인이 판단할 몫이다. 다만 나로서는 여러분이 이들 경전을 일단 문학 작품처럼 여기고 편하게 책장을 넘겼으면 좋겠다.

묵시 문학
묵시(默示)란 하느님이 계시를 내려 그의 뜻이나 진리를 알게 하는 일로, 묵시 문학은 기원 전후 유대교와 기독교의 종말론적 색채가 짙은 문학 작품을 의미한다. 『구약 성서』의 「다니엘서」와 『신약 성서』의 「요한 계시록」이 대표적이다.

문학으로서 경전의 의미, 사랑과 평화라는 종교의 메시지를 되새기게 하는 성지 예루살렘. 이곳은 내가 전부터 꼭 한 번 와 보고 싶었던 장소다. 하지만 막상 와 보니 오래 머무르고 싶지 않다. 솔직히 분리 장벽이 있는 한 다시는 오고 싶지 않다. 아니, 분리 장벽을 없애기 위해서 다시 오고 싶다.

과연 신은 있을까, 없을까. 영국의 과학자 리처드 도킨스(Richard Dawkins)는 미국의 소설가 로버트 피어시그(Robert M. Pirsig)의 말을 인용해 『만들어진 신(The God Delusion)』의 첫머리를 열었다. "누군가 망상에 시달리면 정신이상이라고 한다. 다수가 망상에 시달리면 종교라고 한다." 이 책에서 도킨스는 종교의 위험성을 강력히 비판하면서, 과학적으로 신은 존재하지 않는다고 주장한다. 도킨스처럼 신의 존재 유무를 과학적으로 따질 능력이 내게는 없다. 그러나 나는 신이 존재하기를 바란다. 그래야 세상이 좀 더 아름다워질 거고, 나 역시 어디든 자유롭게 떠돌 수 있을 테니까. 아, 『쿠란』을 마지막으로 펼치면서 예루살렘을 떠나는 길, 이 도시의 운명은 어쩌면 인류의 운명과도 직결될 것이라는 예감이 든다.

문학 수첩

프라이가 말하는 『성서』의 문학성

노스럽 프라이는 『비평의 해부』에서 『성서』가 일관성 있고 완전한 서사시 구조를 보여
준다고 했다. 그는 『성서』를 '시간과 공간, 눈에 보이는 질서와 그렇지 않은 질서를 아
우르는 신화'로 파악했다. 또한 그는 『성서』가 '죄와 타락, 추방, 속죄, 구원'이라는 5막
으로 된 극의 형식이라 보았다. 한 가지 재미있는 사실은, 프라이가 문학 연구자이기
이전에 목사의 자격까지 갖춘 신학자였다는 점이다. 그래서인지 그는 "『성서』는 문학
이상의 것이므로, 문학보다 한층 더 넓은 적용 범위가 있을 수 있다"라고 말하면서, 문
학적 잣대로 『성서』를 다루는 데 한계가 있음을 암시했다.

더 읽어 봅시다!

도키 겐지의 『성서 문학과 영웅 서사시(世界の文學)』는 성서 문학과 중세 민중이 사
랑한 영웅들을 그리고 있다. 한편 베르너 켈러의 『역사로 읽는 성서(Und die Bible
Hat Doch Recht)』는 성서 속 수많은 사건과 이야기 들을 역사적·과학적으로 입증
하고자 했다. 사라 카 곰과 제니퍼 스피크의 『세계 명화 비밀: 성서 상징(The Secret
Language of Art: Bible)』은 서양 미술 작품에 숨겨진 『성서』의 서사적 상징을 해설한
다. 마커스 로드윅의 『신화와 미술, 성서와 미술(Gallery Companion: Understanding
Western Art)』은 서구 문화의 두 갈래 뿌리인 고대 그리스 로마 신화와 『성서』를 통
해 명화 속 이야기를 들려준다.

이스탄불,
동서의 만남과 헤어짐

오르한 파묵, 『내 이름은 빨강』

기원전 660년 그리스 시대에는 '비잔티움'이라 불리다가, 서기 330년 동로마 제국의 수도가 되면서 '콘스탄티노플'로 이름이 바뀌었으며, 1453년 오스만 제국의 중심이 된 도시는 어디일까? 학교 시험뿐 아니라 퀴즈 프로그램에도 단골로 출제되는 이 문제의 정답은 이스탄불(istanbul)! 터키의 행정적 수도가 앙카라라면, 이스탄불은 정신적·문화적 수도다. 그런데 이 이스탄불과 떼려야 뗄 수 없는 작가가 있으니, 바로 2006년 노벨 문학상을 수상한 오르한 파묵(Orhan Pamuk, 1952~)이다. 프라하를 빼고는 카프카의 문학을 이야기할 수 없는 것처럼, 파묵이 발표한 대부분의 소설은 하나같이 이스탄불을 무

대로 하고 있다. 그러니 '동서양 문명의 교차로'인 이스탄불을 찾아가는
길은 파묵의 문학 세계로 들어가는 지름길이기도 하다.

🕌 종교와 이념의 덫에 걸린 나라들

육로로는 이스라엘에서 터키로 갈 수 없다니 난감하다. 터키로 가려
면 시리아를 거쳐야 하는데, 시리아 정부는 여권에 이스라엘 입국 스탬
프가 찍혀 있으면 입국을 허락하지 않는단다.

배편 또한 마찬가지다. 하이파(Haifa) 항구에서 동지중해의 섬나라
키프로스(Cyprus)로 가던 배는 지난 2002년 운항이 중단되었다. 10시
간가량 걸리고, 150유로(약 22만 원) 정도 드는 여정이었다고 한다. 에
게 해를 따라 그리스의 섬들을 볼 수 있는 꿈만 같은 길이었을 것이다.
터키 연안의 트로이를 거쳐 다르다넬스 해협을 통과한 다음, 호수같이
잔잔한 마르마라 해를 지나면 보스포루스 해협을 품은 이스탄불에 도
착하였으리라. 꽤 오래 걸리지만, 더할 나위 없이 멋진 바닷길 여행! 생
각만 해도 가슴이 설렌다.

하지만 무장 군인과 장갑차로 가득한 이스라엘의 거리를 보노라니
숨이 턱 막혀 온다. 온몸의 모든 모세혈관이 막혀 오는 듯 답답하다.
마치 폐소공포증 환자처럼 가슴이 두근거리고 호흡하기 힘들다. 이래
서야 배편이 있다 한들 물결에 따라 흔들리는 배의 진동을 즐기긴 힘들
다. 이제는 목이 조여 오는 듯한 느낌까지 든다. 그렇다면 방법은 한 가

지! 먼저 텔아비브로 돌아가서 터키항공을 이용하는 거다. 2시간 20분 정도밖에 안 걸리고, 경비도 120유로(약 18만 원)로 싼 편이다. 그래, 텔아비브 공항으로 가서 한시라도 빨리 이곳 이스라엘을 뜨자. 공항으로 간다.

어떻게 텔아비브 공항까지 왔는지 모르겠다. 암전(暗轉)과 같은 시간들. 가끔씩 이렇게 맨 정신에도 기억나지 않는 구간들이 생긴다. 비행기가 이륙하자 겨우 울렁거림이 가라앉기 시작한다. 이스라엘에 다시 오게 될까? 여행지를 떠날 때마다 습관처럼 되뇌던 물음이 낯설게 다가온다. 내 조국인 대한민국 또한 어떤 외국인 관광객에게는 이렇게 느껴질 수 있겠구나, 이런 생각이 들자 안타까워진다. 이스라엘이 '종교'라는 벽에 싸여 있다면, 내 조국은 '이념'이라는 담에 갇혀 있다. 분단 조국의 현실에는 어느 틈에 둔감해졌으면서 남의 나라 사정에 이렇게 예민하다니 새삼 쓸쓸하다.

한국에서 여행 계획을 짤 때 친척이 기독교 성지 중심으로 터키를 순례해 보라며 조언했다. 그리고 보니 터키에는 『구약 성서』와 『신약 성서』를 아우르는 『성서』의 배경이 되는 장소들이 즐비하다. 기독교 성지라고 예루살렘만 떠올린다면 단순한 고정 관념일 뿐이다.

바다 같은 호수가 있는 도시 완을 비롯하여 노아의 방주의 무대가 되는 도우베야지트, 샨르우르파에 있는 아브라함의 도시 하란이나 디야르바크르 등 『구약 성서』의 성지들이 터키 이곳저곳에 즐비하다. 여기에 '기독교인'이라는 명칭을 처음 사용한 안타키아(수리아 안디옥), 사도 바울의 고향 타르수스(다소), 기암괴석에 교회들을 지은 카파도키아, 바울이 선교에 헌신적으로 나선 피시디아 안티오크(비시디아 안디옥), 파묵칼레 언덕에 있는 『성서』 속 신성한 도시 히에라폴리스(히에아볼리) 외에도 「에베소서」의 배경인 에페수스를 비롯하여 베르가마(버가모), 티야티라(두아디라), 사르디스(사데), 필라델피아(빌라델비아), 라오디제아(라오디게아) 등 터키는 문자 그대로 초기 기독교의 성지다.

🕌 동서양이 만나는 곳, 이스탄불

희한하다. 여행지에 오면 아무리 피곤해도 대개 새벽에 눈이 떠진다. 신새벽 푸르스름한 안개 사이로 보이는 보스포루스 해협. 그 너머의 바다는 흑해(黑海)다. 드네프르 강과 도나우 강은 염분이 다소 낮은 흑해로 들어가서 불가리아와 몰도바, 우크라이나, 러시아, 조지아 등 유럽 남동부 국가들의 해안과 만난다.

터키인들은 흑해와 구별하기 위해 지중해를 백해(白海, Ak Deniz), 카스피 해는 청해(靑海)라 부른다. 홍해(紅海)와 함께 이슬람권의 바다들은 그 자체로 흑백청홍 네 가지 색으로 세상을 상징하는 셈이다.

보스포루스 해협을 가로지르는 저 다리는 유럽과 아시아가 만나는 역사와 문명의 현장이다. 해협 이쪽의 아시아 대륙과 저쪽의 유럽 대륙을 향해 온갖 진귀한 물건과 갖가지 욕망이 뒤섞이고, 이슬람과 기독교 세력의 충돌로 피비린내 나는 전쟁이 일어나기도 했다. 누가 먼저 보스포루스 해협을 건너느냐에 따라 두 대륙 사람들의 운명이 좌우되었다.

이스탄불의 보스포루스 해협 외에도 지중해에서 들어오는 입구인 다르다넬스(차낙칼레) 해협도 그러한 무대였다. 기원전 480년, 페르시아의 크세르크세스 1세가 이곳을 통해 그리스로 진격하여 세계 최대의 제국을 이루었으며, 다시 기원전 330년경에는 마케도니아의 젊은 왕 알렉산드로스가 거꾸로 오리엔트 세계를 유린했다. 그 뒤 1402년 오스만 제국의 술탄 바야지트 1세가 콘스탄티노플을 공격한 지 50년 만에 난공불락(難攻不落)의 요새였던 콘스탄티노플은 마침내 함락되었다. 비잔틴 제국의 몰락으로 터키와 이스탄불은 이슬람 문명권으로 완전히 편입되었다.

이스탄불을 찬찬히 둘러보면 그리스 문명의 흔적이 여전하고 로마 유적도 섞여 있다. 오스만 제국 말기를 장식한 유럽풍 정원들이 보이는가 하면, 아라베스크* 무늬가 인상적인 이슬람 사원들이 아름다운 꽃처럼 피어 있다. 흔히 이슬람교도들을 '문명의 파괴자'라고 생각하지만 편견과 오해일 뿐이다.

오스만 제국은 로마 시대에 교회로 쓰이던 아야소피아(Ayasofya) 성당에다가 첨탑만 덧붙여 그대로 이슬람 사원으로 사용했다. 심지어 어떠한 우상도 허용하지 않는 이슬람 율법까지 어기면서까지 황금 모자이크로 된 예수의 벽화를 고스란히 보존했다. 그래서 이스탄불에 오면 "문화가 섞이고 다시 맞서면서 새로운 문명을 낳는다"라는 진리를 자연스레 깨닫게 된다. 문화란 이렇게 충돌하고 부딪치며 피어난 인류의 꽃, 갈등과 조화가 낳은 아름다운 인간의 풍경과 내음인 것이다.

아라베스크
기하학적인 직선이나 덩굴 무늬 등을 정교하게 배열한 무늬 수많은 영혼들의 광휘가 빛나는 도시, 인구 1,500만 명의 도시 이스탄불의 아침은 서서히 밝아 오고 있다. 오스만 제국의 상징인 블루 모스크라 불리는 술탄 아흐메드 자미(Sultan Ahmet Camii)의 지붕이 아침 햇살에 빛나기 시작했다. 이에 질세라 그 앞에서는 '천년 비잔틴 역사상 가장 위대한 건축물'인 아야소피아 성당이 아름다운 몸을 뒤틀고 있다. 아, 아름답다. 거대한 두 문명이 공존하는 풍경이라 더욱 아름답다.

🕌 이스탄불을 그려 내는 언어의 연금술사 오르한 파묵

터키가 낳은 대문호 오르한 파묵. 그는 터키의 역사를 소재로 동서양 문명의 갈등을 표현한 작품들을 발표하여 일찍부터 전 세계에 이름을 알렸다. 스웨덴 한림원은 60세도 되지 않은 그를 2006년 노벨 문학상 수상자로 선정하면서, '문화의 충돌과 뒤얽힘에 대해 새로운 상징을 발견한 작가'라고 높이 평가했다.

하지만 파묵은 이슬람 전통을 강조하는 작가로 섣불리 판단되기보다는, 오로지 이스탄불을 중심으로 터키인들의 삶과 문학, 예술을 이야기하는 문인으로 보이기를 원한다. 그는 이스탄불을 통해 동서양의 충돌을 짚어 갈 뿐, 동서양의 충돌을 보여 주려고 이스탄불을 그려 내지는 않는다는 것이다.

나는 터키 작가 중에서 동서양의 충돌에 대해 가장 많은 글을 쓴 사람일 것이다. 서양적인 것과 동양적인 것은 양분할 수 없다. 일상은 어디에서나 똑같다. 동서양 문화의 경계에 있는 게 터키 문명이다. 내 문학은 동서양을 말하는 게 아니다. 내 문학의 근원은 터키의 현실을 반영한다. 빈곤한 터키 동포의 자화상이 담겨 있다.

「서울 국제 문학 포럼 발표문」 중

작가 자신의 말처럼, 이스탄불의 골목과 사원, 보스포루스 해협, 터키인들의 땀과 호흡이 오르한 파묵을 낳았다. 그는 모든 문명이 서로 뒤섞여 아름답고 처절하면서도 더욱 새롭게 피어난 이스탄불처럼, 언어와 허구의 세계를 풍요롭고 웅숭깊게 만든다. 그는 누구나 아는 이스탄불의 문화적 특성을 소설이라는 형식으로 보여 주는 언어의 연금술사다.

파묵과 이스탄불은 문학적 동의어다. 그의 작품들을 돌아보면, 터키의 국경 도시에서 끝난 쿠데타를 다룬 『눈(Kar)』을 제외한 모든 소설이 이스탄불을 배경으로 삼고 있다. 『검은 책(Kara Kitap)』에 대한 작가의 말을 읽어 보면, 그가 어떻게 이스탄불에서 자신의 문학을 일구어 냈는지 잘 드러난다.

『검은 책』은 내가 작가로서 목소리를 찾은 책이고, 내가 가장 가깝게 느끼는 책이다. 내가 살았던 이스탄불을 설명하는 책이다. 나는 1985년에 미국 뉴욕에 있었는데 터키인으로서, 동양인으로서 내 정체성에 혼란을 느꼈다. (내가) 유럽의 문학을 모방한다는 생각이 들었다. 뉴욕에 있을 때 내 정체성에 대해 혼란스러운 상황이었던 것이다. 내 문화가 무

포스트모더니즘
이성과 작가의 권위를 중
시한 모더니즘에 대한 반
작용으로 일어난 예술 경
향. 문학에서는 1960년을
전후한 미국·프랑스 소설
의 실험적 경향이나, 구조
주의 이후의 전위적 비평
을 가리킨다.

『율리시스』
영국 소설가 제임스 조이스
가 고대 그리스의 서사시
『오디세이아』를 본떠서 쓴
장편소설. 1904년 6월 16일,
더블린의 평범한 광고업
자 레오폴드 블룸이 하루
동안 경험하는 사건과 내
면의 기억 등을 실험적인
기법으로 묘사한 20세기
최고의 문제작이다.

엇이고 터키 문화가 세계 문화 속에 어떤 위치를 차지
하는지 고민했다. 미국에 있을 때 이슬람의 신비스러운
작품을 신중하게 읽기 시작했다. 『검은 책』은 고전적인
이슬람, 『천일야화』 같은 스타일로 포스트모더니즘* 방
식을 도입해 쓴 것이다. (……) 『검은 책』은 어쩌면 내
가 이스탄불을 얼마나 사랑하고 내가 이스탄불에 얼마
나 묶여 있는지를 설명하는 소설일 것이다. (……) 제임
스 조이스의 『율리시스』*와 비슷하게 한 것으로 볼 수
있다. 『율리시스』 속 더블린을 떠올리면 된다. 더블린이
바로 그 작품의 주요 캐릭터 아닌가.

「2006 노벨 문학상 수상 작가 오르한 파묵
터키 현지 인터뷰」 중, 채널예스

파묵은 이스탄불을 통해 작가로 태어났고, 작가가 되어서는 이스탄
불을 거듭나게 하고 있다. 그의 의식과 정서에는 이스탄불의 모든 것,
이를테면 이슬람 근본주의와 세속주의가 함께 흐르고 세계화와 지역
주의, 서양 문명과 동양 문명, 신과 인간, 진보와 보수가 복잡하게 얽혀
있다. 그가 생생한 삶의 현장이자 치열한 역사의 공간이며, 문명들이
뒤섞이는 또 다른 풍경인 이 도시를 예리한 통찰과 탁월한 표현으로 재
현한 덕분에, 이스탄불은 세계인의 가슴에 '살아 있는 도시'로 다가온다.

🕌 삶과 예술의 의미를 탐구하다

나는 파묵을 만나려고 무작정 그의 거처를 찾아가고 있다. 물론 그는 나를 모른다. 그와 약속해 둔 것도 아니다. 하지만, 그러면 또 어떤가. 사정이 여의치 않으면 되돌아오면 그만이다. 미리 약속하고 한 치의 오차도 없이 일을 진행한다면 출장을 온 것일 테지. 그러나 나는 여행을 하러 왔고 여행을 하고 있을 따름이다. 여행은 이렇게 기존의 모든 규범에서 자유롭게 사고하고 행동하게 만든다. 여행자들에게 불손함이란 없다. 그저 자유로움만이 있을 뿐이다.

내가 파묵을 좋아하게 된 것은『내 이름은 빨강(Benim Adım Kırmızı)』을 읽고 나서부터다. 이 작품은 1590년대의 이스탄불을 배경으로 이슬람 세밀화가인 엘레강스의 죽음을 파헤치는 추리소설이다. 그리고 여기에 매혹적인 여인 세큐레를 둘러싼 세 남자의 목숨을 건 사랑이 교묘하게 얽혀 있는 연애소설이기도 하다. 파묵은 신 중심의 회화 기법을 존중하는 이슬람 세밀화와, 인간이 중심인 유럽의 회화 양식이 갈등을 빚는 모습을 정교한 구성과 치밀한 필체로 그려 낸다.

나는 지금 우물 바닥에 시체로 누워 있다. 마지막 숨을 쉰 지도 오래되었고 심장은 벌써 멈춰 버렸다. 그러나 나를 죽인 그 비열한 살인자 말고는 내게 무슨 일이 일어났는지 아무도 모른다.

『내 이름은 빨강』, 13쪽

이 소설은 죽임을 당하고 나서 우물에 버려진 엘레강스의 독백으로 시작한다. 충격적인 도입부다. 대체 어느 작품이 "나는 죽었다"로 시작한단 말인가. 게다가 사건에 연루된 세밀화가들은 물론이고 주변 인물들, 심지어 나무까지도 독백을 하는 파격적인 서술이 이어진다. 마치 그날의 살인 사건을 중심에 놓고 영화의 패닝 기법처럼 빙 돌아가며 촬영하는 카메라들이 한데 모여 차례로 말하는 식이다.

심층 취재 카메라처럼 작가의 대리인인 온갖 서술자들이 살인 사건의 본질과 관련 인물들의 심리에 철저하게 접근한다. 이스탄불의 세밀화가들 사이에서 이슬람과 기독교라는 거대 문명이 어떻게 맞부딪치는지 보여 준다.

파묵의 소설을 읽으면, 어지러울 정도로 서로 맞물리며 이어지는 아라베스크가 떠오른다. 끝인가 하면 처음이고 다시 맺어지는가 하면 또한 새롭게 펼쳐지는 아라베스크 문양. 파묵은 전통을 살리려는 대다수 이슬람 세밀화가들과 이에 회의를 품고 참신한 실험을 꾀하는 예술가들 간의 갈등을 통해, 인간 군상과 삶의 현장을 세밀화보다 치밀하게 묘사한다. 화가로서의 정체성을 고민하면서 삶의 의미와 예술의 가치 그리고 진리의 모색을 치열하게 추구하는 이들 덕분에 『내 이름은 빨강』은 삶과 예술에 대한 통찰력이 돋보이는 걸작으로 태어났다.

부유한 집안에서 태어났으나 부모의 이혼을 계기로 책 속으로만 파고들었던 파묵. 그는 일찍이 시인을 꿈꾸었으나 포기하고 화가를 지망한다. 우여곡절 끝에 결국 이스탄불 공대 건축학과에 들어가더니 대학을 그만두고 소설 쓰기에 도전한다. 문학을 흔히 언어의 건축이라고 하니 제대로 길을 찾은 셈이다. 그의 이러한 내력은 "나는 시적으로, 충동적으로, 그러면서도 계산적으로 소설을 쓴다"라는 자신의 말에서도 잘 드러난다.

파묵은 새벽 5시에 일어나 매일 10시간씩 만년필로 원고를 쓸 정도로 자기 관리에 철저한 작가다. 하지만 칸 영화제 심사위원으로 가는 등 대외 행사에도 열심히 참석한다. 특히 정치적인 발언도 서슴지 않아 신변의 위협을 받고 있다. 터키는 오래전부터 유럽연합(EU) 가입을 희망해 왔는데, EU 측은 '학살 사실 인정'을 조건으로 내걸었다. 터키가 제1차 세계대전 직후에 아르메니아인 100만 명과 쿠르드인 3만 명을 학살했다는 것은 널리 알려진 역사적 사실이지만, 터키 사회에서는 결코 입에 올릴 수 없는 금기 사항이었다. 이에 파묵은 터키 정부가 과거의 잘못을 솔직히 인정해야 한다는 칼럼을 발표하며 양심선언을 한다. 그러자 그의 목숨을 노리는 터키 극우 민족주의자들이 생겨난 것이다.

그래도 그는 터키가 EU에 가입해야 한다고 공개적으로 표명하는 등 자신의 생각을 표현하는 걸 망설이지 않는다. 국가 모독죄로 재판에 회부되기도 하고 반대 캠페인의 대상이 되기 일쑤지만 그는 전혀 상관하지 않는다. 심지어 노벨 문학상 수상이 결정된 후 터키 현지에서 스웨덴 한림원을 향해 격렬한 비난을 퍼부어도 마찬가지다. 터키에서 인정받지 못하는 터키의 작가라니.

하지만 정작 그는 "문학이 세계를 구한다는 문제에 대해서는, 그 실효성에서 보았을 때, 사실 다소 회의적으로 생각하는 편"이라 밝힌 바

있다. "문학이 사회를 변화시킬 수도 있지만, 그것이 내가 소설을 쓰는 최종 목표는 아닙니다. 나는 문학의 깊이를 좋아해서 소설을 쓰는 것이지, 인류를 위해 봉사하는 길이라는 생각으로 소설을 쓰는 것은 아닙니다"라고 말하는 파묵의 입장은 명료하다. 작가로서의 사회적 책임은 충분히 다하겠지만 작품 속에 이를 구현하는 것은 그렇게 바람직하지 않다는 것.

아니나 다를까, 파묵의 집 앞에는 터키 경찰과 사설 경호원들이 버티고 서 있었다. 보스포루스 해협이 보이는 집이었다. 그는 1년 가운데 상반기에는 집필실에서 글을 쓰고, 하반기에는 미국의 컬럼비아 대학 등에서 강의를 한다고 들었다. 그러나 터키인 경호원은 그가 여기 없으며, 약속이 되어 있지 않으면 만날 수 없다고 했다. 아쉬움을 달래며 발길을 돌렸다. 그래도 그를 찾아 여기까지 올 수 있어서 즐거웠다. 과정 자체가 즐겁다면 성과가 없어도 좋은 경우도 있는 법이다. 파묵은 밤새워 쓴 원고들을 상당 부분 아낌없이 버리면서 작품의 완성도를 계속 높여 간다고 했다. 어쩌면 이러한 헛걸음 역시 나중의 성공을 위한 보이지 않은 걸음인지도 모른다.

나는 곧장 또 다른 행복한 고민에 빠진다. 음, 시르케지(Sirkeci) 항구의 기차역에서 출발해 불가리아와 루마니아, 헝가리, 오스트리아, 독일, 프랑스로 이어지는 오리엔트 특급열차의 노선을 따라갈까. 1883년 첫선을 보인 이 호화 열차는 세계적인 추리 작가인 애거서 크리스티의 추리소설 『오리엔트 특급 살인(*Murder on the Orient Express*)』의 배경 공간으로 널리 알려졌다.

아니면 위스퀴다르에서 하이다르파샤 역으로 가서 이란과 실크로드의 역들을 거친 다음, 시베리아 횡단 열차로 동쪽을 끝없이 바라보며 블라디보스토크까지 갈까. 나는 지금 어디로 가야 하는가. 동양과 서양이 만나는 이스탄불, 이곳에서 나는 새로운 길을 떠나고자 잠시 주춤거린다.

문학 수첩

소설을 통해 자신과 터키의 정체성을 모색한 작가

터키 소설이 '사회'에서 '개인'에게로 관심을 돌린 것은 1970년대에 들어서다. 파묵은 참신한 문제작을 잇달아 발표하면서 이러한 변화를 주도하였다. 한 가족의 역사를 통해 동서양의 가치가 대립하는 20세기 초반 터키의 상황을 살핀 『고요한 집(*Sessiz Ev*)』에서는 다양한 서술자를 도입하고, 의식의 흐름 기법을 시도했다. 이 같은 실험적 성격이 가장 두드러진 작품이 『검은 책』이다. 여기서 그는 신문 기사와 이슬람 경전을 인용하거나 백과사전처럼 지식을 나열하는 콜라주 기법을 선보였다.

더 읽어 봅시다!

오르한 파묵은 또한 정치 소설의 새 장(章)을 연 『눈』, 1980년대 터키의 암울한 현실을 그린 『새로운 인생(*Yeni Hayat*)』, '나는 왜 나인가?'라는 정체성 문제에 게임의 형식을 접목한 『하얀 성(*Beyaz Kale*)』, 파묵 자신이 태어나고 성장한 이스탄불에 대한 감상을 사실적으로 꾸밈없이 풀어낸 『이스탄불』 등을 썼다.

레일 위의 특급 호텔은
모험과 낭만을 싣고

애거서 크리스티, 『오리엔트 특급 살인』

근대 들어 과학 기술의 비약적인 발전에 힘입어 영국과 프랑스를 잇는 페리 노선이 생겨났으며, 유럽 각국은 철도 건설에도 앞장섰다. 1872년 미 대륙을 이어 주는 철도 노선에 반한 조르주 나겔마케르(George Nagelmackers)는 유럽 각국을 두루 거치는 호화로운 침대차를 만들기로 작정했다. 그로부터 11년 뒤인 1883년, 초호화판 오리엔트 특급열차(Orient Express)가 파리를 출발하면서 '유럽의 동서를 잇는 대륙 횡단의 꿈'은 첫발을 내딛게 되었다. 그리하여 1889년에는 세르비아의 베오그라드를 거쳐 터키 이스탄불까지 철도로만 달려가는 직행 노선이 가능해졌다. 서쪽의 런던에서 동쪽의 이스탄불까지 유럽을 이어 주었던 오리엔트 특급열차, 이 길은 추리소설 속 모험의 세계로 떠나는 마지막 비상구이다.

🚂 소설 속 낱말과 함께 떠나는 여행

나는 소설을 읽을 때 처음 몇 문장을 되뇌는 버릇이 있다. 마치 훌륭한 와인의 첫 잔을 음미하듯 진지하고 엄숙하게 문장들을 입속에서 맛본다. 대사가 저절로 나올 때까지 암기하는 배우처럼 몇 번이고 중얼거리는 경우도 적지 않다. 모든 게 담겨 있는 듯한 묘한 분위기, 보이는 건 없지만 뭔가가 가득 존재하는 데서 오는 뿌듯한 막연함, 거기서 느껴지는 강한 확신. 뭐랄까, 혼돈 속의 질서에 대한 기대? 질서를 감춘 혼돈에 대한 예감? 소설을 시처럼 읽을 것 같은 착각? 소설의 첫대목을 읽는 느낌이 확실히 달라진다.

시리아의 겨울, 아침 다섯 시였다. 알레포 역의 플랫폼을 따라 철도 안내판에 타우루스 특급이라고 표시된 열차가 위풍당당하게 서 있었다. 열차는 조리실 겸 식당차 한 량과 침대차 한 량 그리고 일반 차량 두 량으로 이루어져 있었다.

『오리엔트 특급 살인』, 9쪽

중학교 3학년 겨울 방학의 어느 날, 학교 도서관에서 펼쳐 든 『오리엔트 특급 살인』의 첫 문장들에 얼마나 가슴이 떨렸던가. 시리아, 겨울 아침, 다섯 시……. 서녘 하늘을 유난히 붉게 물들이던 풍경 속에서 낱말들은 마치 멋진 선물처럼 다가왔다. 알레포 역, 플랫폼, 철도, 안내판, 타우르스, 특급, 열차, 조리실, 식당 등의 낱말들도 마찬가지였다.

이렇게 만난 낱말들은 그 뒤로도 가끔씩, 불현듯, 슬그머니, 불쑥불쑥 내게 다가왔다. 여행 도중에 만나는 왠지 낯익은 풍경과 사람들같이 머릿속에 그렇게 떠오르는 것이다. 나는 소설을 읽으며 언어를 익혔고, 낱말을 통해 먼저 세상을 여행할 수 있었다.

정말이지 소설의 첫대목을 읽을 때 나는 늘 가슴이 설렌다. 시간과 공간, 인물이 자연스럽게 등장하면서 만화경처럼 다양하게, 망원경처럼 가깝게, 현미경처럼 자세하게 인간의 삶과 세계가 놀랍게 펼쳐지리라. 단어와 문장이 만들어 내는 세계 속으로 막 발을 내딛을 때의 두근거림을 뭐라고 표현할 수 있을까. 마치 온몸에 퍼져드는 약을 삼키듯, 내 정신과 감성을 두드려 오는 문장들 그리고 그 안에 오롯이 다가오는 단어들이라니!

그 뒤에 전개될 사건을 상상하노라면, 언어가 펼쳐 내는 또 다른 세상을 향한 자유 여행권을 만지작거리는 것 같은 기분이 든다. 현실과 무척 닮았으나 결코 현실은 아닌 또 다른 세계, 인류가 언어를 쓰면서 개척해 온 또 다른 점입가경의 세계 말이다. 나에게 독서와 여행은 완벽한 동의어다. 이번에 터키 이스탄불의 시르케지에서 불가리아의 소피아를 거쳐 세르비아(과거의 유고슬라비아)의 베오그라드로 가는 오리엔트 특급에 몸을 실은 이유도 그 때문이다.

나는 객차 침대에 누워, 머리맡의 불빛에 의지한 채 『오리엔트 특급 살인』의 첫대목을 거듭 읽고 있다. 동이 트려면 아직 먼, 낯선 나라의 꼭두새벽이 책장 위로 펼쳐진다. 시계는 5시를 가리키고, 기차역 플랫폼에 서 있는 특급열차는 푸른 안개 속에서 꿈틀거리기 시작한다. 이 책을 읽고 전 세계에서 수많은 독자들이 모험을 꿈꾸며 오리엔트 특급 열차에 올랐으리라. 밤 10시에 시르케지를 출발한 열차는 지금 불가리아의 소피아를 향해 달리고 있다. 심야에 힘차게 울리는 기적 소리가 근사하다. 이제 곧 소피아를 지나 세르비아의 수도 베오그라드, 자그레브 등에 닿을 것이다. 나는 서서히 책장을 넘기기 시작한다. 15세 소년은 낯선 이국땅에서 혼자 여행을 하는 어른이 되어 가슴속에서 오래 품어 온 책을 천천히 펼친다.

귀족과 예술가와 스파이를 뒤섞는 국제 열차

『오리엔트 특급 살인』은 영국이 낳은 세계적인 추리 작가 애거서 크리스티(Agatha Christie, 1890~1976)의 대표작이다. 시리아에서 출발한 타우루스 특급은 이스탄불을 가로지르는 보스포루스 해협을 건너 생플롱 오리엔트 특급(Simplon-Orient-Express)으로 이어진다. 하지만 시르케지를 떠나 400마일(약 640킬로미터)을 달려간 기차는 베오그라드 인근에서 그만 폭설에 갇힌다.

오도 가도 못하는 기차 안에서 살인 사건이 일어난다. 시체에는 무려 12군데나 칼자국이 나 있다. 당연히 17명의 승객 가운데 한 사람이 범인이다. 그런데 영국인 대령, 스웨덴인 간호사, 독일인 하녀, 미국인 사립 탐정, 프랑스계 오스트리아인 공작부인, 헝가리 백작 부부 등 승객 전원은 완벽한 알리바이를 갖고 있다. 과연 누가 범인일까? 탐정 포아로는 날카로운 추리 끝에 살해범을 밝혀낸다. (진범을 말하면 스포일러가 될 테니 자제하겠다!)

오리엔트 특급은 1883년에 등장하여 1977년까지 한 세기 가까이 운행되었던 초호화 최첨단 열차다. 세계에서 가장 유명한 열차, 레일 위의 특급 호텔, 달리는 살롱, 최첨단 기술과 최고급 예술의 랑데부 등으로 불렸다. 세계 최초로 침대차와 식당차, 흡연실 등을 완벽하게 갖추었으며, 벨벳으로 된 휘장에 동양제 양탄자, 에스파냐제 가죽 의자 등 실내장식 또한 최고급이었다.

최초 노선이 2,740킬로미터가량이었던 이 열차는 폭발적인 인기 속에 운행 노선이 연장되어 장장 3,500킬로미터를 7개국에 걸쳐 횡단하는 유럽 최초의 대륙 횡단 특급열차가 되었다. 오리엔트 특급은 터키의 시르케지에서 출발하여 불가리아의 소피아, 유고슬라비아의 베오그라드와 자그레브를 거쳐 헝가리의 부다페스트, 오스트리아의 빈, 이탈리아의 베네치아와 밀라노, 스위스의 로잔, 독일의 뮌헨, 프랑스의 파리, 영국의 런던을 두루 거쳤다.

특히 1919년, 20킬로미터에 이르는 최장거리 터널인 프랑스의 생플롱 지역을 지나면서부터는 '생플롱 오리엔트 특급'으로 불리며 기차의 황금시대를 열었다. 그 덕분에 기차는 단순한 교통수단을 넘어 유럽 각지의 풍경을 즐기기 위한 관광 수단이자 각국 상류층이 만나는 사교의 장으로 또 다른 시대를 열게 되었다.

🚂 오리엔트 특급 열차의 역사와 애거서 크리스티

오리엔트 특급열차가 이렇게 유명하게 된 데에는 추리소설 『오리엔트 특급 살인』이 결정적 역할을 했다. 1974년에는 이 소설을 각색한 영화 〈오리엔트 특급 살인〉이 흥행에 성공했다. 그 뒤로도 오리엔트 특급 열차는 〈007 위기일발(From Russia with Love)〉과 〈80일간의 세계 일주(Around the World in 80 Days)〉, 〈비포 선라이즈(Before Sunrise)〉 등의 영화에 나왔으며, 19편에 이르는 문학 작품의 무대가 되며 기차를 예술 창작의 공간으로 격상시켰다.

그러나 안타깝게도 제1, 2차 세계대전을 거치면서 여러 차례 노선 감축이 이루어진 끝에 운행이 중단되거나 군수 물자와 시체 운반용으로 전락하기도 했다. 운임이 워낙 비쌌던 데다, 강력한 경쟁자인 비행기의 등장 이후로 오리엔트 특급의 황금시대는 다시 돌아오지 않았다. 그럼에도 '오리엔트 특급'이란 화려한 명성은 전 세계 기차 노선에 끊임없이 이름을 남기고 있다.

지금 내가 탄 것은 시르케지를 시작으로 오리엔트 특급 노선을 그럭저럭 따라가는 평범한 3인 1실 기차다. 매일 밤 10시에 출발해 다음 날 오후 2시 51분에 소피아에 도착하며, 요금은 21유로(약 3만 2,000원)

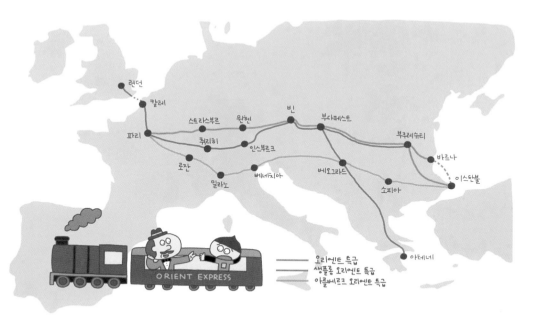

정도다. 부다페스트까지는 너무 멀고, 소피아는 너무 가까운 듯싶어 세르비아의 수도 베오그라드까지 가기로 했다. 유레일패스를 구입하지 않은 철도 여행은 이번이 처음이다.

시르케지 역 근처에는 페라 팔라스 호텔(Pera Palas Oteli)이 있다. 1895년에 문을 연 이 호텔은 오리엔트 특급을 운행했던 '국제 침대 열차 회사'가 지었다. 요즘으로 치면 두바이의 별 8개짜리 호텔보다 훨씬 최고 수준을 자랑했다. 그 당시 이스탄불에서 궁전과 병원을 빼면 전기가 들어오는 곳은 이 호텔뿐이었고, 전기 엘리베이터도 터키 최초로 갖추었다고 하니까.

유럽 각국의 왕족과 귀족, 재력가가 묵었던 이 호텔의 411호에서 애거서 크리스티는 『오리엔트 특급 살인』을 썼다. 첫 남편과 이혼한 그녀는 여기서 저술에 몰두했고, 인상 깊었던 동방 여행 이후에 『나일 강의 죽음(Death on the Nile)』과 『메소포타미아의 살인(Murder in Mesopotamia)』 등을 발표했다. 그래서인지 그녀의 팬들이 빼놓지 않고 들르는 곳이 바로 이 호텔이다. 나 역시 시르케지 역에 오면서 살짝 들렀으나 안에서 문을 열어 줘야 들어갈 수 있는 곳이었다.

애거서 크리스티 여사는 추리 문학의 귀재로 불린다. 그녀는 놀랄 만한 상상력과 추리력으로 작품을 창작하는데 포아로 탐정은 또 다른 주인공 미스 마플과 함께 오로지 지적인 사고와 철저한 관찰로 해답을 찾아가는 애거서 크리스티 문학의 중심인물이다. 『오리엔트 특급 살인』은 포아로 탐정이 등장하는 6번째 작품이다.

포아로 탐정과 펼치는 두뇌 게임

우리는 탐정하면 셜록 홈스를 떠올린다. 하지만 애거서 크리스티 추리소설의 팬들에게는 포아로야말로 탐정다운 탐정으로 여겨지며 훨씬 더 사랑받는다. 권투를 즐기고 싸움도 마다않는 홈스와 달리, 포아로는 철저히 자신의 사고에 의지하여 문제를 풀어 간다. 콧수염을 멋지게 기르긴 했어도 수려한 외모와는 거리가 먼 배불뚝이인 그는 보통 사람같이 친근하다. 누가 자신을 알아주지 않으면 금세 식식거리고 마음에 안 드는 인물이 돈으로 자신을 고용하려 들면 단박에 까칠하게 거절한다. 프랑스어로 혼자 중얼거리기 일쑤며, 은근히 인종적 편견도 갖고 있는 이 벨기에 출신 탐정이 과연 범인을 찾아낼 수는 있을까 걱정마저 들 정도다. 그럼에도 포아로는 뛰어난 관찰력을 보여 주는데, 이는 인물과 상황에 대한 작가의 치밀한 묘사력에서 출발한다.

> 그는 육십 대의 노인이었다. 약간 떨어진 곳에서 보면, 자선 사업가같이 자상해 보였다. 약간 벗겨진 머리와 둥근 이마, 가지런하지는 않아도 대단히 흰 이빨을 드러내며 미소 짓고 있는 입, 그 모든 것이 자비심이 넘치는 성격인 것처럼 보이게 했다. 오로지 두 눈만이 그런 인상이 거짓이란 걸 알려 주었다. 쑥 들어간 작은 두 눈은 교활했다. 그뿐만이 아니었다. 그 남자가 젊은 동행인에게 뭐라 말을 하면서 실내를 둘러보다가 한순간 포아로에서 시선이 멈추었는데 그 시선에는 기묘한 적의와 부자연스러운 긴장감이 들어 있었다.
>
> 같은 책, 24쪽

포아로의 눈을 통해 독자들은 언어의 세계를 여행하며, 범인이 누구인지 '따로, 또 같이' 추리하게 된다. 어느새 독자들은 포아로의 눈을 자신의 눈처럼 여기며 자신의 생각을 포아로와 함께 어울리거나 거스르면서 펴 나가게 된다.

반면, 맞은편의 여자는 앳되어 보였다. 어림잡아 스무 살쯤. 몸에 딱 맞는 검은 코트와 치마, 하얀 공단 블라우스를 입고 유행하는 검고 예쁜 작은 모자를 잔뜩 내려쓰고 있었다. 이국적인 아름다움이 풍기는 얼굴, 하얗다 못해 창백해 보이는 피부, 커다란 밤색 눈, 칠흑같이 검은 머리의 여자였다. 그녀는 긴 담뱃대로 담배를 피우는 중이었다. 손톱에는 진한 빨간색 매니큐어가 칠해져 있었고, 백금에 에메랄드가 박힌 반지와 목걸이를 하고 있었다. 그 눈빛과 목소리에서는 요염한 매력이 풍겨나왔다.

같은 책, 36쪽

추리소설은 작가와 독자의 치열한 두뇌 게임이다. 작가는 독자들이 대수롭지 않게 지나친 것들이 작가의 대리인인 주인공에 의해 사건 해결의 중요 단서가 되게 함으로써 독자 스스로 무릎을 치게 만들어야 한다. 독자들이 자연스럽게 작가의 솜씨에 공감하지 않으면 추리소설은 성립되지 않는다. 그래서 단순히 묘사와 상상만으로는 독자들의 공감을 얻기가 힘들다. 당연히 치밀한 분석력을 보여 줘야 한다.

"이 객실은 단서로 가득 차 있지만 과연 이 단서들을 보이는 그대로 받아들여도 될까요?"

"무슨 말인지 잘 모르겠습니다, 포아로 씨."

"글쎄요……. 예를 들면, 우린 여자 손수건을 찾아냈습니다. 여자가 떨어뜨린 걸까요? 아니면 범행을 저지른 남자가 '여자가 한 짓처럼 보이게 해야겠어. 필요 이상으로 찌르고, 그중에는 별 효과가 없도록 슬쩍 찌르기도 해야지. 그러고 나서 못 보고 지나칠 리 없는 장소에 이 손수건을 떨어뜨리자'라고 생각했을 수도 있죠. 가능한 일입니다. 또 다른 가능성도 있습니다. 여자가 살인을 하고, 남자가 한 것처럼 보이도록 고의적으로 파이프 소제기를 떨어뜨리는 거죠. 또는 남자 한 명, 여자 한 명, 두 사람이 각자 사건에 관련되었고, 부주의하게도 각자 자신을 드러내는 단서를 흘렸을 가능성도 고려해 볼 수 있습니다."

같은 책, 81~82쪽

자연적으로 또는 의도적으로 교묘하게 감춰지고 어지럽혀진 현실과 맞부딪치며 냉철한 추리와 풍부한 상상으로 진실을 찾아가는 포아로의 모습은 요즘 시대에 걸맞는 문제 해결사의 모습을 보여 준다.

🚂 오리엔트 특급의 의미와 포아로의 메시지

포아로는 현실과 맞부딪치며 냉철한 추리와 풍부한 상상으로 교묘하게 감춰진 진실을 찾아간다. 인물과 사건에 집중하여 이야기를 펼치는 애거서 크리스티의 시선 때문인지 『오리엔트 특급 살인』에는 차창 밖 풍경 속의 도시와 유적에 관한 서술이 나오지 않는다. 대체 그녀는 왜 그랬을까?

차창이 서서히 밝아 오는 가운데, 작가의 의도가 어렴풋이 짐작되었다. 유럽을 횡단하는 최고급 열차는 목적지를 향해 거침없이 달려가다가 자연의 순수한 힘, 순백의 눈에 의해 고립된다. 승객들 역시 그 안에 갇히고, 도피 중이던 악당은 살해된다. 작가는 희생자에게 눈곱만큼도 인정을 두지 않는다.

"여러분 앞에 해결책을 내놓았으므로 전 이만 물러갈까 합니다……"라는 포아로의 마지막 말도 의미심장하다. 그는 범인이 누구인지 알면서도, 선의의 사람들을 범죄자로 내몰지 않는다. 그리하여 죄를 저지른 자는 어떻게든 대가를 치른다는 진리를 깨닫게 한다.

사건이 해결된 뒤 오리엔트 특급열차가 여전히 눈 속에 갇혀 있었던 점도 눈여겨보아야 한다. 사랑의 연대, 정의의 심판 그리고 지혜의 소명이라는 메시지를 담은 기차는 묵묵히 진실을 보듬는다. 그 와중에 승객들과 포아로는 고립 상태에서 풀려날 때까지 그저 기다릴 수밖에 없다. 이러한 상황은 겸허하게 삶을 돌이켜 보면서 정의로운 세상을 만들기 위해 노력해야 한다는 가르침을 전해 준다.

문득 차창 너머로 오리엔트 특급의 힘찬 기적 소리가 들려왔다. 가슴속 깊이 무언의 메아리가 울려 퍼지는가 싶더니, 창밖 풍경들이 내 영혼 속으로 파고든다.

문학 수첩

추리 소설의 여왕, 애거서 크리스티

애거서 크리스티는 1931년 크리스마스를 딸과 함께 보내려고 아시리아 유적지에서 영국으로 가는 기차를 탔다. 그런데 그리스에서 홍수를 만나 고립되는 바람에 미국인 노부인, 헝가리 관리 부부, 덴마크 선교사 등과 이틀을 보낸다. 아마도 그녀는 이 체험에다 터키 부근에서 발생한 오리엔트 특급열차의 폭설 조난 사건, 린드버그 유괴 사건을 결합해『오리엔트 특급 살인』을 썼을 것이다. 이 작품을 그녀의 다른 작품과 비교하면 열차 안이 배경이라는 점에서『블루 트레인의 수수께끼(The Mystery on the Blue Train)』와 비슷하다. 또 폭풍우로 외부와 단절된 인디언 섬에서 일어나는 연쇄 살인을 그린『그리고 아무도 없었다(And Then There Were None)』, 폭설로 고립된 여관에서 일어나는 살인 사건을 다룬 희곡『쥐덫(The Blind Mice)』과도 닮았다. 덧붙여 애거서 크리스티에게 세계적 추리 작가의 명성을 안긴 연극 〈쥐덫〉은 세계 최장기 공연 기록을 경신 중이다.

더 읽어 봅시다!

작가의 소설적 분신인 제인 마플은『목사관의 살인(The Murder at the Vicarage)』에 처음으로 등장한다. 에르퀼 포아로가 처음 나온『애크로이드 살인 사건(The Murder of Roger Ackroyd)』은 의외의 범인과 결말로 독자들의 비난을 받기도 했다. 당시 혁신적인 인물과 주제였던 정신이상자의 연쇄 살인을 다루어 큰 반향을 일으킨『ABC 살인 사건(The ABC Murders)』은 언뜻 무관해 보이는 피해자들 사이의 공통점을 찾아내는 '미싱 링크(잃어버린 고리)' 형 미스터리의 최고봉이다. 그 외에도 옆 기차 창문을 통해 우연히 목격한 살인 현장을 파헤치는『패딩턴발 4시 50분(4.50 from Paddington)』 등이 있다.

독일

베를린

폴란드

바르샤바

프라하

체코

슬로바키아

헝가리

베오그라드

세르비아

브라쇼브

루마니아

5장

유럽의 동쪽에서 만난
인간의 뒷모습

머세들 하나 넘면 지금 있는 곳과 얽어로 갈 곳
이 묘하게 얽히는, 순간을 경이하게 본다. 서로 마
주 볼새없는 것 같던 곳들이 어떤 뇌발이 고리로
뻗쳐서 외측의 계일는 길어터 리듬이 순지이고
시민이 이실직한 어귀들을 감히하며 언마리 은
묵을 안추리하면 아엣시는 서로 이실직인 곳는
이 어느 손 전에 하나로 모하서 광산이 만곳리로
향하준다.

브라쇼브에는
인간의 그림자가 산다

브램 스토커, 『드라큘라』

5월의 문턱을 갓 넘었건만, 날씨는 완연한 여름이다. 바야흐로 공포 영화의 계절이 돌아온 것이다. 흔히 공포 영화 하면 좀비와 함께 뱀파이어를 떠올린다. 〈트와일라잇(Twilight)〉과 〈뉴문(New Moon)〉의 로버트 패틴슨 같은 꽃미남 뱀파이어가 인기를 끌기도 했고, 〈블레이드(Blade) 시리즈〉의 웨슬리 스나입스 같은 근육질 전사도 눈에 띈다. 하지만 뭐니 뭐니 해도 원조 뱀파이어는 드라큘라 백작이다. 19세기 말, 아일랜드 작가인 브램 스토커(Bram Stoker, 1847~1912)의 손에서 탄생한 『드라큘라(Dracula)』는 오늘날까지 영화와 연극, 뮤지컬에서 끊임없이 재해석되고 있다. 오리엔트 특급열차를 타고 루마니아 브라쇼브(Braşov)를 찾아가, 드라큘라의 전설이 깃든 브란 성(Castule Bran)을 거닐어 본다.

사람은 책을, 책은 사람을 만든다?!

사람이 책을 만드는 걸까, 책이 사람을 만드는 걸까. 아니면 둘 다일까, 또는 둘 다 아닐까. 사람과 책, 둘 사이에 펼쳐질 수 있는 내밀한 관계는 찬찬히 톺아볼 필요가 있다. 이를테면『폭풍의 언덕(Wuthering Heights)』을 읽고 어떤 이는 바람이 휘몰아치는 요크셔의 황야를 직접 찾아간다. 눈앞의 풍경과 소설의 무대가 겹쳐지면서 머릿속에서는 새로운 공간이 만들어진다. 바로 의식과 감성의 공간이다. 책을 읽는다는 것은 이 놀랍고도 특별한 공간을 끊임없이, 근사하게 경험하고 창조하는 행위다.

천재 물리학자인 리처드 파인만(Richard Feynman)의 일화도 재미있다. 그는 '투바*'를 사랑하는 사람들의 모임(Friends of Tuva)'을 만들어, 투바에 가기 위해 백방으로 노력했다. 그 당시는 냉전 시대였기에, 미국에 거주하는 일반인이 사회주의 국가를 방문하기란 거의 불가능했다. 이런 상황에서 파인만은 친구 랠프 레이턴과 함께 전국의 대학 도서관을 뒤져 투바 관련 자료를 찾았다. 또 투바어와 몽골어, 러시아어가 함께 쓰인 사전을 동원하여 서툰 투바어로 편지를 써서 라디오

투바
남시베리아의 서부에 자리한 러시아 연방의 공화국

방송국과 '투바 언어·문학·역사 연구소'로 보내기도 했다. 심지어 자기 자동차 번호판에도 '투바'라 적어 놓았다.

1988년에 암으로 세상을 떠나는 바람에 그의 꿈은 이루어지지 못했으나, 그는 주체적이고 열정적인 여행의 멋과 맛을 보여 주었다. 그리고 이는 랠프 레이턴이 펴낸 『투바: 리처드 파인만의 마지막 여행(*Tuva or Bust!: Richard Feynman's Last Journey*)』에 고스란히 녹아 있다. 어느 누가 이렇게 멋진 여행의 진수를 보여 주었을까. 파인만은 훌륭한 물리학자 이전에 훌륭한 시인이었다.

파인만의 예는 일단 사람이 책을 만든 경우다. 그런데 그의 이야기가 실린 책은 다시 독자들을 이전보다 더욱 풍요롭고 열정적인 사람으로 바뀌게 한다. 이렇게 책과 사람이 서로를 멋지게 바꿔 주는 '기적의 무한 파노라마'가 바로 독서다.

미나와 조너선, 아서, 잭 그리고 헬싱 교수는 다음 날 아침 런던을 떠나 그다음 날 밤에 파리에 도착했다. 그들은 그곳에서 미리 예약해 두었던 오리엔트 특급열차에 올랐다. 기차는 밤새도록 숨 가쁘게 달려, 다음 날 아침 다섯 시에 트란실바니아의 바르나에 도착했다.

『드라큘라』(푸른숲), 174쪽

이스탄불에서 유럽을 향해 가는 오리엔트 특급열차에서 퍼뜩 이 책이 떠올랐다. 브램 스토커가 쓴 『드라큘라』. 오리엔트 특급열차와 관련된 대목은 불과 몇 줄에 불과했지만 무엇에라도 홀린 듯이 나는 애초의 행선지를 확 바꾸었다. 세르비아(과거의 유고슬라비아)의 수도 베오그라드를 12시 방향으로 지나쳐 놓고, 다시 오른쪽으로 수직 선회하여 3시 방향에 있는 루마니아로 발길을 돌린 것이다. 루마니아 북서부의 트란실바니아, 바르나……

그 아련한 기억으로 살아남아 있는 오리엔트 특급열차를 바로 지금 타고 있다는 사실, 당장 발길을 돌리지 않으면 다시는 그곳에 갈 수 없을 거라는 우려, 동유럽의 분위기를 깊고 넓게 살펴보고 싶다는 욕구, 뱀파이어 문학의 대표 주자로 떠오른 스토커의 『드라큘라』에 대한 호기심 등이 어지럽게 섞였다. 투바를 찾아가는 사람들이 오랜 세월 동안 준비해 왔다면, 이렇게 순간의 선택으로 자신만의 투바를 찾게 되기도 한다. 내게 '드라큘라'는 투바였구나, 이렇게 중얼거렸으니까.

현실과 허구를 건너 거듭 태어나는 드라큘라

쓸쓸하고도 어둡게 봄비가 내린다. 먼 곳에서 폭발한 화산의 재가 동유럽까지 왔던 때가 이랬다고 했다. 음산하고 춥다. 늦은 아침을 먹은 뒤, 내 발길은 루마니아 브라쇼브 주 숲 속의 오솔길들을 맴도는 중이다. 끝나는 듯싶다가도 다시 이어지는 그 길들 너머로 드라큘라 백작의 성으로 알려진 브란 성이 오도카니 솟아 있다.

게스트 하우스에 짐을 풀고 가까운 곳만 어슬렁거리는 은둔자. 무엇에도 흥이 나지 않고, 그저 조용히 침잠하고 싶을 따름이다. 봄이 왔으나 봄은 아니라는 말은 이럴 때 쓰나 보다. 지난밤에는 꼼짝 않고 영문 판 『드라큘라』를 읽었다. 읽다 보니, 브란 성 쪽을 쳐다보고 싶지 않을 정도로 등줄기가 서늘해졌다.

입술 사이로 비집고 나온 하얗고 날카로운 송곳니, 붉은 피가 흐르 는 얼굴에 스치는 싸늘한 미소, 사신(死神)의 그림자를 연상케 하는 검은 망토……. 여자들의 가녀린 목에서 피를 빨아먹는 드라큘라는 흡 혈귀의 상징으로 자리 잡았다. 일찍이 오스카 와일드(Oscar Wilde)는 "『드라큘라』는 19세기 소설 가운데 가장 멋진 작품으로 특별한 대우 를 받을 것"이라고 강조했다. 그의 말처럼 브램 스토커가 1897년에 발 표한 이 소설은 수십 편의 영화와 소설, 만화 등 갖가지 장르에 영감을 불어넣으며 새롭게 해석되어 왔다.

한 세기 전부터 끊임없이 대중을 매혹시키고, 각 세대마다 다른 시선 으로 그를 읽고, 시대의 흐름에 따라 탁월한 역설적 인물로 형상화된 드 라큘라는 현 시대 하나의 신화적 인물로 불러 마땅하다. 이미 오래전에 생명을 잃은 미신으로 여겨졌던 드라큘라, 그는 언제나 동시대 사람들 속으로 융화되었다. 『드라큘라』가 문학 작품으로 등장한 지 한 세기가 지난 오늘날, 이 소설이 세상에 나온 지 너무 오래된 것으로 간주되고 는 있지만, 이 인물만큼은 더욱더 우리들의 현실적 대상이 되고 있다.

『드라큘라』(이룸), 11쪽

영화만 따져도 토드 브라우닝 감독의 1931년 작과 테렌스 피셔 감독의 1958년 작, 로만 폴란스키 감독의 1967년 작에서 드라큘라는 사악한 악마로 묘사되었다. 그런가 하면 프랜시스 코폴라 감독의 1992년 작에서는 정열적이면서 인간미 넘치는 인물로 표현되었고, 패트릭 루지어 감독의 2001년 작에서는 영원한 사랑과 불멸의 생명을 갈망하는 존재로 그려졌다. '드라큘라는 드라큘라가 아니다'라고 한다면 너무 지나친 말일까.

드라큘라에게는 왜 그림자가 없을까?

드라큘라 백작은 끊임없이 피를 마셔야 살 수 있는 존재다. 다시 말해 흡혈하지 않으면 '죽어야 하는' 운명의 소유자다. 피를 살짝 밥이라 바꿔 보면, 드라큘라나 인간이나 필수 영양 공급원이 있어야 한다는 점에서 자유롭지 못한 존재들이다.

하지만 드라큘라는 일단 피를 마시고 나면 인간과는 전혀 다른 존재로 바뀐다. 자유롭게 변신할 수도 있으며 밤의 세계를 완벽하게 장악하는 절대적 존재가 된다. 모든 인간들이 꿈꾸나 결코 얻을 수 없는 세계의 지배자가 되는 것이다. 모든 기존 질서로부터 완벽하게 자유로운 절대적 존재, 인간의 한계 따위는 훌쩍 뛰어넘는 존재로 변신하는 것이다.

인간은 결코 신과 같은 존재가 아니다. 하지만 드라큘라는 신과 같으나 신과 같지 않은, 다시 말해 인간과 다르나 인간과 같은 존재다. 드라큘라가 밤의 세계에서 절대 강자이나 낮의 세계에서는 꼼짝 못하는

존재라면, 인간은 그 반대다. 즉, 인간은 밤의 세계인 죽음과 운명 앞에 한없이 약한 존재이나, 낮의 세계인 삶과 문명의 유일한 조물주다. 낮을 지배하면서 밤을 두려워하는 인간, 밤을 활보하면서 낮을 꺼리는 드라큘라. 어떤가. 드라큘라와 인간은 서로 정반대인, 그러면서도 완벽하게 똑같은 닮은꼴이 아닌가.

이쯤 되면 드라큘라가 그림자가 없는 존재로 그려지는 대목도 쉽게 이해할 수 있다. 드라큘라는 바로 인간의 그림자다. 그림자에게 그림자는 당연히 없는 법. 그래도 굳이 드라큘라의 그림자를 찾자면 그것은 인간 자신이다. 『드라큘라』를 읽고 상상하는 인간, 이 글을 읽고 있는 여러분이다.

인간이 드라큘라에게 그림자가 없음을 깨닫는 때야말로 드라큘라와 인간이 서로를 반영하는 존재임을 인식하는 순간이다. 드라큘라를 창조한 인간이 그의 그림자가 없음을 깨닫게 됨은 비로소 스스로의 내면을 깊이 응시하고 통찰하기 시작했다는 뜻이 된다. 왜 드라큘라가 1897년, 인간이 내면세계를 발견하는 근현대에 들어와서야 창조되고 폭발적으로 세계 곳곳으로 확산되며 흡혈귀 문학의 대표가 되었는지 곱씹어 볼 만한 대목이다.

그렇다. 인간이라면 누구나 자신이 억누르기 힘든 욕망을 갖는다. 하지만 이를 억누를 수밖에 없는 한계도 동시에 지닌다. 억누르기 힘든 욕망 그리고 억누를 수밖에 없는 한계. 이 두 가지를 동시에 지니는 인간의 또 다른 모습이 바로 드라큘라다. 나아가 이러한 인간 존재의 욕망과 한계를 공포라는 가면무도회를 통해서 고스란히 보여 주고 풀어 주는 존재가 바로 드라큘라인 것이다.

『드라큘라』를 깊이 읽는 몇 갈래 길

인간에게 피는 생명이다. 특히 서구 기독교에서 피는 현재의 생명을 넘어서 미래의 구원을 뜻한다. 드라큘라가 '인간으로부터 흡혈하는' 악마라면, 예수는 '인간에게 수혈해 주는' 구세주다. 힘들고 지친 이들에게 자신의 보혈(寶血)*을 주는 존재가 바로 예수 그리스도인 것이다. 기독교 신자들이 그리스도의 보혈을 기리는 것은 피에 담긴 구원과 영생의 의미 때문이다.

『드라큘라』의 책장을 덮고는 이내 생각에 빠진다. 수혈은 치료이자 구원이나 흡혈은 살해이자 죄악이다. 드라큘라의 흡혈은 어쩌면 자신이 구원받지 못할 수도 있다는 인간의 근원적 공포에서 비롯되지 않았을까. 구원의 보혈을 받지 못하리라는 불안감은 누군가의 피를 마셔야 한다는 강박관념을 낳고, 다시 이는 흡혈이라는 강제적이며 약탈적인 행위로 표현된 것이 아닐까.

유교는 자식이라는 핏줄로 대를 잇게 하여 영생불멸의 욕망을 간접 충족한다. 불교는 윤회의 사상을 받아들여 모든 삶을 유한의 한계에서 벗어나게 한다. 반면에 기독교에서는 모든 존재가 그리스도의 피를 직접 받지 못하면 구원받지 못한다. 그리스도가 십자가의 보혈로 만민의 죄를 대신 씻어 구원한 일을 가리키는 대속(代贖, atonement redemption)은 이를 단적으로 보여 준다.

동서양을 통해 흡혈의 귀신들이야 무수히 많다. 하지만 19세기 말에 태어난 드라큘라가 단박에 모든 흡혈귀들의 대표 주자이자 20세기 인류의 일반적인 공포의 상징으로 부각된 까닭은 점점 타락해 가는 현대인의 비극, 구원받아야 하지만 점점 더 그럴 수 없는 현대인들의 좌절, 기독교로 대표되는 서구화가 엄청난 속도로 전 세계에 퍼지면서 오히려 더욱 세속화하는 현상과 관련이 있지 않을까. 그 어느 흡혈귀보다도 인간을 닮은 드라큘라의 공포가 더욱 커진 까닭은 우리 인간의 그림자가 더욱 짙어졌기 때문일 것이다. 브램 스토커가 처음 펴냈던 원작과 달리 드라큘라가 죽었다가도 언제든지 다시 깨어나고 살아날 수 있다는 설정이 어느 틈에 덧붙여진 것도 이와 관련되지 않을까 싶다.

드라큘라에게 희생당한 사람이 다시 누군가의 피를 빨게 된다는 점도 곱씹어 볼 만하다. 드라큘라의 흡혈 행위는 분명 상대를 해치는 죄악과 범죄지만, 가해자와 피해자 모두 똑같이 드라큘라가 된다면 그렇게 최악의 비극은 아니다. 소외된 개인으로 완전히 소멸하느니, 비정상적인 집단으로나마 생존할 수 있다는 것은 현대인들에게 그나마 작은 위안이 되지 않을까. 드라큘라가 여성의 피만 빠는 점, 또한 최근의 영화나 문학에서 표현된 드라큘라와 뱀파이어들이 흡혈과 함께 성교를 하는 것 역시 이러한 현대인의 좌절과 욕망이 불거진 게 아닐까.

『드라큘라』를 사회적인 관점으로 해석할 수도 있다. 루마니아가 동서양의 경계이며 유럽의 변방이라는 점에 착안해 보자. 그렇다면 영국의 변리사를 자신의 성으로 불러들여서 런던에 주택을 마련할 수 있는 드라큘라 백작은 변방의 실력자다. 그것도 금화들을 여기저기 떨어뜨리거나 뿌리고 다니는 막대한 부의 소유자다.

하지만 런던이 어떤 곳인가? 세계 최고의 전성기를 자랑하던 빅토리아 여왕 시대, '해가 지지 않는 대제국' 영국의 중심이다. 명실상부한 세계의 중심인 이곳에 루마니아라는 변방의 재력가가 합법적으로 대저택을 구입한다? 그것도 루마니아의 흙과 관, 각각 삶과 죽음을 뜻하는 상징들까지 가져온다?

영국인들에게 이는 전 세계로 뻗어 나가는 대영제국의 심장을 향하여 날카롭게 육박해 온 야만의 테러다. 합법적 차원에서 드라큘라 백작의 주택 구입을 막을 수는 없지만 도저히 용납할 수 없는 변방의 불손한 도전, 주류에 대한 비주류의 위협이다. 당연히 막아야 한다.

안타깝게도 이성과 법의 지배를 받는 낮의 세계에서 드라큘라 백작을 통제할 수 있는 명분과 논리는 없다. 하지만 드라큘라 백작은 낮에는 꼼짝 못하되 밤에는 런던의 질서와 안녕을 저해하는 치명적인 존재다. 소설의 화자인 조너선은 흡혈귀 연구가인 반 헬싱 교수 등과 힘을 합쳐, 제국의 안녕과 질서를 해치는 존재인 드라큘라에 대항하기 시작한다. 도서관에서 흡혈귀에 관한 책들을 모두 찾아 읽으며 드라큘라 퇴치 방안을 찾는 이들은 합리적이고 이성적인 영국인을 상징한다. 대영제국의 심장을 제대로 작동하게 만드는 이성과 합리성의 수호자를 대표하는 존재들인 셈이다.

이들의 대응 과정에는 인쇄물에서 발췌한 구절, 신문 기사 표현, 전보나 서신 교환, 경찰 보고서 등 '문명의 자료'가 적극적으로 활용된다. 특히 이들이 오리엔트 특급열차를 타고 드라큘라 백작보다 앞서 도착하여 기다리는 대목들은 '어떤 미지의 난관이라도 이성과 합리성이라는 틀 안에서 해결할 수 있다'는 영국인들의 근대적 자신감을 상징한다. 그런 의미에서 이들은 십자가와 마늘꽃으로 강력히 무장한 근대적 십자군이다. 루시가 드라큘라에게 희생된 사건을 계기로 똘똘 뭉친 이들은 마침내 드라큘라를 루마니아의 자기 성으로 내쫓고, 그 본거지인 드라큘라 성까지 쫓아가 심장에 대못을 박는다. 이제 누구도 영국과 영국인을 위협할 수 없다.

작품을 읽다 보면 영국과 런던은 그 누구도 위협할 수 없는 세계의 중심이며, 이성과 합리성으로 무장하고 신앙의 힘을 빌리면 이를 위협하는 어떠한 존재라도 물리칠 수 있다는 영국인의 자신감을 읽을 수 있다. 조너선 일행은 자신들이야말로 이성과 신성으로 무장한 절대선이자, 낮의 세계와 밤의 세계 모두를 언제나 제대로 통제할 수 있는 존재라 자부한다. 모든 영국과 서구의 모순은 이성과 합리를 앞세우고 기독교적인 신앙의 힘을 더하여 언제나 해결할 수 있다는, 또는 해결해야 한다는 의식의 반영이기도 하다. 드라큘라는 이성과 신성을 위협하는 모든 문제를 상징하며, 이를 언제나 해결할 수 있다는 자부의 희생양이다.

드라큘라, 끊임없이 부활하는 우리의 그림자

드라큘라의 실제 모델은 15세기에 실존했던 루마니아의 영웅 블라드 체페슈(Vlad Țepeș)다. 왈라키아의 영주인 그는 오스만 제국과의 전투에서 승리하여 이슬람 세력으로부터 기독교 세계를 지켰다. 그러나 포로나 정적(政敵), 범법자를 긴 꼬챙이에 꽂아 처형하고, 그 피를 마시며 즐겼다 하여 이단자 취급을 받았다.

역사학자들은 체페슈가 브란 성에 잠시 머물렀을 거라 추측하지만 성 자체는 드라큘라 백작과 상관없다고 본다. 그렇긴 해도 연간 30만 명이나 되는 관광객들은 브란 성이 드라큘라의 성이 맞는지 그 실체에 연연할 필요는 없다. 이들은 오늘도 『드라큘라』를 읽으며 관 뚜껑을 열고 일어서는 드라큘라를 떠올리고 박쥐와 먼지로 변신하여 사라지는 순간의 기묘한 해방감을 만끽하면 된다. 루마니아 북서부 지역 트란실바니아의 전설을 얽을 수도 있고 최첨단의 디지털 체제와 연관시켜서 드라큘라 이야기를 펼쳐 낼 수도 있다. 책은 인간을 만들고 다시 인간은 책을 만들며 거듭 새롭게 태어난다. 인간은 이야기를 통해서 자신의 좌절과 욕망을 얹어 내고 다시 새로운 『드라큘라』를 만들어 낸다.

드라큘라는 인간의 그림자다. 그래서 인간이 살아 있는 한 드라큘라 또한 결코 사라지지 않는다. 드라큘라는 고향으로 쫓겨 왔으나 언제나 부활할 수 있는 존재가 되었다. 우리 시대의 드라큘라는 우리의 의식과 감성 속에서 언제나 새롭게 자리 잡고 태어날 것이다. 우리 시대의 드라큘라들을 눈 똑바로 뜨고 살펴보는 것은 우리가 우리 자신을 심도 있게 들여다보는 성찰이리라.

나는 『드라큘라』를 어떻게 새롭게 쓸 것인가. 스스로에게 질문을 던지고 몸을 눕힌다. 밤의 책갈피 속에서인지 드라큘라의 성 너머인지 가녀린 울음이 들려온다. 은둔자는 마침내 새로운 여행을 꿈꾸며 눈을 감는다.

블라드 체페슈 (1431~1476)
루마니아어로 블라드는 '피', 체페슈는 '꼬챙이'를 뜻한다. 블라드 체페슈는 루마니아어로 '용(龍)'을 뜻하는 '드라큘'이란 작위를 받은 아버지를 존경해서 '블라드 드라큘'이란 이름을 쓰기도 했다. '드라큘'에 루마니아어로 '~의 아들'이란 뜻의 접미사 '(e)a'를 붙여 드라큘라란 이름이 생겨났다고 한다.

왈라키아
도나우 강 하류의 공국(公國)으로, 1859년 몰다비아 공국과 연합하여 훗날 루마니아가 되었다.

문학 수첩

드라큘라 백작의 대부(代父), 브램 스토커

1847년 더블린에서 태어난 브램 스토커는 어려서부터 병치레가 잦아 7세 때까지 걷지도 못했다고 한다. 병상에서 어머니가 들려준 아일랜드의 동화나 민담이 뒷날 그의 문학적 상상력에 불을 지폈다. 트리니티 칼리지에서 수학을 전공한 그는 가정 형편상 공무원이 된 뒤에도 틈틈이 글을 썼다. 이때 쓴 연극 평론이 계기가 되어 친해진 배우 헨리 어빙의 제안으로 그는 31세 때 라이시엄 극장의 프로듀서로 변신했다. 43세 때인 1890년 부다페스트 대학의 동양 언어학과 교수 아르미니우스 뱀버리와의 만남에서 영감을 얻어, 블라드 체페슈에 관한 자료를 섭렵하고 6년 이상 공을 들여 『드라큘라』를 완성했다. 이 소설은 어빙이 연극으로 만들어 화제가 되기도 하였다.

더 읽어 봅시다!

최초의 뱀파이어 소설을 필두로 19세기의 뱀파이어 소설 10편을 수록한 책 『뱀파이어 걸작선(*The Best Vampire Stories*)』에서도 브램 스토커의 단편 「드라큘라의 손님(*Dracula's Guest*)」을 찾을 수 있으며, 레이몬드 맥널리와 라두 플로레스쿠가 지은 『드라큘라, 그의 이야기(*In Search of Dracula*)』는 드라큘라의 모델인 블라드 체페슈와 고대로부터 현대에 이르는 흡혈귀의 역사를 정리했다. 한국외대 루마니아어과 교수 박정오의 『신화의 나라, 드라큘라의 나라』는 루마니아의 신화와 전설, 풍습 등을 소개한다. 19세기 메리 셸리가 쓴 『프랑켄슈타인(*Frakenstein*)』은 과학 소설의 고전으로, 오늘날까지 끊임없이 재해석되고 있다.

루마니아 국경에서 목도한
인류의 시곗바늘

C. V. 게오르규, 『25시』

　　루마니아의 전원 풍경은 푸근하다. 그 안에서 기계 사회의 비극이나 인간성 상실에 대한 고뇌를 떠올리기란 쉽지 않다. 하지만 불과 몇십 년 전, 이 아름다운 나라는 제2차 세계대전이라는 비극의 중심에 있었다. 그리고 조국의 비참한 운명은 작가 C. V. 게오르규(Constantin Virgil Gheorghiu, 1916~1992)를 깊이 사색하게 했다. 그는 우리가 사는 오늘이 이미 구원의 손길마저 닿지 못할 만큼 타락했다고 결론 내린다. 우리들이 처한 현실은 과연 '25시'를 달리고 있는가? 소설 『25시(*Vingt-cinquième Heure*)』의 배경이 된 루마니아로 가는 길에서 답을 찾으려 한다.

루마니아발 헝가리행 열차에서

시베리아 횡단 열차를 타고 한국으로 돌아갈까. 우크라이나를 거쳐 발트 3국(리투아니아, 라트비아, 에스토니아)을 지나 러시아로 가면 지금이라도 가능하다. 루마니아를 떠나는 기차 객실 안에서 다시 시베리아 횡단 열차가 칙칙폭폭 꿈틀거리기 시작한다.

가도 가도 끝없는 벌판, 흰 자작나무 숲 사이를 가로지르는 열차, 기적은 우렁차게 울리고 어느새 눈발 흩날리는 넓디넓은 들판. 무엇이 두려우랴. 가야 할 길은 이렇게 분명하고 내릴 곳 또한 저렇게 무한한데. 스스로 소실점이 되어 무한한 광야와 하늘 속으로 돌진하며 사라질 터.

시베리아 횡단 기차는 나의 영원한 로망이다. 때로는 우울한 음악과 함께, 가끔은 경쾌한 리듬과 함께, 더러는 빗방울이 굵게 떨어지는 창문을 넘어, 틈날 때마다 마음속에서 달려 나오는 무한의 질주.

기차 밖으로 보이는 루마니아의 전원 풍경은 내가 만나 본 루마니아 사람들처럼 소박하고 푸근하다. 실제로 루마니아에는 집과 의상, 음악, 춤 등의 민속 문화가 거의 그대로 일상생활 속에 은근하고 정겹게 살아 숨 쉰다. 말 그대로 전통과 현대가 자연스럽게 녹아 있는 곳이 바로 루마니아다.

루마니아는 서유럽 문화와 터키 문화, 슬라브 문화 등을 모두 아우르며 독특한 문화를 형성해 왔다. '동유럽에 외롭게 떠 있는 라틴의 섬'이라 불릴 정도로 라틴 문화가 바탕을 이루지만, 루마니아에서 모든 문화는 시간과 공간을 넘어 하나가 된다.

그래서 라틴을 중심으로 무엇이 어떻게 뒤섞여 왔는지 루마니아의 역사와 문화를 살피는 일은 꽤 재미있다. 열차를 탄 지금도 루마니아 정교회와 가톨릭 성당, 프로테스탄트 교회의 세 종탑이 사이좋게 어우러진 마을들이 차창 밖으로 획획 지나간다. 우리에게는 잘 알려지지 않은 나라를 떠나려니 더욱 섭섭하다.

꿈이었나. 루마니아 판타나 지방의 들판을 가로지르며 성큼성큼 걸어가는 농부, 휘파람을 불면서 집 지을 땅을 둘러보는 맨발의 스물다섯의 젊은이, 내일이면 미국으로 떠나 2~3년 고생한 뒤 금의환향하겠다며 희망에 부푼 요한 모리츠. 그의 어수룩하고 선한 모습이 떠오른다.

『25시』는 루마니아의 망명 작가인 게오르규가 1949년에 발표하여 세계적인 반향을 일으킨 소설이다. 앤서니 퀸이 주인공으로 열연한 영화 덕분에 더욱 유명해졌다. 앤서니 퀸이 얼마나 연기를 잘했는지, 영화를 봤던 나 역시 아직도 그가 원작의 주인공인 요한 모리츠처럼 느껴질 정도다. 참 대단한 배우다.

하지만 문학과 영화는 서로 다른 예술이다. 아무리 영화를 잘 만들었어도 원작은 꼭 챙겨 읽어야 한다. 문자가 주는 상상력의 깊이와 넓이를 영상이 대신할 수는 없다. 〈25시〉 역시 영화로만 보고 그친다면 원작이 갖고 있는 무한한 매력과 마력은 모두 놓치게 된다. 이는 절대로 용인할 수 없는 일이다.

곁들여 『25시』를 읽는다면 찬찬히 여러 차례 읽어야 한다. 이는 문학을 읽을 때 언제나 중요한 절대 규범이다. 실용문은 가능한 한 빠르고 정확하게 읽어야 하지만, 문예문은 언어 예술이기 때문에 단어 하나하나를 곱씹어 볼 필요가 있다. 당연히 문학을 읽을 때는 무엇이 언어를 예술로 만들어 내는지 그 과정과 성과를 톺아보고 음미해야 한다.

비유컨대 보통의 직소 퍼즐 맞추기가 나무나 종이로 된 조각들을 맞춰서 미리 정해진 단 하나의 원본을 완성해 간다면, 문학 읽기란 언어라는 특수하고 함축적인 조각들을 더듬으며 수많은 원본들을 만들어 내는 것과 같다. 문학은 언제나 무한한 해석 가능성을 열어 놓고 읽어야 한다. 마음에 다가오는 대목에는 밑줄을 긋고, 문득 떠오르는 생각이 있다면 여백에 적어 가며 꼼꼼하게 거듭거듭 즐기며 읽어야 한다.

『25시』의 비극은 무엇인가?

여행을 다니며 그 나라의 대표작을 챙겨 읽는 것은 내 오랜 습관이다. 이번에는 갑자기 루마니아로 방향을 틀었기에 책을 미리 챙길 수 없었다. 하지만 이게 웬 행운인가! 한국인이 운영하는 조그만 민박집에 여장을 풀고 몇 마디 나누자, 마음 좋은 주인이 『25시』 한국어 번역본을 선물로 주는 것이 아닌가. 이국에서 그 나라 작품을 우리말로 오래전에 번역한 책을 받으니 기분이 묘했다.

머리 위 선반에 놓아둔 여행 가방에서 『25시』를 꺼내 든다. 상권과 하권으로 된 책의 앞머리에 편집자 서문이 실려 있다. 대개 번역자 서문만 싣는데 독특하다. 읽다 보니 소설의 줄거리가 간략히 소개되어 있다.

요한 모리츠는 1940년, 전쟁의 참상을 피해 미국 이민을 꿈꾸는 정직하고 순박한 루마니아 농민이다. 그는 기독교도임에도 유대인이라는 오해를 받게 된다. 뒤이어 아리아인이라는 판정을 받아서 독일군에 편입되고 이로 인해 연합국의 죄수가 된다. 처음에는 프랑스 군인들의 탈출을 도운 덕에 친구 대접을 받다가 패전국의 군인이었다는 이유로 적으로 냉대받게 된다. 결국 그는 13년 동안이나 수용소 생활을 하게 된다.

『25시 상(上)』, 6쪽

오, 노! 이런 식의 줄거리 소개는 정말 곤란하다. 일단 너무 허술하고 간략하다. 제대로 이해되지도 않으니 감상할 수는 더더욱 없다. 조금만 더 구체적으로 풀어내 본다.

선량한 농부 요한 모리츠는 미국 이민의 꿈을 키우다가 고향 헌병 대장의 악의 때문에 졸지에 유대인으로 몰려 억울하게 강제 공출을 당한다. 자신은 유대인이 아니라며 아무리 부정해야 전혀 소용이 없었다. 그에게 돌아오는 것은 모진 고문과 강제 노역뿐이었다. 천신만고 끝에 헝가리로 탈출한 그는 이번에는 헝가리의 적국인 루마니아인이라며 체포되어 역시 강제 노동 수용소로 끌려간다.

모리츠는 급기야 자신의 의지와 상관없이 독일에 외국인 노동자로 팔려 가 강제 노동을 하게 된다. 그러던 중에 우연히 국립 민족 연구소 박사인 독일군 장교에게 게르만 영웅의 순수한 혈통을 이은 후예로 인정받는다. 독일군에 강제 편입되어 잠시나마 편해진 그는 자신의 아내와 딸의 행복을 위하여 다시 연합군 지역으로 탈주하지만, 그곳에서 독일군으로 취급당하며 강제 복역을 하고 전쟁이 끝난 뒤에야 간신히 석방된다. 그가 끌려간 뒤 온갖 고생을 다 겪은 아내와 자식을 겨우 만났으나 18시간 만에 다시 감금되고, 때마침 일어난 전쟁에 사실상 어쩔 수 없이 지원한다.

이쯤은 되어야 도대체 요한 모리츠에게 무슨 일이 일어났는지 어렴풋이나마 알 수 있다. 강제 공출과 탈주, 강제 노역과 복무, 다시 탈주와 수감, 석방과 입대 지원 등 요한 모리츠의 삶을 순서대로 따라가다 보면 어쩔 수 없이 감수해야 하는 거대한 힘 앞에서 부서지는 인간의 운명 그리고 이를 극복하려 애써 봐야 결국 받아들일 수밖에 없는 인간의 비극을 제법 또렷하게 깨닫게 된다.

모두들 그의 말에 귀를 기울였지만 요한 모리츠의 귀에는 아무 소리도 들리지 않았다. 그는 방금 안팀이 이야기한 '종신토록 일해야 하는 노예'라는 말에 온 신경을 빼앗기고 있었다. 눈앞에 평생을 수용소에 갇힌 채 수로와 참호를 파면서 굶주리고, 몰매 맞고, 이에 뜯겨 만신창이가 되어야 하는가를 생각해 보았다. 그리고 결국은 수용소에 억류당한 채로 죽어 갈 자신의 모습을 그려 보았다.

같은 책, 218~219쪽

하지만 이 정도 줄거리만으로 소설 『25시』의 본질을 온전하게 짚어 냈다고 보기는 역시 힘들다. 작가는 『25시』에서 주인공 요한 모리츠의 비극을 중심으로 다루되, 모든 등장인물을 비참한 존재로 형상화하기 때문이다. 이를테면 요한 모리츠를 자신의 분신인 듯 아끼고 위해 주던 살아 있는 성자 알렉산드루 코루가 사제를 비롯하여 그의 헌신적인 부인 그리고 코루가 사제의 아들이자 게오르규의 목소리를 대신하는 작가 트라이안 코루가, 그의 똑똑한 유대인 아내와 검찰관 친구, 제일 먼저 탄압당하던 유대인 법학 박사 마르쿠 골드버그 등 작품 속에 등장하는 인물들은 예외 없이 모두 비극적인 모습으로 전락한다.

심지어 요한 모리츠가 구해 준 유대인과 프랑스인 들조차 진정으로 요한 모리츠를 구하려 하지 않는다. 요한 모리츠는 필요할 때만 사용되는 도구였을 뿐, 인간으로 마땅히 대우받지 못한 것이다. 결국 『25시』에서 인간은 무식한 이든 유식한 이든, 가난한 자든 부유한 자든, 기계 사회 속에서 피해자와 가해자라는 역할만 다를 뿐 모두 비극적 최후를 맞는 존재일 뿐이다.

'25시'를 사는 현대인의 비극

게오르규에게 가장 심각한 문제는 현대 서구 사회가 육체적 안락함만을 줄 뿐 영혼을 만들어 내지 못하는 기계 사회라는 것이다. 트라이안의 말에 따르면 기계 사회는 생산이라는 유일한 윤리만을 가진 채 추상적인 정책을 관리하면서 오로지 기계적 법칙에 의해서만 움직이는 곳이다. 기계적 현실과 인간적 현실 속에서 충돌이 발생하여 다수의 시민들은 비극의 주인공으로 전락하게 만드는 사회다.

기계 사회에서 인간은 자동성과 획일성, 익명성 등의 기계 법칙에 따라 스스로를 소외시키고 인간 고유의 특성마저 포기한다. 그래서 작품의 제목이기도 한 '25시'는 더욱 심각한 의미로 다가온다.

(25시란) 구원을 위한 온갖 시도가 소용없게 되는 순간이지. 구세주의 왕림도 문제 해결에 아무런 도움이 안 되는 순간이야. 이건 최후의 시간도 아니야. 최후의 시간에서 이미 한 시간이나 더 지난 시간이지. 서구 사회가 처해 있는 정확한 시간, 지금 이 시간, 바로 이 시간이야.

같은 책, 74~75쪽

작가에게 현실은 모든 구원의 기회가 이미 지난 시간에 불과하다. 최후의 시간조차 넘긴 회복 불가능한 절대 비극의 현실이 바로 서구 문명이 도달한 '오늘'이라는 작가의 시선은 현대 문명에 대단히 비관적이다. 더욱 큰 문제는 이러한 비극이 결코 쉽게 해결될 수 없다는 데 있다. 작가는 작품 속에서 헝가리 공보처 장관인 바르톨리 백작과 공보처 비서실장인 그의 아들이 나누는 대화로 이를 암시한다.

백작은 자신의 명예와 존엄성을 인정받지 못하는 인간은 노예와 같다며, 현대 사회는 그리스 시대의 노예 제도처럼 인간을 통제하고 억압하는 강력한 폐쇄 사회라고 말한다. 백작은 서구 문화의 세 가지 장점, 즉 '미와 법, 인간을 존중하는 미덕'이 각각 그리스와 로마, 기독교에서 비롯되어 서구 문명을 꽃피웠으나, 이제는 서구 사회가 암울한 기계 사회로 전락했다고 짚어 낸다. 그는 짧지 않은 대화를 끝맺으며 아들에게 이렇게 묻는다.

　네가 인간에게 동정심을 느끼는 것은 모든 생명체에 대해 동정심을 느끼는 것과 조금도 다를 바가 없어. 네가 인간을 인간 그 자체로서, 다른 것과 바꿀 수 없는 유일한 가치로서 존중하는지 알고 싶구나. 그 인간이 아무런 사회적 가치를 갖고 있지 않더라도, 그리고 동물처럼 동정심이나 애정을 유발하지 않더라도 말이다.

같은 책, 212~213쪽

　아들은 확신에 차서 대꾸한다. 자신은 생명이 있는 동물로서 인간을 존중한다고. 인간에 대한 사랑과 존중 따위는 상관없다고. 간혹 영화 〈25시〉에 너무 감동한 나머지 소설 『25시』가 미국과 소련, 양 진영에 낀 약소민족의 고난과 운명을 묘사한 작품이라고 하는 사람도 있는데, 전혀 그렇지 않다. 『25시』에는 인간의 존재를 부조리하고 비극적으로 만드는 일체의 문명에 대한 냉혹한 비판과 엄숙한 고발이 고스란히 담겨 있다.

문학 속 여행의 한없는 즐거움

　오로지 인간을 인간 그 자체로 인정하라는 메시지. 인간에 대한 사랑과 존중이야말로 현대인의 비극적 삶을 진정으로 의미 있게 회복하

는 첫걸음이라는 교훈은 이 작품을 읽는 내내 다가오는 생생한 가르침
이다.

열차의 창밖으로 펼쳐지는 장면들이 마치 『25시』의 책장처럼 다가
온다. 이제 나는 요한 모리츠가 자신의 소유가 될 땅을 보면서 희망
에 부푸는 첫대목을 또렷하게 기억할 수 있다. 푸른 옥수숫대가 바람
에 휘어지며 파도처럼 출렁거리는 땅, 옥수숫대가 만들어 내는 사각거
리는 소리를 들으며 몸을 굽혀 흙을 한 주먹 쥐는 모습. 손가락 사이로
느껴지는 참새의 체온처럼 따뜻한 흙의 온기. 흙을 가볍게 볼에 문지르
며 향기를 맡고 길게 호흡하며 휘파람을 불기 시작하는 요한. 인간과
자연이 하나가 되어 즐거워하는 풍경.

굳이 말로 하지 않아도 공감의 즐거움을 충분히 만끽하는 순간이야
말로 우리 삶의 가장 원초적인 기쁨이다. 이렇게 문학 작품을 읽는 즐
거움은 단순히 사고의 확장과 심화에 있지만은 않다. 책갈피를 넘기면
서 내가 살아 있음을 느끼는 충만함, 그보다 더 큰 문학 읽기의 매력과
마력이 과연 어디 있겠는가.

루마니아에서 떠난 기차는 어느새 헝가리의 어느 벌판을 지나고 있
다. 이 기차가 어디로 갈 것인지 나는 잘 모른다. 가다가도 지난번처럼
도중에 방향을 휙 바꿀 수도 있겠지. 바람이 어느 순간 방향을 달리
하듯이 그렇게 여행의 방향을 바꿀 수 있는 법. 여행은 진정한 삶을 경
험하는 좋은 기회다. 책을 읽으며 떠나는 나의 여행도 그러한 즐거움의
의미와 가치를 찾는 또 다른 기회다.

하늘에는 보름달이 떠 있었다. 잠을 이루지 못한 코루가 사제는 자리에서 일어나 불을 켜고는 서재로 향했다. 그러고는 서재의 세 벽을 둘러싸고 있는 책장에서 책 한 권을 뽑아 들었다. 책을 펼치기 전, 그는 장서가 빼곡히 꽂혀 있는 책장을 바라보았다. 영어, 독어, 프랑스어뿐만 아니라 이탈리아어로 쓰인 책들이 꽂혀 있었다. 또 다른 벽에는 그리스와 라틴 고전 문학 작품들이 꽂혀 있었다. 하나같이 그의 손때가 묻은 책들이었다.

같은 책, 19쪽

가능하기만 하다면 작품 속으로 성큼성큼 걸어 들어가고 싶다. 가장 인간적이면서 살아 있는 성자답게 산 코루가 사제의 서재에 다시 한 번 가 보고 싶다. 독서와 성찰, 기도와 실천이 어우러진 살아 있는 성자를 낳은 삶의 근원을 느껴 보고 싶다.

문학 수첩

인간성 상실의 비극을 파헤친 작가, C. V. 게오르규

게오르규는 1916년 루마니아에서 태어나 부쿠레슈티에서 철학과 신학을 공부하고, 외교관으로도 일했다. 23세가 되던 1939년에 결혼했는데, 불행히도 곧 제2차 세계대전이 발발하였다. 그 당시 루마니아는 소련 공산주의에 대한 공포 때문에 독일의 보호를 받고 있어, 사실상 독일의 속국에 지나지 않았다. 때문에 루마니아의 장정들은 독일의 명령에 따라 전쟁터에 나서야 했으며, 게오르규도 예외는 아니었다. 결국 그는 탄압을 피해 1949년 아내와 함께 프랑스로 망명했다. 그는 전시에 몸소 겪은 포로수용소에서의 체험을 바탕으로 『25시』를 집필해 세계적인 소설가로 이름을 날렸다. 뒷날 그리스 정교회의 신부로 지내다 1992년 프랑스에서 삶을 마쳤다.

더 읽어 봅시다!

게오르규의 『제2의 찬스(La Seconde Chance)』는 제2차 세계대전 후 조국을 잃은 루마니아인의 비참한 삶과 유태인의 참극을 통해 인간 상실을 묘파한 소설이며, 『마호메트 평전(La Vie de Mahomet)』은 무함마드의 생애를 통해 이슬람 문화와 사람들을 이해할 수 있도록 돕는다.

바르샤바의 꿈,
인간의 열정과 지성에 대하여

에브 퀴리, 『마담 퀴리』

오늘날 방사선은 의학 진료와 치료에 없어

서는 안 될 중요한 요소다. 반면 방사선을 방출하는 방사능은 핵폭

탄 제조와 원자력 발전에도 쓰이는 탓에 우리 사회에 큰 고민을 안

겨 주기도 한다. 이는 모두 방사성 원소에서 비롯하는데, 세계 최초로

이 원소를 발견한 사람이 바로 퀴리 부인(Marii Skłodowskiej-Curie,

1867~1934)이다. 우리는 교과서와 위인전으로 퀴리 부인을 여러 번 접

해서, 이미 그녀를 잘 알고 있다고 생각할지도 모른다. 하지만 퀴리 부

인의 인간적인 모습에 대해서는 잘 모르는 것이 사실이다. 퀴리 부인이

사랑했던 조국 폴란드의 수도 바르샤바(Warszawa). 그곳으로 떠나는

여정은 퀴리 부인이라는 거대한 영혼을 만나는 길, 어릴 때부터 꼭 마주하고 싶었던 길이다.

🎙️ 바르샤바, 위대한 인간의 탄생지

바르샤바는 젊은 어부 바르스(Wars)와 아름다운 인어 사바(Sawa)가 인연을 맺어 그 후손들이 세웠다는 신화의 공간이다. 때문에 곳곳에 칼을 든 인어상이 있으며, 인어상 표시가 붙어 있으면 곧 바르샤바 시의 재산임을 뜻하는 인간의 도시이기도 하다. 제2차 세계대전 때 공습으로 거의 모든 것이 처참하게 파괴되었으나 온 국민이 힘을 합쳐 원형을 회복해 낸 폴란드의 수도.

바르샤바에 온 것은 오로지 그녀 때문이었다. 가난한 고등학교 교사의 막내딸로 태어나 갖가지 난관을 극복하며 세계적인 과학자로 우뚝 선 마리 스크워도프스키에이 퀴리*. 단지 여성이라는 이유만으로 실험실에 출입조차 할 수 없었던 봉건의 멍에를 떨치고, 헛간에서 혼자 실험에 몰두하며 1903년에는 노벨 물리학상, 다시 1911년에는 노벨 화학상까지 받은 주인공. 역사상 최초로 노벨상을 두 번이나 받은 여성 과학자 퀴리 부인을 만나고 싶었던 것이다.

물론 폴란드의 자랑으로 꼽을 만한 세계적인 위인

스크워도프스키에이 퀴리
폴란드의 성(姓)은 남녀에 따라 각각 -ski와 -ska로, 결혼 후 남편의 성이 덧붙여짐에 따라서도 그 어미가 달라진다. 결혼 전 퀴리 부인의 성은 스크워도프스카(Skłodowska)였지만 결혼 후에는 본문과 같이 바뀌었다. 이 책에서는 또한 폴란드어 발음 및 외래어 표기법에 따라 『마담 퀴리』에 표기된 '스클로도프스카'를 고쳐 표기하였음을 밝힌다.

들은 많다. 피아노의 시인으로 불리는 음악가 쇼팽, 지동설을 주장했던 과학자 코페르니쿠스, 늘 자애로운 미소를 머금었던 교황 요한 바오로 2세, 노동조합을 활성화하여 자유의 바람을 몰고 온 노벨 평화상 수상자 레흐 바웬사 등.

하지만 폴란드 하면 역시 퀴리 부인이다. 대한민국에서 어린 시절을 보낸 사람이라면 누구나 그렇지 않을까. 확실히 그녀는 그 어떤 위인보다도 우리가 닮아야 할 훌륭한 교과서였다. 퀴리 부인은 아무리 가난해도 열심히 노력하면 성공할 수 있다는 신화의 주인공이었으며, 식민지가 된 조국을 위하여 자신이 발견한 원소에 '폴로늄'이라는 이름을 붙인 애국자였고, 백혈병에 걸려 죽을 정도로 자기 자신을 모두 던져 방사선과 핵이라는 새로운 세계를 연 인류의 구원자였던 것이다.

돌이켜 보면 나는 확실히 남들보다 더 퀴리 부인의 삶과 업적에 열광했던 듯싶다. 퀴리 부인에 관한 글과 책이라면 모두 구했고 손에 들어오자마자 새벽이 밝아 오는 시간까지 읽었으니까 말이다. 가슴속 깊은 곳에서 흘러나온 내 숨결이 갈피마다 배어 있는 얼추 스무 권 이상의 책들. 바르샤바에서 그녀를 다시 추억하는 것은 내 어린 시절, 그 불안하게 꿈꾸던 시기의 나를 만나는 일이다. 먼 이국의 땅, 바르샤바에서 나의 과거를 만난다면 자연스럽게 나의 미래 또한 새롭게 가늠해 볼 수 있겠지? 기대감에 마음이 부푼다. 가을 하늘처럼 짙푸른 하늘이 바르샤바의 모든 지붕들 위로 멀리멀리 펼쳐진다.

🖋 아버지와 책, 소녀를 꿈꾸게 한 지성의 뜰

내 장래 계획? 그런 건 이제 없어. 아니, 없다기보다는 너무 평범하고 단순해서 이야기할 거리가 못 된다고 하는 게 낫겠다. 처음 계획대로 밀고 나가기는 하겠지만 노력해도 안 되면 이 속된 세상에 작별을 고하고 말래. 나 하나쯤 없어져도 세상은 잘 돌아갈 테고 처음엔 다들 슬퍼하겠지만 얼마 안 가 언제 그랬냐는 듯 싹 잊어버리겠지. 다 그런 거잖아.

『마담 퀴리』, 102쪽

너무나 비관적이라 위대한 과학자 퀴리 부인이 쓴 글이라고 선뜻 믿기지 않는다. 미래가 확실히 보이지 않기에 노력하다가 안 되면 자살을 하겠다니! 퀴리 부인이라면 굳은 의지로 모든 난관을 돌파했으리라는 고정 관념을 단박에 사라지게 한다. 퀴리 부인은 우리처럼, 아니 우리보다 더 고민하고 좌절하는 인간이었다.

마리는 자유의 도시인 프랑스 파리에 가서 공부하기를 간절히 소망했다. 하지만 가정 형편이 어려웠던 그녀가 경제적으로 도움을 받을 만한 곳은 전혀 없었다. 결국 그녀는 먼저 언니인 브로냐부터 의학 공부를 할 수 있도록 돕고, 나중에 자신이 도움을 받기로 했다.

돈을 모으기 위하여 묵묵히 일을 했지만 마음처럼 쉽지는 않았다. 급기야 열여덟 살의 소녀는 조금이라도 수입이 나은 곳을 찾아 입주 가정교사를 하기로 마음먹었다. 집에서 '마냐'라는 애칭으로, '마뉴샤'라는 애정이 가득 담긴 별명으로, '안츄페치오'라는 장난스러운 이름으로 불리던 때였다.

1885년 9월, 소녀 마리는 바르샤바에서 세 시간 동안 기차를 타고, 다시 썰매로 갈아탄 뒤 네 시간을 더 달려서 슈츠키에 도착했다. 이곳에서의 생활은 결코 쉽지 않았다. 매일 일곱 시간씩 아이들을 가르치는 게 일이었다. 더욱이 그녀를 고용한 이들은 고상한 척하면서도 속물적인 사람들이었다. 하루가 멀다 하고 파티를 여는 분위기 속에서 마리는 더욱 외로워졌다. 가난하지만 꿈이 넘치는 바르샤바의 집을 그리워하는 열여덟 살의 영혼. 소녀는 혼자라는 두려움을 이겨 내며 어른이 되어 갔다.

열여덟에 처음 여기에 와서 지금까지 보낸 세월이 얼만데! 그중엔 분명히 내 인생에서 가장 고통스러운 순간도 있었어. 난 무슨 일이든 아주 격렬하게, 온몸으로 받아들이거든. 그리고 크게 숨 한번 쉬고 앞으로 돌진하는 거야. 그건 끔찍한 악몽에서 깨어나는 기분과 비슷해. 내가 제일 우선으로 생각하는 원칙은 무슨 일이 있어도, 누구에게도 굴복하지 말자는 거야.

같은 책, 111쪽

버겁기만 한 현실이었지만 그녀는 꿈을 이루기 위하여 자신을 끊임없이 담금질했다. 베르누이의 물리학, 프랑스어 판 스펜서의 사회학, 베르의 해부생리학 연구 등. 자투리 시간에도 늘 책을 가까이했으며 아무리 고돼도 꾸준히 혼자서 공부했다. 더욱 놀랍게도 어느 정도 슈츠키 생활에 익숙해지자 그녀는 글을 모르는 마을 아이들을 위하여 폴란드 국어와 국사까지 가르친다. 러시아 치하에서 이러한 민중 계몽은 발각 즉시 시베리아행인 위험한 모험이었다.

이렇게 마리의 삶을 꿋꿋하게 지켜 준 것은 그녀의 아름답고 강인한 영혼이었다. 그리고 이는 그녀의 삶에 늘 가까이 있던 '책'이 키워 준 것이었다. 실제로 그녀는 어린 시절부터 아버지의 서재에 가득한 책들을 닥치는 대로 읽었다. 전문 서적, 모험소설, 교과서, 시집 등 종류를 가리지 않았다. 아버지가 일구어 온 문예의 마당을 자유롭게 거닐면서 마리의 감성은 더욱 풍요로워졌고 지성은 날로 예리해졌다.

잘 알려지지 않았지만 퀴리 부인의 아버지 스크워도프스키 선생은 대단한 지성인이었다. 가난한 형편에도 돈을 모아 책을 사서 공부하며 언제나 새로운 지식을 흡수하려고 애썼다. 그는 페테르부르크 대학교에서 과학을 전공하고 바르샤바로 돌아와 학생들에게 수학과 물리를 가르쳤다. 또 매주 토요일이면 자식들을 위해 '문학의 밤'을 열었다. 폴란드 낭만파 저항 시인들의 작품을 해석해 주는가 하면, 『데이비드 코퍼필드(*David Copperfield*)』 같은 영어 원서를 폴란드어로 술술 옮겨 주기도 했다. 러시아 황제의 명으로 금서 목록에 오른 책들도 구슬픈 음성으로 낭독해 주곤 했다. 토요일 밤은 아버지가 마련한 지성의 축제일이었고, 폴란드의 앞당겨진 해방일이기도 했던 셈이다.

또한 그는 과학 교사였으면서도 외국 작가의 명작을 모국어로 번역하는가 하면 시를 지어 그가 가르치는 학생들에게 주곤 하였다. 「친구에게」, 「결혼을 축하하며」, 「옛 제자에게」 등의 제목을 달아 주는 최고

의 교육자였다.

　노예처럼 부리는 상관 아래서 일하면서도 그는 언제나 자신의 자식과 제자 들을 위하여 근엄하면서도 다정다감하게 최선의 모습을 보였다. 그는 최고의 아버지요 최상의 스승이었다. 그 모든 행동의 가운데에는 글과 책이 있었고 그 속을 거닐며 폴란드가 자랑하는 놀라운 지성과 감성은 무럭무럭 자랄 수 있었다.

　바르샤바의 크고 작은 길들이 어느새 가슴으로 다가와 끝나고 다시 시작하는 듯싶다. 거리는 늘 모든 청춘의 시작이자 끝이다. 거리에서 사람들은 새롭게 태어나고 익숙하게 나이 먹는다. 어느덧 발길은 레슈노 거리를 떠나 노볼리프키 거리를 향한다. 바르샤바의 거리를 걸으며 퀴리 부인을 추억하는 시간, 지금 이 순간이 한없이 소중하게 느껴진다.

퀴리 부인과 함께 읽는 『마담 퀴리』

퀴리 부인의 삶을 그린 전기로 가장 유명한 책은 바로 그녀의 둘째 딸인 에브 퀴리(Ève Curie, 1904~2007)가 쓴 『마담 퀴리(*Madame Curie*)』다. 이 책에는 퀴리 부인이 친척들에게 보낸 편지, 일기장, 퀴리 부인이 직접 회상한 이야기들, 저자인 에브 퀴리의 어린 시절 기억 등이 담겨 있다.

문학을 사랑했던 어머니를 고스란히 빼닮은 둘째 딸 에브 퀴리의 진솔하고도 감성적인 글솜씨도 돋보인다. 딸이 쓴 어머니의 전기로 가장 완벽한 모범이라는 평판이 이상하지 않다. 에브 퀴리의 『마담 퀴리』는 퀴리 부인에 관한 모든 책의 원류다. 이 책을 읽다 보면 놀랍게도 퀴리 부인의 부모님이 어린 딸이 책을 읽지 못하게 막는 대목이 나온다.

부모님은 신중한 교육자로서 어린 딸아이가 조숙해지는 것을 염려하여 마냐가 집 안 곳곳에 있는 앨범의 커다란 글씨를 읽으려고 손을 내밀 때마다 "장난감 갖고 놀렴, 인형은 어디다 뒀니? 우리 딸 노래 한번 들어볼까"라고 하거나, 오늘처럼 "정원에 나가 노는 게 어떻겠니?"라며 어떻게든 관심을 딴 데로 돌리려 애썼다.

같은 책, 28쪽

278

퀴리 부인의 부모님은 막내딸에게 너무 빨리 책을 읽게 하는 것은 오히려 좋지 않다고 생각했다. 무엇보다도 자연스럽게 책의 세계에 빠져들게 해 주는 것이 가장 좋다고 확신했던 것이다. 토요일 밤마다 문학의 밤을 열며 어린 자식들이 책의 세계로 빠져들게 만들던 때를 기다리고 또 기다렸던 것이다.

에브 퀴리 또한 퀴리 부인의 자녀답게 열심히 놀면서 유년 시절을 보냈다. 퀴리 부인의 길을 그대로 밟아 유명한 핵물리학자가 된 장녀 이렌느 퀴리(Irène Curie) 역시 마찬가지였다. 언니인 이렌느 퀴리가 어머니의 길을 그대로 따라갔다면, 에브 퀴리는 어머니의 삶을 전 세계인에게 널리 알려 오래 기억되도록 했다.

요즘의 부모들은 어떤가. 아이를 명문대에 보내기 위하여 독서가 중요하다며 좋은 책들을 찾고 유명한 전집류를 사느라 아우성이다. 부모들만이겠는가. 우리는 아직 준비가 안 된 어린 영혼들에게 책을 읽으라고 너무나 혹독하게 몰아붙이는 것은 아닐까. 제자들에게 책 읽기의 중요성을 늘 강조하는 나 역시 언제나 돌이켜 보게 된다.

책을 읽기 전에 친구들과 놀고 자연과 벗하게 하기. 책을 제대로 읽도록 가르치기 위해서라도 먼저 중시해야 할 것들이다. 책이 중요하다며 무조건 들이밀 때 책은 즐거움과 유익함의 돛이 되는 대신에 괴로움과 부담감의 닻이 되고 만다.

책은 영혼의 돛이어야 한다. 대학 입시만을 위하여 책을 읽는다면 정말이지 불쌍하다. 그렇게 책을 읽은 영혼들은 대학 합격과 동시에 가장 소중한 자신의 돛, 자신을 더욱 더 아름답고 풍요롭게 키워 줄 절대 무한의 뜻을 잃고 만다. 강제적으로 책을 읽게 하기, 대입 시험을 위하여 책을 읽게 하기, 이 모든 것은 대개 너무나 위험한 짓일 뿐이다. 책과 책 읽기, 삶이 서로 자연스럽게 어울릴 때 그 속에서 놀라운 지성과 감성의 세계가 잉태되고 탄생하기 때문이다.

퀴리 부부, 그리고 우리들 모두의 여행과 책 읽기

우리는 비가 새는 헛간에서 밤낮 없이 연구했다. 좋지 못한 환경에서 너무도 어려웠다. (……) 일할 장소도 마땅치 않았고 돈도 없었고 일손도 달렸다. 너무나 많은 일 때문에 기진맥진할 때면, 우리는 이리저리 걸으며 일과 우리의 현재와 미래를 얘기했다. 추울 때는 난로 옆에서 뜨거운 차를 마시며 기운을 냈다. 우리는 꿈꿔온 대로 완전히 연구에 몰두했다.

『천재를 이긴 천재들』에서 재인용, 88쪽

퀴리 부인이 배우자인 피에르 퀴리(Pierre Curie)를 만난 것은 둘을 위해서나 인류를 위해서 매우 다행스러운 일이었다. 이들 부부는 힘을 합쳐 서로의 능력을 최대한 발휘했다. 이들은 같은 주제에 관해 깊이 연구하면서 지상에서 가장 지적인 사랑의 정수를 보여 준다.

1898년 7월, 드디어 그들은 이 두 가지 물질 중 하나를 발견했다고 공표할 단계에 이르렀다. "당신이 이름을 지어요." 피에르가 젊은 아내에게 말했다. 어느새 예전의 스크워도프스카 양으로 돌아간 마리는 생각에 잠겼다. 지금은 세계 지도에서 지워지고 없는 자신의 조국을 떠올리던 그녀는 문득 이 발견이 폴란드를 갈기갈기 찢어서 통치하고 있는 러시아와 독일, 오스트리아에도 전해지리라는 데까지 생각이 미치자 조심스럽게 입을 열었다. "'폴로늄'이라고 하면 어때요?"

『마담 퀴리』, 207~208쪽

그러나 1906년 4월 19일, 피에르 퀴리가 승합 마차에 치여 너무나 어처구니없게 죽게 된다. 퀴리 부인은 아픈 마음을 달래며 더욱 연구에 몰두하다가 재생 불량성 악성빈혈로 생을 마감한다. 사망 진단서에는 '오랜 세월 동안 축적된 방사선'이 원인으로 기록되어 있다. 『마담 퀴리』의 번역가는 퀴리 부인의 생애를 이렇게 요약하며 자기 생각을 덧붙였다.

신분의 차이란 장벽에 가로막혀 사랑을 포기해야 했던 여자와 한 남자의 끈질긴 구애에 못 이겨 결국 결혼까지 하게 된 여자, 임신 기간 내내 우울증과 스트레스를 겪어야 했던 어린 아내, 아침마다 아이들을 씻기고 먹이고 입힌 후에야 서둘러 출근하는 엄마, 박봉에 시달리면서도 알뜰하게 가계를 꾸려 가는 안주인, 불의의 사고로 남편을 먼저 떠나보내고 실의에 빠진 미망인, 만년의 고독을 일로 달랜 여인—모두 퀴리 부인 한 사람을 지칭하는 말이지만 무심코 읽다 보면 도대체 누구 이야기를 하고 있는지 알 수 없을 만큼 그녀의 삶은 지금 현대를 살아가는 여인들의 그것과 닮아 있다.

조경희, 같은 책, 470쪽

역시 퀴리 부인은 나만의 영웅이 아니다. 퀴리 부인은 모든 여자, 아니 일상과 현실에 찌든 모든 사람들의 영웅이다. 『마담 퀴리』는 이러한 영웅의 삶을 담은 현대의 영웅담이다. 그러나 영웅의 빛나는 능력과 업적에 초점을 맞추는 대신에 가장 평범하면서도 가장 평범하지 않은 우리의 좌절과 극복 그리고 무엇보다도 이를 가능하게 한 꿈을 담고 있다.

바르샤바 남쪽 빌라노프(Wilanów) 지역. 퀴리 부인이 태어난 집은 지금 박물관으로 운영 중이다. 그 앞에 서서 물끄러미 건물에 붙은 동판을 본다. '마리 스크워도프스키에이 퀴리 박물관.' 이 안에는 그녀에 관한 문서와 우표, 동전, 메달, 신문 등은 물론 1920년대에서 1930년대의 책과 19세기 가구, 실험실 장비 등이 전시되어 있다.

과연 어떤 모습일까 머릿속으로 상상하고 있는데 느닷없이 휴대전화가 울린다. 고교 동창생이다. 바르샤바에 10년째 주재하고 있는 종합상사 직원인 친구는 대뜸 어디 있느냐고 물었다. "이 문디자슥, 니, 나 안 볼 기가?" 중학교 때 서울로 올라온 경상도 머스마 친구는 아직도 걸쭉하게 사투리를 쓴다. 어린 시절의 언어는 모국어(母國語)라는 말의 의미를 더욱 새롭게 일깨워 준다.

가족과 떨어져 몇 년째 있다 보니 사람의 정이 그리웠나 보다. 폴란드에 왔으면 당장 전화해야지 왜 전화도 안 하냐고 호통을 치더니 금세 간절한 어조로 바뀌어 빨리 오라고 사정한다. 고교 동창끼리는 평생 나이를 먹지 않는다. 아무리 나이를 먹어 가도 만나면 금세 고등학교 시절로 돌아간다. 학창 시절의 별명을 부르는 것은 예사고 심지어 뒤통수까지 쥐어박으며 장난을 친다. 아무리 오랜만에 만나도 금세 모든 세월의 장벽을 무너뜨리는 친구가 바로 고교 동창들이다.

문득 폴란드에 보름이고 한 달이고 머물고 싶다. 동창 녀석을 만나서 회포를 풀고는 친구 숙소에서 잠만 자면서 아무 생각 없이 시립도서관 같은 곳들을 찾아 이 책 저 책 들춰 보고 싶다. 헌책방들은 어디 있을까. 오래된 지도라도 몇 장 살 수 있다면 좋을 텐데.

여행을 한다고 꼭 관광객이 들끓는 곳에 가야 할 까닭은 없다. 전혀 다른 삶의 현장에서 완벽하게 이방인처럼 어슬렁거리는 삶, 똑같이 먹고 마시면서도 전혀 다른 삶의 방식을 고집할 수 있는 자유, 이것이 여행의 또 다른 묘미가 아닌가. 책 읽기 또한 아주 특별한 여행이라는 생각이 든다. 바르샤바, 신화의 공간이자 인간의 도시, 폴란드의 수도에서 퀴리 부인을 좀 더 새롭게 만날 수도 있겠다. 휴대전화의 벨이 다시 요란하게 울린다. '니, 나 안 볼 기가?'

문학 수첩

이 세상 모든 '퀴리 부인'의 원전, 『마담 퀴리』

『마담 퀴리』는 라듐의 발견자로 노벨상을 두 차례나 수상하며 역사상 최고의 여성 과학자로 꼽히는 마리 퀴리의 삶을 진솔하게 그린 책이다. 저자가 퀴리 부인의 둘째 딸 에브 퀴리인 만큼, 잘 알려지지 않았던 인간 퀴리 부인을 조명하고 있다. 이 책 속에서 퀴리 부인은 시골 벌판을 지칠 줄 모르고 뛰어다니는 어린 소녀에서부터 남편을 먼저 보내고 고독함에 빠진 노부인까지 다양한 모습으로 등장한다. 그래서 노벨상 수상자라는 화려함 뒤에 감춰져 있던 인간 마리 퀴리의 질곡 많은 삶의 감동과 매력을 흠뻑 느낄 수 있다. 전기물의 매력은 한 인간을 생생하게 대면할 수 있는 점이라는데, 『마담 퀴리』가 바로 그런 책이다.

더 읽어 봅시다!

'아내' 마리 퀴리는 남편 피에르 퀴리에게 바치는 감동의 전기 『내 사랑 피에르 퀴리(*Pierre Curie*)』를 썼다. 비슷한 종류의 책인 샤를로테 케르너의 『리제 마이트너(*Lise, Atomphysikerin*)』는 유대인으로서 제2차 세계대전의 엄혹한 시대를 살아 낸 여성 핵물리학자 마이트너의 업적과 인간적인 삶을 그리고 있다.

예술의 도시 프라하와
소외된 인간의 존재

프란츠 카프카, 「변신」

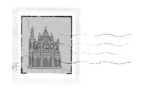

아름다운 도시, 체코 프라하(Praha)를 아는
가? 엽서의 한 장면처럼 완벽한 자태를 뽐내는 이 고풍스러운 도시는
세계적인 관광지가 된 지 오래다. 그래서 많은 사람들이 프라하를 우아
한 이미지로만 기억하고 있지만, 사실 이 도시는 1968년에 벌어졌던 뜨
거운 민주화 항쟁의 현장이기도 했다. 프라하를 배경으로 한 영화 〈프
라하의 봄(The Unbearable Lightness Of Being)〉은 바로 이 항쟁의
별명을 딴 것이다. 민주주의와 자유를 외쳤던 수많은 사람들이 이 아
름다운 도시의 한복판에서 죽어 갔다는 것을 생각하면, 이곳에서 나
고 자란 프란츠 카프카(Franz Kafka, 1883~1924)가 더욱 궁금해진다.

그는 어떤 사람이었을까? 아름다운 프라하의 돌담길을 따라 프라하와 카프카의 삶이 근사하게 펼쳐진다.

🏛 새벽, 프라하로 가는 버스 안에서

새벽은 이 세상 모든 존재를 날마다 새롭게 하는 우주의 마법사다. 새벽은 바람을 간질여 나뭇잎을 흔들고, 잠자던 새를 깨워 노래하게 부추긴다. 두더지가 헤쳐 놓은 흙에 물방울을 흘려 부드러운 새순들을 끄집어내기도 한다. 거리의 외등이 하나둘 꺼지면 집집마다 문이 열리고 부지런한 목소리들이 아침의 활기를 더한다. 이렇게 새벽은 세상의 모든 존재를 깨워서 마침내 다시 새로운 영혼으로 살아가게 한다.

버스 안에서 밤새 흔들리다 보니 온몸이 의자와 함께 심연 속으로 가라앉는 듯싶었다. 야간 버스를 타다 보면 어느 순간 모든 것이 정지되는 듯 느껴지는 때가 있다. 이번에도 그랬다. 광활한 우주 속에서 내가 탄 버스가 딱 멈춘 채 덜컹거리며 흔들리는 철관(鐵棺)이 된 듯싶었다. 그렇게 얼마가 지났을까. 새벽이 어둠의 심연에서 밤새 모아 만든 빛을 내놓기 시작하자 온몸에 생기가 돌며 상쾌한 느낌이 든다. 기계음이 섞여드는 관 속에 누워 있다가 다시 기분 좋은 요람에 편안히 옮겨지는 것 같다. 뻗쳐 드는 기운을 고루 나눠야지, 조심스럽게 기지개를 편다.

바르샤바에서 프라하로 가는 야간 버스를 탄 게 어젯밤 8시쯤이었다. 티켓 판매점 뒤로 유로 라인(Euro Line)이라고 선명하게 찍힌 버스

286

를 보면서 꽤 망설였다. 폴란드에서 체코로 넘어오는, 약 10시간 정도 걸리는 장거리 야간 버스라 아무래도 무리가 아닌가 싶어서였다. 여행지에서 건강을 잃는다면 정말 어리석지 않은가. 더구나 내가 좋아하는 로만 폴란스키 감독의 영화 〈피아니스트(Le Pianiste)〉의 배경인 바르샤바를 떠나기가 마냥 싫었다.

여기에 유네스코가 지정한 세계 문화유산이기도 한 아우슈비츠를 지나쳐도 되나 하는 생각마저 들었다. 제2차 세계대전 때 유대인 대학살의 현장이던 아우슈비츠 강제수용소는 지금도 홀로코스트*의 대표적 상징으로 많은 관광객들이 찾는 곳. 인간 존재의 어리석음과 폭력성, 맹목성을 뼈아프게 보여 주는 상징적인 공간이자 『안네의 일기(Achterhuis)』를 비롯하여 수많은 비극의 책들을 태어나게 한 장소다. 아우슈비츠의 목록 가운데 빅토르 프랑클의 『죽음의 수용소에서(……trotzdem Ja zum Leben sagen)』와 아트 슈피겔만의 만화 『쥐(Maus)』 등을 나는 특히 좋아한다.

짧지만 깊이 갈등하다가 결국 아우슈비츠에 들르지 않기로 결심했다. 과거에는 피해자였던 유대인들이 현재는 가해자가 되어 팔레스타인 사람들을 탄압하고 있다는 생각이 도무지 머릿속에서 떠나지 않는다. 유대인들의 과거 피해를 언급할수록 팔레스타인 사람들의 현재 피해를 외면하게 될 가능성도 높으리라. 누군가 아우슈비츠를 제대로 말하려면 지나간 과거만이 아니라 오늘의 현재, 그것도 수난 받고 고통받는 팔레스타인 아이들을 아울러야 할 것이다.

🏰 문예의 산실, 프라하의 카페들

밖은 어느새 새벽이라고 부르기 힘들 정도로 환해졌다. 황금빛 벽과 짙고 붉은 지붕들이 만드는 멋진 풍경이 프라하의 아침을 수놓았다. 프라하는 신성 로마 제국의 수도이자 중앙 유럽과 북유럽을 연결하는 상업의 중심지였다. 최고 융성기였던 14~15세기에는 로마보다 작았을 뿐 파리, 런던, 빈, 베를린보다 훨씬 큰 도시였다. 굳이 이렇게 말하지 않아도 〈프라하의 연인〉, 〈프라하의 봄〉, 프라하 성 가운데 하나쯤은 금세 떠오를 것이다. 만약 프라하와 문학에 좀 더 관심이 있는 사람이라면 프란츠 카프카도 생각날 테고 말이다.

프라하에 온 것은 이번이 두 번째다. 몇 년 전 겨울에 처음 왔을 때는 마침 함박눈이 펑펑 쏟아졌던 탓에 추위로 고생을 했었다. 눈송이가 마치 작은 얼음처럼 떨어지고, 쌓인 눈이 빙하처럼 느껴질 정도로 추웠다. 하지만 그 멋진 설경은 시간이 흘러도 잊을 수가 없다. 그때 프라하에서 한 카페를 찾아 들어가 지독한 추위를 견뎠다. 그렇게 처음 접해 본 프라하의 카페를 좋아하게 되었고, 결국 프라하의 겨울까지 사랑하게 되면서부터는 아예 카페에서 꼼짝도 않은 채 겨울을 나려 했다.

프라하의 카페들은 따뜻하고 편안했다. 사람들은 신문을 들추거나 책을 읽었고 때로는 격렬한 토론을 벌이기도 했다. 뿌연 담배 연기 때문에 숨 쉬기는 조금 곤란스러웠지만, 저마다 자신의 응접실이나 서재에서 지인들과 함께 있는 것처럼 자연스러웠다. 피부색이 다른 나 같은 이방인도 거리낌 없이 어울릴 수 있었으니 말이다.

그러고 보니 퍼시 애들론 감독의 〈바그다드 카페(Bagdad Cafe, Out of Rosenheim)〉가 생각난다. 주제가인 〈콜링 유(Calling You)〉가 정말 잘 어울리는 영화였다. 바그다드 카페는 인적 드문 사막에 있는 허름한 카페다. 특별할 것이라곤 전혀 없는 이 카페는 사실 외로운 이들이 모여들어 서로 부대끼며 정을 나누는 '삶의 마당'이다. 하지만 프라하의 카페들은 '예술'을 중심에 놓고 삶의 의미를 추구한다. 무미건조한 삶에서 의미를 찾으려는 공간이 바그다드 카페라면, 프라하의 카페들은 예술과 문학의 아름다움 속에서 진리를 찾는 창조적인 공간이다.

프라하의 카페들은 유수한 전통과 오랜 역사가 있는 것은 아니다. 심지어 커피 맛도 특별히 뛰어나다고 할 수 없다. 훌륭한 실내 디자인을 감상할 수 있는 것도 아니다. 실제로 프라하 카페의 역사는 파리나 베네치아보다 2세기나 뒤떨어졌으며, 전성기에 오른 것도 겨우 20세기에 들어서였다. 그런데도 프라하의 카페들이 유명해진 이유는 오로지 '프라하'라는 매력적인 도시와, 여기에 심취해 예술을 펼친 문인과 예술가들 덕분이었다.

그중에서도 특히 유명했던 카페는 우니온, 아르코, 슬라비아, 콘티넨털, 인제니어 등이다. 이 카페들은 프라하의 지명도와 문화적 위상을 높이며 '프라하의 카페'라는 문화를 낳았다. 우니온에 아방가르드 미술가들이 북적였다면, 인제니어에는 철학자들이 머리를 싸매고 토론을 벌였다. 이 카페들은 자기만의 독특한 색깔을 가지고 있었다.

프라하의 또 다른 명물 카페 아르코는 주로 독일어권 문인이나 예술가, 언론 편집자 등이 모여드는 곳이었다. 유대계의 독일어권 작가였던 막스 브로트*, 카프카, 벨치, 바움 등 '프라하 동인'의 단골 가게이기도 했다.

🏰 유럽을 여행하는 몇 가지 단계

창밖으로 프라하의 건축물들이 보인다. '건축의 보석함', '건축 박물관' 같은 별명이 괜히 붙은 게 아니다. 지난번 여행 때는 추위 때문에 건축물을 볼 여유가 없었는데, 지금 다시 보니 여러 가지 건축양식이 고스란히 남아 있다. 로마네스크, 고딕, 르네상스, 바로크, 로코코 등 수많은 양식의 건축물들이 즐비하다.

프라하 성을 대표하는 성 비타 대성당(Katedrála svatého Víta)은 서기 925년에 처음 로마네스크 양식으로 만들어졌는데, 그 뒤 11세기에 다시 증축되었다. 그러다가 14세기 카를 4세 때에는 고딕 양식으로 보수된 역사를 지니고 있다. 1,000년이 넘은 건물에서 시대를 풍미했던 갖가지 건축양식을 동시에 볼 수 있다니! '명불허전'이라는 말은 이럴 때 쓰는 거다.

유럽 문화를 처음 맞닥뜨린 이들이라면 더욱 감탄할 것이다. 생각이 여기에 미치니 웃음이 '풋' 새어 나온다. 처음 유럽 여행을 왔을 때는 성당, 궁전, 성곽, 정원, 분수대 그리고 갖가지 조각과 동상을 보고

> **막스 브로트(1884~1968)**
> 체코 태생의 유대계 작가이자 편집자, 저널리스트로 카프카의 친구였다. 카프카가 사망한 후 모든 원고를 태워 달라는 유언을 무시하고 그의 소설과 산문, 편지, 일기 등을 모아 출판했다. 훗날 카프카의 전기를 썼다.

입을 다물지 못했다. 지금 생각하면 그지없이 촌스런 모습이지만, 처음 이곳을 찾은 이들이 눈앞에 펼쳐지는 '유럽'의 거대함과 기교의 화려함에 놀라지 않기란 불가능하다.

하지만 어느 정도 유럽 여행에 이력이 붙다 보면 거의 모두가 비슷비슷한 풍경으로 다가오기 시작한다. 대성당만 해도 그렇다. 유럽에는 전 세계적으로 이름난 대성당들이 있지만, 사실 웬만한 도시에는 모두 대성당이 있기 때문에 굳이 찾아가지 않아도 흔히 볼 수 있다. 규모나 기교 등에 대해서는 이미 여러 번 놀랐던 터라, 특별히 건축양식이나 문화 예술에 더 관심을 기울이지 않는다면 모두 비슷한 의미로 다가온다. 여행이 더 길어지고 경험이 많아질수록 동유럽이든, 서유럽이든, 북유럽이든 모든 풍경이 일상처럼 느껴진다. 마치 유럽에 사는 보통 사람들처럼 말이다.

이쯤 되면 여행담의 포인트는 널리 알려진 유명 관광지나 명소 답사기가 아니라, 자신만이 알고 있는 숨겨진 곳들에 맞춰지기도 한다. 이를테면 에스파냐의 옛 수도인 톨레도보다 좀 더 동쪽에 있는 옛 유적지 쿠엥카가 더 볼 만하다느니, 프라하보다는 휴양 도시 카를로비 바리가 더 마음에 든다느니 하는 식이다.

사실 유럽인들도 대략 이 수준에서 감상한다. 이 사람들 역시 생활인이기 때문에 가끔 유럽 곳곳으로 여행을 떠나면 늘 자기들 마을에서 보던 것과 비슷한 성당, 광장, 탑, 정원을 보며 새삼 감탄한다. 그러다 이런 관광에 질린 사람들은 따뜻한 유럽 남부의 해안이나 지중해 연안에서 태양과 바다, 선탠을 즐기기도 한다.

여행의 단계가 여기까지 진행되면, 이제 자기도 모르게 유럽의 건축물보다 우리 문화가 더욱 근사하게 여겨지는 수준에 이른다. 간결하면서도 깊이 있게 건축한 종묘(宗廟), 묵향이 절로 피어오를 것 같은 남녘의 수많은 서원들, 풍수 좋은 곳 한편에 단정히 서 있는 우리 사찰들. 이런 건축물은 유럽의 것처럼 규모가 크지도 않고, 화려한 기교를 구경할 수도 없지만 우리 강산과 하나가 된 것처럼 어우러져 있다. 이것은 다른 종류의 놀라움이다. 우리 건축물은 그때 살았던 이와 지금 보는 이 그리고 마음속에 떠올리는 이 모두를 편안하게 만든다.

유럽 문화를 체험하면 할수록, 예술이란 규모와 기교를 넘어서는 '그 무엇'에 있다는 확신이 들었다. 그제야 우리 선조들의 건축과 예술을 새삼 깊이 인정하게 되었다. 우리 선조가 원했던 건축은 자연과 함께 살아가는 것이었다. 그리고 우리는 삶, 집, 여행이 하나로 엮인 채 자연친화와 생명 존중의 길을 걸어왔다. 이런 생각은 우리 문화에 대한 애정으로 자연스레 이어진다.

그러면 다음 단계와 수준은 뭘까? 지금 내가 하는 것처럼 그저 마음 가는 대로 자유롭게 돌아다니는 것이 아닐까. 프라하에서는 무엇을 어떻게 할까 궁리해 봤다. 여행 책자를 열심히 공부해서 얻은 관광지들을 찾아가 사진을 찍는 대신, 지금 막 집에서 나와 맥주를 사러 가는 동네 아저씨처럼 어슬렁거리며 돌아다니는 게 제일 마음에 드는 계획이다. 막상 숙소를 잡으면 그냥 뒹굴거리며 시간을 보낼지도 모르고, 동네 도서관에 가서 낯선 언어로 쓰인 책을 들춰 볼 수도 있다. 프라하의 이름난 카페들을 돌아다녀 봐도 좋을 것 같고, 아니면 그냥 마음에

드는 카페에서, 아니, 카프카와 연관 있는 카페에서 그의 책이나 들춰볼까? 어떻게 하든지, 나는 자유다!

🏛 혼돈의 삶에서 태어난 회화적 글쓰기

프란츠 카프카는 체코의 수도인 프라하에서 태어나 독일어로 문학 작품을 쓴 유대계 독일인 작가다. 「변신(Die Verwandlug)」을 비롯하여 몇 편의 단편만 발표했다. 장편소설을 쓰기는 했지만 완성된 것은 없으며, 살아 있을 때 문단이나 독자들로부터 우호적인 평가를 받았을 뿐 열렬한 찬사를 받은 적은 없다. 카프카 역시 자기가 죽으면 이제껏 쓴 모든 원고를 불살라 달라고 유언했을 정도로 자신감이 없었다.

하지만 카프카는 죽은 뒤 화려한 조명을 받았다. 알베르 카뮈나 장폴 사르트르 같은 작가들이 그를 실존주의 문학의 선구자로 높이 평가했다. 평론가들은 카프카의 작품이 어느 현대 작가보다도 광범위하게 해석되어 큰 영향력을 발휘하리라 강조했다. 문학 연구만이 아니라 유럽 사회와 역사, 유대인 연구에서도 카프카를 중요한 인물로 평가한다.

카프카의 글은 그의 개인적 경험에서 성장하여 세계 일반과 관련된 의미에 도달한다. 그 때문에 카프카는 수많은 이데올로기적·철학적 사상가들에 의해 인용되었다. 유대인 학자들은 카프카를 유대인 박해의 상징으로 여기고, 실존주의 사상가들은 그에게서 정체성 투쟁의 전형을 보며, 정치적인 측면에서는 그를 전체주의적인 권위에 대한 무산자들의 투쟁을 대변하는 인물로 언급한다.

스티브 쿠츠, 『30분에 읽는 카프카』, 14쪽

카프카는 비인간적인 세상 속에서 현대인이 느끼는 소외와 공포를 그렸다. 그는 가족에서부터 정부까지 이 세상의 모든 권위에 도전했다. 그는 등장인물의 행동을 구체적으로 세세하게 그리지도 않고, 격렬하고 인상적인 결말을 끌어내지도 않는다. 오히려 여러 각도에서 오래도록 그림을 들여다보길 원하는 화가처럼, 이미지와 상황을 큰 기둥 삼아 작품을 쓴다. 바로 이런 까닭으로 카프카의 작품은 극적이지 않고 회화적이라는 평가를 듣는다.

어느 날 아침 그레고르 잠자가 불안한 꿈에서 깨어났을 때 그는 침대 속에서 한 마리의 흉측한 갑충으로 변해 있는 자신의 모습을 발견했다. 그는 철갑처럼 단단한 등껍질을 대고 누워 있었다. 머리를 약간 쳐들어 보니 불룩하게 솟은 갈색의 배가 보였고 그 배는 다시 활 모양으로 휜 각질의 칸들로 나뉘어 있었다. 이불은 금방이라도 주르륵 미끄러져 내릴 듯 둥그런 언덕 같은 배 위에 가까스로 덮여 있었다. 몸뚱이에 비해 형편없이 가느다란 수많은 다리들은 애처롭게 버둥거리며 그의 눈앞에서 어른거렸다.

『변신』, 7쪽

서구 전통에서 카프카만큼 자신의 삶과 사고, 정서를 고스란히 작품으로 표현한 경우는 별로 없다. 그는 소설만큼이나 일기와 편지를 많이 썼는데, 이 세 갈래의 글을 모두 연관 지으며 읽어야 카프카라는 세계와 소통할 수 있다는 것이 중론이다. 카프카는 곧 그의 글이고, 그의 글은 곧 카프카라는 말일 테다.

카프카는 정말로 혼돈스러운 삶을 산 작가다. 그는 평생 자신의 정체성에 대해서 고민해야 했다. 카프카를 설명하는 글마저 그를 유대계 독일인 작가라고 소개하기도 하고, 독일어로 작품을 쓴 유대인 작가라고도 한다. 이는 그 당시 체코 프라하가 독일의 점령 아래 있었기 때문이다. 카프카는 '유대계 핏줄'을 가진, '독일어'로 작품을 쓴, 고향은 '체코 프라하'라는 실로 복잡한 상황에서 작품 활동을 했다.

20세기 전반기에 체코 민족은 합스부르크 왕가에 맞서는 뜨거운 민족주의의 산고를 겪었다. 제1차 세계대전이 독일의 패배로 끝나자 프라하의 유대계 독일인들은 체코 황제와 독일을 번갈아 돕던 많은 사람들과 함께 어느 편에도 속하지 못한 중간자로 고립되었다. 보헤미아 독일인들은 더 이상 국가의 권력층이 아니었다. 더 나아가 1919년에 새로운 체코슬로바키아 공화국이 형성되면서 독일어와 독일인은 희생양이 되었다. 독일어는 법으로 금지되었고 많은 독일인과 유대계 독일인들은 직장에서 쫓겨나고 박해를 받았다. 유대계 독일인인 카프카는 체코어를 할 줄 알았기 때문에 그리고 어느 편도 공개적으로 지지하지 않았기 때문에 직장에 붙어 있을 수 있었다.

스티브 쿠츠, 『30분에 읽는 카프카』, 42~43쪽

더욱이 그의 아버지는 상당히 권위적이고 가부장적인 인물이었다. 아버지와는 정반대로 섬세하고 조용한 성격이었던 카프카는 평생 아버지에게 억눌려 살았다. 자신이 목숨을 걸었던 문학을 전공으로 택하지도 못한 채 법학 박사 학위를 취득했다. 졸업한 뒤에는 보험회사에 취직해서 아침 8시에 출근해 12시간 넘게 일만 했다. 이처럼 아버지에게 억눌리고 정체성 때문에 혼란스러운 상황에서 쓰인 카프카의 작품은, 오로지 글쓰기로 자신을 확인하고 세계를 이해하려고 한 비극의 열매이기도 하다.

문득 카프카의 집과 박물관을 찾아가야겠다는 생각이 들었다. 거기서 카프카처럼 오랫동안 산책을 하면서 사람들을 관찰하고 세상을 생각해 보고 싶다. 무엇이 그를 작가의 길로 들어서게 했을까? 그를 평생동안 들뜨게 한 글쓰기란 무엇일까? 생각이 끝나면 카프카가 그랬던 것처럼 산책을 마무리라도 하듯, 아니, 다시 새로운 산책을 하기 위해 카페에 들어가야겠다. 그리고 커피를 마시면서 책을 읽고 글을 써야지. 오랜만에 카프카처럼 일기와 편지를 열심히 써 볼까? 아니면 카프카가 사랑하면서도 떠나고 싶었던 프라하를 계속 여행해 볼까? 이도저도 아니라면 그가 잠깐 머물렀던 독일 베를린으로 떠날 준비를 할까? 산책은 벌써 시작되었다. 천천히 걷는 내 온몸에 생기가 돌고 머리와 가슴은 새로운 생각에 쿵닥쿵닥 흥분하기 시작했다.

문학 수첩

카프카 쉽게 읽기

문학사에서 카프카는 20세기의 키워드이다. 평론가들은 그를 '모더니즘과 표현주의의 중심에 자리한 20세기 문학의 주춧돌'이라고 평가한다. 『30분에 읽는 카프카(*Kafka: A Beginner's Guide*)』는 그의 생애와 작품 세계를 주제별로 나눠 안내한다. 카프카의 삶에서 인상적이었던 사건들, 그가 살던 프라하의 시대적 배경, 그의 작품에 종종 등장하는 아이콘을 쉽게 설명한다. 또 소외와 공포, 부조리로 대표되는 작품 세계를 각 소설별로 분석하고 있다. 이 책을 읽고 카프카의 작품을 읽는다면 좀 더 깊이 있게 이해할 수 있겠다는 생각이 든다. 책 읽기가 익숙하지 않은 사람도 부담 없이 시도할 수 있는, 가벼운 문고판이지만 내용은 묵직하다.

더 읽어 봅시다!

프란츠 카프카는 「변신」 외에도 절대적 관료주의의 상징인 성을 배경으로 인간 존재의 의미를 묻는 「성(Das Schloss)」, 추운 겨울밤 낯선 불한당이 빌려 준 말을 타고 치료할 수 없는 환자와 지켜 줄 수 없는 하녀 사이를 오가는 늙은 의사의 내면을 그린 「시골 의사(Ein Landarzt)」, 서른 번째 생일날 아침 갑자기 체포된 주인공이 누구도 알지 못하는 이유로 1년 동안 끝이 보이지 않는 소송에 휘말리는 비현실적인 과정을 통해 적나라한 현실을 드러낸 「소송(Der Prozess)」 등의 단편을 남겼다.

베를린의 가을,
불안과 모순의 삶을 위한 찬가

라이너 마리아 릴케, 「가을날」

　　　　　　　　장미 가시에 찔려 시름시름 앓다가 명을 달리
했다고 알려진 라이너 마리아 릴케(Rainer Maria Rilke, 1875~1926).
사실 그를 죽음으로 몰고 간 원인은 백혈병이었다. 아마 사람들이 장
미 가시에 찔려 죽었다는 설을 진실로 믿었던 이유는, 그만큼 릴케에
대한 이미지가 한없이 서정적이기 때문일 테다. 하지만 알려진 것처럼
릴케의 삶이 아름다운 이미지로만 채워졌던 것은 아니다. 1875년에 태
어난 그는 어머니의 비뚤어진 태도에 상처받고, 억지로 군사훈련을 받
으며 고통스러워했다. 제1차 세계대전과 더 나은 삶을 위한 요구가 빗
발쳤던 격동의 시대를 살아 낸 아름다운 시인 릴케. 오늘은 그의 삶을

수놓았던 사랑 그리고 이것을 고스란히 반영했던 작품 세계를 좇아가 보려 한다. 그 길은 과연 어떻게 펼쳐질 것인가!

🌹 통일 독일의 심장 베를린에 도착하다

비가 내린다. 아직 가을의 낮인데 벌써 초겨울처럼 쓸쓸하고 고즈넉하다. 남부 유럽과 지중해, 북부 아프리카를 여행할 때와는 전혀 다른 분위기다. 예상한 일이기는 하지만 나도 모르게 마음이 조금씩 가라앉는다. 폴란드 바르샤바에서 체코 프라하로 남행(南行)하였다가 다시 베를린(Berlin)이 있는 북쪽으로 발걸음을 돌렸는데, 괜히 그랬나 잠깐 후회한다. 방금 나온 지하철로 다시 들어갈까?

24시간 운행하는 지하철과 저렴한 물가. 이것만으로도 베를린은 호주머니가 가벼운 여행자를 위한 최고의 도시다. 베를린의 지하철은 중심지를 둥글게 도는 에스 반(S-bahn)과 중심지 안쪽을 촘촘히 연결하는 우 반(U-bahn), 두 종류다. 물가는 말했듯이 정말 '착하다.' 우유 1리터짜리가 단돈 0.50유로, 우리 돈으로 750원 꼴이다. 호스텔에서 하룻밤 자는 것도 15유로면 골라서 잘 수 있다. 독일에서 가장 큰 도시이자 수도인 베를린이 남부 바이에른 주의 주도 뮌헨보다 물가가 훨씬 저렴하다는 사실은 아마 믿기 힘들 거다. I love Berlin! '1유로 샵'에 들르면 우산을 살 수 있지만 그냥 비를 맞으며 거리를 걷는다. 이러다 추워지면 길거리의 아무 바에나 들어가서 몸을 녹여야지.

알프레트 되블린
(1878~1957)
1915년에 첫 장편소설 『왕
룬의 도약 세 번(Die drei
Sprünge des Wang-Lun)』
을 발표한 뒤 독일 표현
주의 문학을 대표하는 작
가로 자리매김한 소설가.
1930년대 초 독일이 나치
정권하에 들게 되자 파리
로 망명하였고, 1936년 프
랑스 시민권을 획득하였
다. 시대 상황 때문에 조국
과 유리된 삶을 살았으나,
그의 작품은 여전히 독일
근대 문학의 가장 중요한
작품들로 회자된다. 특히
영화에 견줄 만한 몽타주
기법 등으로 쓰인 『베를린
알렉산더 광장(Berlin
Alexanderplatz)』은 대도
시를 현대의 바빌론으로
묘사한 표현주의 시대의
서사시로 평가받고 있다.

점차 초점이 맞춰지는 렌즈처럼 이제야 거리 풍경이 명료하게 다가온다. 저기 알프레트 되블린(Alfred Döblin)이 소설 제목으로 삼은 '베를린 알렉산더 광장'으로 가는 길이 보인다. 드디어 통일 독일의 꿈틀거리는 심장, 베를린이 가슴 가득 밀물처럼 다가온다.

시인과 여행자의 은유

여행을 하다 보면 지금 있는 곳과 앞으로 갈 곳이 묘하게 얽히는 순간을 경험하게 된다. 서로 아무 상관없는 것 같던 곳들이 어떤 특별한 고리로 맺어져 있음을 깨닫는 경이와 감동의 순간이다. 시인이 이질적인 어휘들을 결합하여 '언어의 은유'를 창조한다면, 여행자는 서로 이질적인 곳들이 어느 순간에 하나로 얽혀지는 '공간의 은유'를 경험한다.

내가 체코 프라하를 떠나 독일 베를린으로 온 것도 이 두 도시 사이에 공간의 은유를 가능하게 한 고리 덕분이었다. 첫째 고리는 프라하를 대표하는 작가 프란츠 카프카였다. 카프카가 프라하를 떠나 유일하게 체류했던 도시가 베를린이라는 사실을 알고부터는, 무엇이 그를 베를린으로 가게 했는지 내내 궁금했다. 카프카는 베를린에서 과연 무엇을 느끼고 생각했을까?

둘째 고리는 카프카 문학 연구의 최고 권위자로 불리는 발터 벤야민(Walter Benjamin)*이었다. 베를린 태생인 그는 문학뿐만 아니라 철학과 영화, 미술, 정치 등 다양한 분야에 걸쳐 놀라운 업적을 쌓은 사상가다. 그의 자서전『베를린의 어린 시절(Berliner Kindheit um Neunzehnhundert)』은 단순히 과거를 추억하는 데 그치지 않고, 유년 체험이 한 인간의 사유를 형성하는 데 어떤 영향을 미치는지 생생하게 보여 준 명저라고 평가받는다. 나는 카프카를 누구보다 확실히 꿰뚫어 본 혜안의 소유자가 자신의 과거와 현재를 투명하게 들여다본 이 책을 유난히 좋아한다. 그래서 '이 책에 나온 지명을 따라 베를린 곳곳 걸어 보기, 그리고 이런 여행을 통해 카프카와 벤야민을 동시에 들여다보기'는 여행을 떠나기 전부터 품었던 내 오랜 희망이었다.

발터 벤야민(1892~1940)
유대계 독일인인 문예평론가이자 사상가. 유대 신비주의와 마르크스주의를 뛰어넘는 독자적이고 개성적인 미학·철학 사상을 펼쳤다. '현재성'에 관한 그의 담론은 오늘날까지도 폭넓게 해석되고, 수용된다. 자크 데리다, 슬라보이 지제크, 조르조 아감벤 등이 그의 영향을 받았다. 대표 저서로『기술복제시대의 예술작품(Das Kunstwerk im Zeitalter seiner Technischen Reproduzie barkeit)』등이 있다.

하지만 프라하와 베를린을 엮은 가장 결정적인 고리는 프라하가 낳은 또 다른 천재 작가, 바로 라이너 마리아 릴케였다. 카프카보다 먼저 프라하에서 태어난 그는 대학 시절에 그곳을 떠나, 죽을 때까지 유럽 전역을 돌아다니며 자기만의 작품 세계를 끊임없이 구축해 갔다. 특히 베를린은 스물세 살의 릴케가 눈부신 문학적 변신을 할 수 있게 만든 도시였다. 그는 여기서 철학과 역사, 예술사를 공부하고 독일 자연주의 문단의 작가들을 만나 신낭만주의를 받아들였다. 최고의 문학 비평가 해럴드 블룸(Harold Bloom)*은 "릴케는 또한 삶이 작품을 규정

하는 것이 아니라, 글쓰기가 어떻게 삶을 형상화하
는지를 보여 주는 데에 있어 거의 전범이라 할 수 있
다"라고 평가했다.

하나의 이름에 담긴 두 가지 뜻

릴케의 어머니는 죽은 딸을 잊지 못하여 어린 릴
케를 딸처럼 키웠다. 릴케의 이름 앞에 '마리아'라는 영세명을 붙이고
남자아이들과는 같이 놀지도 못하게 하였다. 섬세하고 유약한 릴케는
어머니의 강요에 따르면서, 다른 한편으로는 억지로 군사학교에 다니
는 등 모순적인 성장기를 보낸다. 뒷날 릴케가 "장미여, 오 순수한 모순
이여!"라고 노래하기 전부터 이미 그의 삶은 이렇듯 모순 그 자체였다.
이 모순은 모두 어머니로부터 비롯되었다고 해야 할 것이다.

릴케는 어머니에게 얼마나 시달렸는지, 나이가 들어서도 어머니를
증오하며 절규한다. 「어머니가 나를 허문다」라는 시에는 "아, 슬프다, 어
머니가 나를 허문다. (……) 이제 어머니가 오셔서 나를 허문다"라는
대목이 나온다. 여기서 카프카가 생각나지 않을 수 없다. 가부장적인
아버지가 평생 카프카를 억압했다면, 릴케에게는 독선적인 어머니가
그 역할을 했다. 프라하에서 체험한 어린 시절의 삶이 뒷날 이들의 작
품 세계에 어떻게 나타났는지 살펴보는 작업은 언제나 재미있다.

릴케에게서 드러나는 여러 가지 모순들이 그의 삶에서 어떤 역할을 했는가를 이해하는 데 실로 지금까지 엄청난 시간이 필요했는지도 모른다. 내가 알아 낸 바로는 그 모순들이 바로 그로 하여금 격정적인 싸움의 길로 들어서게 한 요인이었다는 것이다. 불멸의 가치를 향한 싸움의 번뜩이는 불꽃은 그 세대의 가슴마다 불을 질렀다. 그는 우리 사회의 왜곡된 구조에 대항해서 쉼 없이 싸워 나갔다. 특히 그가 싸움의 대상으로 삼은 것은 승리에 도취한 듯 언제나 새로운 주장, 약속 그리고 소일거리 등을 앞세워 우리 인간들을 어린애처럼 거짓된 안전 속에 잠재우고, 우리의 보다 고귀하고 보다 심오한 불안들은 숨겨 버리는 과학을 추구하는 현시대의 정신이었다.

루 알버트 라사르트, 『내가 사랑한 릴케』, 10~11쪽

어머니의 괴롭힘 속에 고통스러워하던 릴케는 루 살로메(Lou Andreas Salomé)＊를 만난다. 살로메는 그 당시 미모와 지성을 겸비한 여류 문필가였다. 위대한 철학자 프리드리히 니체 역시 결혼해 달라고 간청했던 지성계의 '여신'이었다. 그녀는 모순적인 삶과 현실에 괴로워했던 릴케에게 평생 동안 정신적 지주 역할을 해 주었다. 살로메는 릴케의 본명이었던 '르네 마리아 릴케'를 지금 우리가 알고 있는 이름으로 바꾸게 했을 정도로 릴케에게 큰 영향력을 행사했다.

'라이너 마리아 릴케'라는 이름은 릴케의 삶과 작

> **루 살로메(1861~1937)**
> 독일의 작가이자 정신분석학자. 여성의 사회적 지위가 낮았던 19세기 말에 정신적 자유는 물론 사회·경제적 자유까지 쟁취하였다. 니체, 릴케, 프로이트 등 당대 유럽 최고의 지성들을 매혹시키며 사랑과 교감을 나누었다. 많은 소설과 수필을 남겼으며, 주요 저서로 『우리는 어디에서 어디로 가는가(*Im Kampf Um Gott*)』 등이 있다.

품을 상징적으로 보여 준다. 어머니가 붙인 여자 이름 '마리아'에 담긴 억압과 모순 그리고 이름을 바꾸며 얻게 된 영혼의 안정. 릴케의 삶에 평생토록 공존한 이 두가지 코드는 그를 이해할 수 있는 열쇠다.

릴케는 여행을 많이 다녔다. 간단히만 정리해도 피렌체, 러시아, 파리, 로마, 베네치아, 에스파냐, 북아프리카 일대 그리고 마지막으로 숨을 거둔 스위스 등 유럽 전역을 거의 다 돌아봤다고 해도 과언이 아니다. 릴케는 오랫동안 여행을 하면서 이 동력으로 작품 활동을 했다. 여행하면서 만난 사람과 공간은 릴케의 문학을 더욱 풍요롭고 내밀하게 만들었다. 특히 화가 폴 세잔과 조각가 로댕 등과의 만남은 어린 시절의 상처를 치유해 주면서 끊임없는 자기 변혁을 가능하게 하였다. 어찌 보면 릴케는 자신을 쉼 없이 운명과 방랑 속에 노출시키며 상상력을 다듬고 언어를 보듬었던 것이 아닌가 하는 생각도 든다.

릴케의 삶과 작품 세계는 시간이 지날수록 더 훌륭한 평가를 받았다. 그는 카프카와 달리 살아 있을 때 이미 유럽 전역에서, 나아가 세계적으로 유명해졌다.

시로 승화된 불안과 고독

햇빛이 몇 줄기 꽂히는가 싶더니 이내 광선 다발로 변한다. 한숨이 나올 정도로 압도적인 광휘의 햇빛. 2,500편이나 되는 릴케의 시처럼 눈이 부시다. 기온은 좀 더 떨어진 것 같다. 멀리 프로이센 왕의 전승 기념탑과 그 위의 천사상 '황금의 엘제'가 보인다. 머리 위에는 가을 햇빛으로 노랗게 물든 은행잎이 흔들리고, 바닥으로는 은행 알이 투두둑 떨어지는 오늘 같은 풍경을 잡아 영화를 찍는다면 릴케는 천사들에게 무슨 대사를 줄까? 『두이노의 비가(*Duineser Elegine*)』에서 「제1 비가」는 이렇게 시작했는데 말이다.

> 내가 이렇게 소리친들, 천사의 계열 중 대체 그 누가
> 내 목소리를 들어 줄까? 한 천사가 느닷없이
> 나를 가슴에 끌어안으면, 나보다 강한 그의
> 존재로 말미암아 나 스러지고 말 텐데. 아름다움이란
> 우리가 간신히 견디어 내는 무서움의 시작일 뿐이므로.
> 우리 이처럼 아름다움에 경탄하는 까닭은, 그것이 우리를
> 파멸시키는 것 따윈 아랑곳하지 않기 때문이다. 모든 천사는 무섭다.
>
> 「제1 비가」, 『두이노의 비가 외』, 443쪽

릴케는 기독교를 진정으로 받아들이지 않았다. 그의 영혼은 자유로웠기에 천사 역시 고정관념에 따라 선하게만 표현하지 않았다. 그래서 릴케를 온전히 읽기란 쉽지 않다. 릴케의 언어를 읽을 때는 그때마다 언어의 뒤편에 숨어 있는 무늬를 찾고 강물을 따라가야 한다.

릴케는 우리로 하여금 언어와 세계를 다시 살피게 만든다. 고등학교 때 외웠던 「가을날(Herbsttag)」. 단순해 보이는 듯하지만 가슴 한구석으로 묵직하게 잠겨 왔던 시다. 1902년에 쓰고 같은 해에 출판된 『형

상 시집(*Das Buch der Bilder*)』에 실린 이 시는 어느 때 읽더라도 자연스레 가을을 떠올리게 한다. 아마 이 시를 청소년기에 접했느냐 아니냐에 따라 평생 동안 가을을 얼마나 잘 볼 수 있는지가 결정될 것이다.

주여, 때가 왔습니다. 지난여름은 참으로 위대했습니다.
당신의 그림자를 해시계 위에 얹으시고
들녘엔 바람을 풀어놓아 주소서.

마지막 과일들이 무르익도록 명해 주소서.
이틀만 더 남국의 날을 베푸시어
과일들의 완성을 재촉하시고, 진한 포도주에는
마지막 단맛이 스미게 하소서.

지금 집이 없는 사람은 이제 집을 짓지 않습니다.
지금 혼자인 사람은 그렇게 오래 남아
깨어 책을 읽고, 긴 편지를 쓸 것이며
낙엽이 흩날리는 날에는 가로수들 사이로
이리저리 불안스레 헤맬 것입니다.

「가을날」, 같은 책, 42~43쪽

한 행씩 늘어나면서 심화되는 「가을날」. 릴케, 아니 시적 화자는 우선 가을이 왔다며 지난여름이 참으로 위대했다고 신에게 감사 기도를 드린다. 또 이 가을 역시 당신의 그림자를 얹고 바람을 풀어 가을답게 만들어 달라고 기원한다. 2연에서는 1연의 기원을 더욱 강조한다. 단순히 과일이 익는 정도를 넘어, 가장 이상적인 상태의 맛이 나도록 '완성'을 호소하는 것이다. 그 완성은 '진한 포도주'에 마지막 단맛이 스며들 수 있을 정도로 최종적이며 완벽한 결실을 뜻한다.

여기까지라면 이 시는 신에 대한 단순한 감사와 호소의 노래에 그쳤을 것이다. 나는 이 시에서 3연을 정말 좋아한다. '깨어' 책을 읽고 긴 편지를 쓸 것이며, 낙엽이 흩날리는 날에는 나무들 사이를 헤매는 인간. 그것은 지금 내 모습과 꼭 닮은 것처럼 느껴지기도 한다. 건물들 사이를 헤매는 내 모습이 바로 저렇지 않은가?

익어 가는 과일에 달콤한 과즙을 담게 해 달라고 절대자에게 기도하면서도, '나'는 책을 읽고 글을 쓰며 다시 불안하게 헤맨다. 이는 자연에게 하듯이 내 삶 또한 완성하게 해 달라는 기도다. 하지만 「가을날」은 전혀 다르게 해석할 수도 있다. 절대자가 필요한 자연이나 다른 사람들과 달리 '지금 혼자인 사람', 즉 예술가는 고독과 슬픔을 홀로 감내하면서 '불안스레 헤맬' 것이지만, 「가을날」과 같은 시로 끝내 승화시켜 나가리라는 선언이기도 하다. 뒷날 릴케가 에스파냐 안달루시아 지방을 여행하며 『쿠란』에 심취하고 기독교를 멀리하게 된 것도 이런 맥락에서 보면 아주 자연스럽다.

유한한 존재와 무한한 예술, 모순에 휩싸인 불안한 인간 릴케는 자신의 고독과 슬픔을 이렇게 승화시켰다. 그 결과, 인간 그리고 언어 세계에 놀라운 광휘를 부여하였다. 그 광휘의 끝에서 세상은 새롭게 태어나고, 인간은 더 자유롭게 해방되었다.

발길은 어느새 베를린 장벽 근처까지 닿았다. 이 장벽이 붕괴하는 장면은 1990년에 전 세계로 중계되었고, 그 파편은 인기 기념품으로 팔려 나갔다. 이제 베를린에 남아 있는 장벽은 없다. 단지 두 줄로 그어진 선만이 여기에 장벽이 있었다는 사실을 알려 줄 뿐이다. 이제 하나가 된 독일의 수도 베를린은 뉴욕과 런던, 파리, 도쿄와 어깨를 겨루는 세계적인 도시다. 베를린의 하늘 아래서 릴케를 읽다가 나는 우리의 서울을 떠올린다. 통일 한국의 수도 서울, 지구촌 모든 어두운 곳들을 엮어 행복한 공간의 은유를 가능하게 만들 내 조국을.

문학 수첩

릴케와 나눈 뜨거운 사랑, 『내가 사랑한 릴케』

릴케의 연인이었던 루 알버트 라사르트가 쓴 회고록이다. 자신이 1914년에 처음 릴케를 만났을 때부터 그가 백혈병으로 죽을 때까지 시간의 흐름대로 차근차근 서술하고 있다. 또 릴케와 주고받았던 아름다운 편지, 격동하는 시대 속에서 그가 보인 태도 등을 독자에게 상세하게 그려 준다. 그 덕분에 독자는 문학 작품으로만 접했던 위대한 작가 릴케를 '인간 릴케'로 만나게 된다. 시종일관 릴케에 대한 애절한 사랑으로 그의 일생을 바라본 회고록이라는 점이 무척 흥미롭다. 릴케의 복잡한 내면으로 좀 더 깊이 들어가 보고 싶다면, 그에게 절대적인 영향력을 미쳤던 불꽃같은 여인, 루 살로메의 회고록 『하얀 길 위의 릴케(*Rainer Maria Rilke*)』도 함께 읽어 보기를 권한다.

더 읽어 봅시다!

릴케는 시뿐만 아니라 다수의 소설, 산문, 희곡 등도 썼다. 그중 『말테의 수기(*Die Aufzeichnungen des Malte Laurids Brigge*)』는 릴케의 유일한 장편소설로, 파리 생활의 절망과 고독을 그린 일기체 소설이다. 또한 『오르페우스에게 바치는 소네트(*Die Sonnette an Orpheus*)』는 두 편의 장편 연작시로, 그리스 신화 속 오르페우스와 시인 자신을 동일시하여 인간 존재와 현실의 한계를 초월한 예술의 영원성과 이상화된 내면을 노래한 작품이다.

핀란드

헬싱키

6장

피오르를 따라
돌아가는 길

길은 하나가 아니다. 길은 여러분이 마음먹는 순
간에 시작되고, 다시 마음을 돌리는 순간 새롭게
태어난다. 내가 보여 주었던 여정과 달리 여러분
만의 여행길을 계획해 책을 읽고 글을 써 보라.
책과 독서는 어디까지나 현실과 삶을 위한 것들
이다. 현장에 직접 가서 확인하고, 음미하고, 만
끽하라. 여러분 앞에 놓인 현실이 가장 사실적인
책이며, 여러분의 삶이 가장 진실한 책이다.

오슬로에서 벗어던진
구속과 관습

헨리크 입센, 『인형의 집』

얼마 전에 발표된 전 세계 성 평등 순위, 과연
우리나라는 몇 위였을까? 90년대에만 해도 드물었던 맞벌이 가정이 일
상적인 풍경이 된 것은 물론이요, 결혼하지 않고 자신의 직업에 열정을
다하는 여성들도 많다. 국회의원을 비롯해 CEO로 진출한 여성들의 소
식도 심심찮게 들린다. 그런데 부끄럽게도 우리나라의 성 평등 순위는
2013년 기준으로 111위다. 조사 대상이었던 136개의 나라 가운데 바
닥인 셈이다. 사실 여성 고위 보직자들에 대한 뉴스를 걷어 내고 보면,
오히려 경제 위기 때문에 육아와 경제 활동 모두를 책임지며 허덕이는
여성들의 현실이 눈에 띈다.

오슬로(Oslo)로 가서 헨리크 입센(Henrik Ibsen, 1828~1906)의 흔적을 살피면서, 100년이 훌쩍 넘은 옛이야기에서 오늘을 발견하는 경이로움을 꿈꾼다.

🏛 안데르센, 동심을 정복한 문학의 바이킹

코펜하겐에서 오슬로까지 왕복하는 여객선 DFDS 시웨이(Seaways)의 갑판. 오른편에 멀리 따라오는 해안만 아주 희미하게 감지될 뿐 주위는 온통 암흑이다. 외레순 해협*은 벌써 지났고 아마 카테가트 해협*을 지나는 듯하다. 시계를 보려 했지만 선실 안에 풀어 놓았는지 빈 손목뿐이다. 배 옆으로 갈라지는 물살 소리로 배가 움직이고 있다는 것을 알아차릴 정도의 조용한 항해. 스칸디나비아의 한가운데를 향해서 점점 더 깊이 들어가는 순간이다.

폭풍 속에서도 배를 교묘하게 모는 건장한 사내들. 용감함과 우악스러운 야만성을 동시에 갖춘 바이킹은 좀스러운 잔꾀 따위와는 거리가 먼 인간들이자, 가공할 만한 폭력으로 상대방의 재산을 약탈하는 야생의 괴물이었다. 바이킹 시대*는 서기 793년에 잉글랜드의 린디스판 수도원을 약탈했을 때부터 대략 11세기까지로 잡는다. 이 시기에 노르웨이와 덴마

외레순 해협
코펜하겐이 있는 덴마크의 셸란 섬과 스웨덴 사이의 좁은 바다이다. 발트해와 대서양을 잇는 덴마크의 세 해협 중 하나로, 세계에서 가장 번잡한 항로에 속한다.

카테가트 해협
덴마크의 윌란 반도와 스웨덴 사이의 해협이다. 외레순을 비롯한 세 개의 다른 해협을 통해 발트 해로 연결된다.

크, 스웨덴 등에서 떠난 바이킹들은 북반부 전체의 바다와 육지에 잔혹한 피의 지도를 남겼다. 심지어 서기 866년 무렵에는 잉글랜드와 노르망디 대부분을 차지한 채 200여 년 동안 점령하기까지 했다. 중세의 바이킹은 공포 그 자체였다.

바이킹의 시대는 11세기 무렵에야 끝났다. 정복과 약탈에 쏟을 힘이 더 이상 없었던 바이킹은 비로소 평화적으로 세상과 소통하기 시작했다. 무역에 몰두하면서 자신들의 유전자에 깊이 뿌리박힌 모험의 욕망을 멋지게 승화시켰다. 안데르센(Hans Christian Andersen)이 바로 그 대표적인 인물이다. 불과 몇 시간 전에 코펜하겐에서 봤던 안데르센 거리는 세계 각지에서 온 어린 관광객들로 북적거렸다. 『엄지 공주(Tommelise)』, 『눈의 여왕(Sneedronningen)』, 『벌거벗은 임금님(Kejserens nye Klæder)』, 『성냥팔이 소녀(Den Lille Pige med Svovl-stikkerne)』 등 안데르센의 동화를 읽지 않고 자란 어린이들이 지구상에 몇이나 될까?

1805년에 태어난 안데르센은 명실상부한 19세기 문학의 바이킹이었다. 안데르센에게 책은 배였고 펜과 종이는 노와 돛이었다. 놀라운 상상력으로 노와 돛을 부리고, 완벽한 표현력으로 배를 무장한 안데르센의 작품은 전 세계 어린이들의 마음을 단박에 정복했다. 그 정복에는 비명이 아닌 기쁜 함성이 터

바이킹 시대
스칸디나비아 반도의 모험과 싸움을 좋아하는 젊은 노르만인들이 교역과 해적질을 통해 러시아, 영국, 프랑스 등지뿐 아니라 에스파냐와 아프리카 지역까지 손에 넣었던 시기. 이들은 탁월한 전투 능력과 항해술을 바탕으로 활발한 해상 교역뿐 아니라 침략과 약탈 또한 일삼았다. 이 시기에 유틀란트 반도를 중심으로 원시 왕정 국가 덴마크가 형성되었다.
바이킹 시대가 막을 내린 것은 내란과 남부 러시아의 민족 이동의 영향으로 추정된다. 또한 중서부 유럽에 군사적으로 강력하고 잘 조직된 국가들이 출현해 바이킹에 대한 저항이 거세지기도 하였다. 이로써 발트 해와 북해 중심이었던 교역의 통상로도 점차 지중해와 중앙 유럽으로 옮겨 가게 되었다.

져 나왔다.

안데르센은 여행을 많이 한 작가다. 고향을 떠나 독일, 이탈리아, 나 폴리, 지중해의 섬, 그리스의 에게 해를 건너 터키, 다시 흑해를 거쳐 루마니아 등 세계 각지를 오랫동안 여행했다. 그는 여행지의 경험을 담은 몇 편의 여행기를 펴내기도 했다. 안데르센이 발표한 첫 번째 작 품이 바로 『1828~1829년 홀멘 운하에서 아마게르 섬 동쪽 끝까지의 도보 여행기(*Fodrejse fra Holmens Kanal til Østpynten af Amager i aarene 1828 og 1829*)』였고, 그의 이름을 유럽 전역에 알린 작품 『즉흥시인 (*Zmprovisatoren*)』 역시 이탈리아 여행 경험을 바탕으로 했다. 또 『스웨 덴 여행기(*I Sverrig*)』와 『스페인 여행기(*I Spanien*)』도 펴낸 바 있다.

사실 작가와 여행은 떼려야 뗄 수 없는 관계다. 작가에게 여행은 세 상이라는 책을 읽는 필수 과정이다. 흙을 밟으며 쿵쿵 냄새를 맡고, 귀 를 기울여 나무의 울음소리를 듣고, 스쳐 간 사람들의 웃음에서 슬픔 을 찾아내며 이 세계를 알아 가는 것이다. 모든 작가들은 언어의 바이 킹이며, 독자를 갖가지 바이킹으로 만드는 주역이다. 그게 아니라면 안 데르센이 왜 여행을 하고 그에 대한 글을 썼으며, 전 세계 어린이들을 위해 동화를 썼겠는가!

🏛 질풍노도의 극작가, 헨리크 입센

이제 곧 경치가 아름답기로 소문난 오슬로에 도착할 것이다. 북해의 바람이 갑자기 칼끝처럼 느껴진다. 움츠러든 어깨를 천천히 움직이면서 선실을 향해 발걸음을 뗀다.

노르웨이의 수도 오슬로는 문화·역사·정치·경제·공업의 제1 중심지다. 시민들은 북유럽 복지국가의 구성원답게 윤택한 삶을 누리고 있지만, 불과 100여 년 전인 1890년만 해도 그렇지 않았다. 한 소설가는 오슬로를 "재미없는 곳 가운데 최고, 가난한 곳 가운데 최고"로 소개하면서 "개성도 역사도 없는 도시, 고무장화에 중절모를 쓴 농부가 신사 흉내나 내는 곳, 소도시가 가지고 있는 아늑함도 없고 대도시의 맛 역시 느낄 수 없는 수도"라고 비웃었을 정도다.

배에서 내려 19세기 이후 세상을 풍미해 온 또 다른 바이킹의 후예를 만나러 간다. 전 세계인의 가슴을 언어의 힘으로 정복한 극작가 헨리크 입센이 바로 그 주인공. 그의 작품은 근대사상과 여성 해방 운동에 큰 영향을 미쳤다. 입센은 근대극을 확립한 인물이기도 한데, 그 덕분에 노르웨이 연극 또한 세계 연극의 중심이 되었을 정도다.

입센의 작품을 읽다 보면, 현실에 만족하지 못해 거친 파도가 이는 바다를 향해 뛰어드는 바이킹의 모습이 떠오른다. 이 바이킹은 일상적인 삶에서 벗어나고 싶은 독자의 모습이기도 하다는 것을 깨닫게 된다.

텔레마르크 주 시엔(Skien)에서 태어난 입센은 아버지가 도산하는 바람에 여덟 살 때부터 고난의 시기를 맞이한다. 그는 약국에서 조수 노릇을 하며 대학 입학을 위해 노력했지만 뜻대로 되지 않았다. 의학을 전공하고 싶었던 입센을 좌절하게 한 것은 그리스어와 산술이었다. 그는 스스로를 '대학생 입센'이라 부르는가 하면, 열일곱 살 때 연상의 하녀와 아이를 낳는 등 질풍노도의 성장기를 보낸다. 그 뒤 1951년, 입센은 새로 문을 연 국민 극장의 무대감독 겸 극작가로 일하게 되었다. 여기서 6년 동안 착실하게 극작가로서 실력을 쌓은 입센은 덴마크와 독일 등을 여행하면서 『외스테로의 잉게르 부인(*Fru Inger til Østeraad*)』과 『솔호우의 축제(*Gildet paa Solhoug*)』 등을 쓰다가, 마침내 오슬로 노르웨이 극장으로 직장을 옮긴다. 이때는 북유럽의 전설이나 그 당시 사회 제도에 대한 비판을 소재로 글을 쓰는 등 작가로서 자신의 정체성을 분명히 잡아 가기 시작한 무렵이었다.

1864년에 노르웨이를 떠나 이탈리아로 간 입센은 무려 27년 동안이나 고국으로 돌아가지 않았다. 그가 노르웨이를 떠나기 전에 쓴 『왕위를 노리는 자들(*Kongs-Emneme*)』은 셰익스피어적 기법이 엿보이는 훌륭한 역사극이라는 평가를 받았다. 그는 점점 더 뛰어난 작품을 쓰면서 작가로서의 역량을 과시했다. 덴마크에서 출판한 극시*『브랑(*Brand*)』은 노르웨이 청년들의 격정적인 환호를 받았고, 이듬해 발표한 『페르 귄트(*Peer Gynt*)』 역시 오랜 사랑을 받았다.

1877년 무렵에 현대 사회의 문제를 다룬 희곡들을 발표하면서 입센의 명성은 더욱 높아졌다. 개인의 해방을 강조하고 사회 개혁을 요구하는 그의 작품은 '반(反)사회극'이라 불리면서 세계적인 인기를 끌었다. 우리가 잘 알고 있는 『인형의 집(*Et Dukkehjem*)』에 이어 『유령(*Gengangere*)』, 『민중의 적(*En Folkfiende*)』 등 사회 문제를 다룬 작품을 잇달아 발표하며, 입센은 찰스 다윈(Charles Robert Darwin)*의 과학 사상과

극시
희곡 형식으로 된 시. 운문체의 대사로 이루어져 있다.

에밀 졸라(Émile Zola)*의 문학 사상을 따르는 가장 급진적인 작가로 평가받았다.

🏠 '나'를 인형의 집에서 해방하라

『인형의 집』은 3막으로 된 희곡으로 입센의 대표작이다. 이 한 권짜리 작은 문고본이 세계 근대극의 기념비적인 작품이 되었고, 입센의 육필 원고는 유네스코 세계기록유산으로 지정됐다. 심지어는 일제 강점기였던 1925년에 한국에서도 공연됐을 정도니 이 작품의 인기와 의미가 얼마나 컸는지 쉽게 짐작할 수 있을 것이다.

작품의 줄거리는 별로 복잡하지 않다. 노라는 가난한 변호사 남편 헬메르의 사랑받는 아내이자 세 아이의 어머니다. 그녀에게는 신혼 무렵 병든 남편을 위해 악덕 고리대금업자에게 불법적으로 돈을 빌렸다는 비밀이 있다. 그런데 공교롭게도 남편이 취직한 은행에 그 고리대금업자도 일하고 있는 것 아닌가? 노라는 자신의 잘못이 알려질까 두려운 나머지 친구의 힘을 빌려 그를 해고한다. 분노한 고리대금업자는 노라의 비밀을 폭로하고, 남편은 그녀가 자신을 배

찰스 다윈(1809~1882)
영국의 박물학자이자 생물학자. 생물진화론을 확립한 인물로 널리 알려져 있다. 해군 측량선 비글호에 승선하여 갈라파고스 제도를 비롯한 남태평양과 남아메리카의 여러 섬과 오스트레일리아 등지를 두루 탐사하였다. 그가 쓴 『종의 기원(On the Origin of Species by Means of Natural Selection or the Preservation of Favoured Race in the Struggle for Life)』은 자연과학뿐 아니라 철학, 사회학, 신학 등 여러 학문에 강력한 영향을 미쳤다.

에밀 졸라(1840~1902)
19세기 프랑스의 대표적인 자연주의 소설가. 인간의 욕망과 군중의 집단 심리를 세밀하게 묘사한 자연주의 문학을 확립하고 혁명적 사회에 대한 비전을 제시하였다. '드레퓌스 사건' 당시 억울한 누명을 쓴 유대계 군인 드레퓌스를 옹호한 것으로도 유명하다. 주요 저서에 『목로주점(L'Assommoir)』, 『나는 고발한다(J'Accuse!)』 등이 있다.

신했다며 비난한다. 노라는 이 사건을 통해 8년이라는 결혼 생활 동안 자신이 종달새나 인형 취급을 받았을 뿐임을 깨닫는다. 그리고 마침내 한 인간으로 살고자 집을 나가기로 결정한다.

> **노라** 네, 그래요. 제가 아버지 곁에 있었을 무렵, 아버지는 자신의 생각을 어떤 것이라도 나에게 자세히 얘기해 주셨어요. 그리고 저도 같은 생각을 갖게 되었어요. 생각이 다를 경우엔 전 그것을 숨겼어요. 왜냐하면 그렇게 말하면 아버지께서 마음에 들지 않아 하셨을 테니까요. 아버지는 저를 인형 아기라고 불렀지요. 마치 제가 인형하고 노는 것을 좋아하기나 한 것처럼 말이에요. 그러다가 당신에게로 왔죠. 아버지의 손에서 당신의 손으로 건너갔다는 의미예요. 당신은 모든 것을 자신의 취미에 따라 해 왔어요. 그래서 나도 당신과 같은 취미를 갖고 말았어요. 하지만 그런 체했을 뿐인지도 몰라요. 그 점에 대해서는 잘 모르겠어요. 둘 다였는지도 모르죠. 어떤 때는 이렇게, 어떤 때는 저렇게 말이죠. 지금에 와서 되돌아보면 나는 이 집에서 거지처럼 살아왔는지도 몰라요. 나는 당신에게 여러 가지 재주를 부려 보이면서 살아왔죠. 하지만 그것은 당신의 소망이기도 했어요. 당신도, 아버지도 저에게 굉장한 죄를 범한 거예요. 제가 아무것도 못한다는 것은 당신들의 죄예요.

『인형의 집』(하서), 113~114쪽

비교적 간단한 줄거리지만 입센은 대화를 전개하면서 사건, 배경, 인물 등을 교묘하게 제시한다. 인물들이 서로 부딪히고 끌어당기면서 이

루어지는 대화들은 언제 읽어도 생생하다. 노라와 헬메르의 대화를 한 번 들어 보자.

　　헬메르　하지만 이건 창피스러운 일이오. 당신의 가장 신성한 의무를 이런 식으로 저버릴 생각이오?

　　노라　무엇이 저의 가장 신성한 의무란 말입니까?

　　헬메르　그런 것까지 이야기해 주어야겠소? 남편과 아이에 대한 의무가 당신의 의무가 아니라는 거요?

노라 저에게는 또 하나의 그와 똑같은 신성한 의무가 있습니다.

헬메르 그런 의무는 있을 수 없소. 도대체 어떤 의무를 말하는 거요?

노라 제 자신에 대한 의무죠.

헬메르 다른 모든 것에 앞서 당신은 아내이며 어머니인 것이오.

노라 그런 것은 더 이상 믿지 않아요. 저는 무엇보다도 먼저 하나의 인간이라는 것을 믿어요. 당신이 하나의 인간인 것처럼 저도 힘자라는 데까지 하나의 참다운 인간이 되려고 노력하겠어요. 저는 잘 알고 있어요. 대부분의 사람들이 당신의 생각에 동의하리라는 것을. 책에도 그렇게 씌어 있더군요. 하지만 저는 더 이상, 대부분의 사람들이 말하거나 책에 씌어 있는 것에는 만족할 수가 없게 된 거예요. 저는 모든 일에 대해서 제 자신이 생각하여 사물이 지닌 참다운 뜻을 알고 싶어요.

『인형의 집』(문예출판사), 146쪽

이처럼 긴장감 있게 펼쳐지는 대사는 인물들을 살아 움직이게 하고, 노라가 집을 떠날 수밖에 없게 된 이유에 깊이 공감하게 만든다. 이런 점 때문에 주인공 노라의 이름은 일약 신여성*을 뜻하게 됐고, 여성 해방 운동 또한 전 세계적으로 들불처럼 번졌다. 작품의 마지막 행인 "아래쪽에서 문이 꽝하고 닫히는 소리가 들려온다"라는 문장은 여성 해방의 폭발음이 돼 수많은 노라들을 탄생시켰다.

입센은 이 작품의 주제를 '인간 해방'이라고 강조했다. 굳이 인간 해방, 여성 해방 가운데 한 가지의

신여성
개화기 때 신식 교육을 받거나 서양식 차림새를 한 여성을 이르던 말. 1923년에 발행된 사회주의적 성향을 띤 여성 교양 잡지의 제호이기도 했다.

눈으로 읽을 필요는 없으나 어쨌든 여성 문제가 더욱 강조된 것은 사실이다. 이처럼 복합적인 의미로 읽을 수 있는 작품이 바로 『인형의 집』이다.

어떻게 읽든지 이제 노라는 더 이상 연극의 등장인물일 뿐만 아니라 현실 속의 인간이다. '아내이며 어머니이기 이전에 한 사람의 인간으로 살겠다'고 나선 노라의 변화 과정은 새로운 근대 인간의 탄생이었으며 수많은 사람들의 삶을 바꿔 놓았다.

🏛 21세기 바이킹과 함께 떠나는 뱃길 여행

오슬로 항구가 멀지 않았다는 방송이 들린다. 밖은 벌써 훤히 밝았다. 입센의 동상을 보면서 상념에 잠기려던 찰나 새벽을 맞이한 것이다. 바이킹과 저자, 독자, 다시 작품 속의 인물……. 이 모든 이들은 삶의 가장 근사한 순간을 누리고자 열망하는 존재다. 작품을 읽고 쓰는 행위 그리고 실제의 공간들을 찾아 나서는 우리의 열망은 삶의 확실한 증거다.

몇 해 전 실리아 세레나데(Silja Sererade)를 타고 발트 해를 건넜던 생각이 난다. 저녁 무렵에 핀란드 헬싱키에서 출발해 다음 날 아침 스웨덴 스톡홀름에 도착하는 여정의 그 여객선은 높이만 10층이 넘는 초대형 유람선이었다. 승객들은 밤새 배 안에 있는 술집과 나이트클럽 등을 휩쓸며 흥청대더니 아침 예닐곱 시쯤에는 선실의 복도와 층계에

널브러져 있었다. 하지만 이 놀라운 바이킹의 후예들은 두어 시간쯤 지나자 기력을 다시 회복했다. 그러고는 전날 두세 상자씩 사 놓았던 면세 주류를 행여 깨질세라 조심스레 카트에 실어 배에서 내리는 것이다. 술값이 비싸기로 유명한 스웨덴에 사는 주당들은 헬싱키에 다녀오는 길에 면세 주류를 대량으로 구매하곤 한다. 그러면 뱃삯은 충분히 빠진다나?

아침에 동이 틀 때 술병으로 가득한 카트를 끌고 스톡홀름 항구에 내리는 그들은 무기 대신 돈을 들고 쇼핑하는 오늘날의 경제 바이킹이었다. 북유럽 바이킹들을 다시 살펴보는 새벽, 저기 더 가깝게 다가온 항구 도시 오슬로가 보인다.

문학 수첩

근대적 사상을 마음에 품고 작품을 쓴 입센은 자신의 작품에 무척 애착을 가진 작가였다. 그는 자신의 작품을 제1기 낭만주의, 제2기 사실주의, 제3기 상징주의로 나누기도 했다. 입센은 새로운 작품을 쓸 때면 그전의 작품들을 보완하고 포괄한다는 생각으로 집필한다고 밝히기도 하였다. 그러면서 자신의 작품을 볼 때는 하나만 읽지 말고 전체 작품의 흐름 속에서 읽으라고 강력하게 요구하곤 했는데, 아마 입센만큼 독자에게 자신의 모든 작품을 전체적 맥락에서 읽어 주기를 요구한 작가는 없을 것이다. 소설 『율리시스』로 유명한 작가 제임스 조이스는 입센의 작품을 제대로 읽기 위해 노르웨이어까지 배웠다고 한다. 동시대 사람들뿐만 아니라 지금의 우리 세대에게도 큰 울림을 주는 헨리크 입센의 작품을 꼭 읽어 보길 바란다.

더 읽어 봅시다!

헨리크 입센은 인간 내면의 갈등에 집중한 말년에 풍부한 상징을 활용해 『대건축사 솔네즈(*Bygmester Solness*)』와 『로즈메르솔롬(*Rosmersholm*)』을 썼다. 이들 작품의 주인공들은 신앙을 잃고, 각각 사회·정치적 공격 그리고 노쇠함과 죽음에 대항해 스스로 목숨을 끊는다. 알도 켈의 『입센(*Ibsen fur Eilige*)』은 입센의 대표 희곡들의 줄거리와 비평은 물론, 입센의 삶을 다각도로 분석하고 그가 제기한 문제의식을 다시 살펴본다.

헬싱키에서
집으로 향하다

토베 얀손, 〈즐거운 무민 가족 시리즈〉

우리에게 익숙한 만화 캐릭터에는 무엇이 있을까? 아마 '둘리'나 '뽀로로'를 비롯한 이런저런 이름들이 소란스레 나올 테다. 그렇다면 혹시 걸어 다니는 하마 같기도 하고, 송아지처럼 보이기도 하는 '무민'은 알고 있는가?

파스텔 톤의 오동통한 캐릭터 무민의 고향 핀란드로 떠나는 길. 아름다운 자연 속에서 서로 도우며 사는 무민 가족과 친구들의 이야기를 빌려 그간의 긴 여정을 마무리하고 인생의 또 다른 '길'을 멋지게 개척하고자 한다. 새로운 시작을 부르는 끝을 향해 핀란드의 차갑고 뜨거운 계절 속으로 성큼 들어간다.

백야의 열기에 맞서는 핀란드의 투사들

초겨울, 핀란드의 아침은 늦게 시작한다. 오전 8시가 되어도 어두컴컴해 10시에야 수업을 시작하는 초등학교도 있을 정도다. 그런가 하면 밤은 빨리 온다. 오후 4시쯤 되면 어둑해지다가 6시에는 한밤중이 된다. 겨울이 올수록 핀란드의 어둠은 길어지고 깊어진다. 하지만 여름에는 정반대다. 밤이 가장 짧은 하지에는 하루 종일 해가 지지 않는 백야(白夜)가 절정에 이른다. 그 무더위 속에서 뜨거운 태양을 24시간 내내 본다는 것은 엄청나게 피로한 일이다. 이렇게 길고 긴 겨울밤과 밤이 오지 않는 백야는 핀란드인들을 극단적인 심리 상태로 몰고 간다.

전투를 앞둔 오백만 명의 핀란드 전사들이 기름진 소시지와 돼지고기 바비큐 요리로 원기를 보강하고, 마음껏 술을 마시며 용기를 북돋운다. 전투 부대가 적을 섬멸하기 위해서 손풍금 소리에 맞추어 전진한다. 밤새도록 계속되는 전투에 적은 굴복하고 만다.

육박전의 뜨거운 열기 속에서 남녀가 서로 짝을 찾고 여자들은 수태를 한다. 남자들은 쾌속정을 몰고 나가 호수나 바다에서 익사한다. 수천 명의 사람들이 오리나무 숲과 쐐기풀 덤불 속에서 전사한다. 스스로 몸을 던져 희생하는 용기와 수많은 영웅적인 행위들. 기쁨과 행복이 승리를 쟁취하고 우울은 추방당한다. 국민들은 암울한 압제자를 무력으로 제압한 후에, 적어도 일 년 중 하룻밤은 자유를 만끽한다.

아르토 파실린나, 『기발한 자살 여행』, 10쪽

욕심대로라면 핀란드에는 여름에 오고 싶었다. 이곳에서 가장 중요한 명절 '성 요한절'의 분위기를 직접 확인하고 싶어서였다. 이날 핀란드인들은 호숫가로 몰려가 밤새 모닥불을 피우고 수영이나 뱃놀이를 하며 흥겹게 지낸다. 핀란드 작가 아르토 파실린나(Arto Paasilinna)에 따르면 성 요한절은 '한여름에 펼쳐지는 빛과 기쁨의 축제'다. 해가 지지 않는 한여름의 뜨거운 열기에 투사처럼 당당하게 맞서는 날인 것이다.

길모퉁이 도서관에서 찾은 또 하나의 여행

길모퉁이를 돌자 목덜미를 파고드는 칼바람 속에 도서관이 보였다. 핀란드의 자랑인 '마을 도서관'이다. 인구 50만 명의 도시 헬싱키(Helsinki)에는 공공 도서관이 무려 35개나 있다! 헬싱키와 비슷한 인구의 서울 양천구에 공공 도서관이 과연 몇 개나 있을까 생각하면 우울해진다. 문을 열고 들어서니 근사한 향이 난다. 짙은 커피와 따끈한 빵 냄새가 와락 파고든다. 마치 나만을 위한 아늑한 카페에 들어온 것 같다. 따뜻한 실내는 두 층 이상을 터놓은 높이의 투명한 천장 때문에 흐린 날인데도 밝다. 한가운데는 푹신한 소파와 나지막한 책장 들이 서로 어울려 있다. 그 옆 스탠드 불빛 아래서 사람들은 열심히 책을 읽고 있다. 벽 한편으로는 책장들이 가지런히 놓여 있고, 반대편 벽에는 커다란 스크린이 설치되어 있다. 부드러운 간접조명으로 밝힌 실내는 따뜻하고 편안하다.

핀란드어와 영어로 된 책들이 고루 섞여 있는 서가는 너무 학구적이지도 않고 지나치게 대중적이지도 않다. 마을 주민들의 삶과 고스란히 직결되는 도서관답다. 문득 이 도서관에 어떤 책이 얼마나 있을까 궁금해진다. 장서 구성 문제는 도서관의 영원한 과제이기 때문이다.

도서관들은 어떤 장서를 소장하고 있을까? 그리고 그 장서들은 어떤 식으로 선정되고 구성되는 걸까? 주민이 사용하는 도서관이니까 주민 요구를 그대로 반영하면 될 것 같지만 그렇지 않다. 개인의 희망과 요구를 모두 들어주면 자칫 개인 도서관이 되는 엉뚱한 결과가 나올 수 있기 때문이다. 그렇다고 도서관을 운영하는 사서나 예산을 담당하는 관리자 마음대로 책을 구입할 수 있는 것도 아니다. 도서관은 어디까지나 이용자를 위한 공동의 '지식 인프라'이기 때문에 그 누구도 자기 뜻대로 도서관 장서를 구성할 수 없다. 다양한 이용자들의 희망을 바탕으로 하되 가치를 쉽게 짐작하기 힘든 훌륭한 책은 전문 사서나 도서 전문가 들이 챙겨야 아름다운 지식과 감성의 생태계를 만들 수 있다. 이용자와 전문가가 함께 가꿔 나가야 할 세계가 도서관인 것이다.

핀란드 작가들의 책이 서가마다 눈에 띈다. 하지만 쉽게 읽을 수가 없다. 웬만한 낱말 하나의 철자가 10개를 넘는다. 그러면서도 핀란드어가 우리말과 어순이 같은 우랄어족*이라니 놀랍다. 떠듬거리며 겨우 읽어 가지만 몇 십 권의 책을 지나쳐도 아는 작가라고는 없다.

그렇다. 이것이 여행의 매력이다. 내가 알고 있는, 내가 읽은 모든 것이 실상은 아무것도 아닐 수 있다는

> **우랄어족**
> 세계 어족의 하나로, 교착성과 모음 조화가 특징이다. 핀란드어, 헝가리어, 사모예드어, 에스토니아어 등이 이에 속한다.

사실을 여행이 가르쳐 준다. 2년 전에 시작한 여행을 마치고 고국으로 돌아가려는 지금, 이 평범한 진실을 다시 확인한다. 여행은 모든 낯익은 것들로부터 벗어나는 과정이자 나를 새롭게 채우는 축제라는 점을 말이다.

🐾 동화 속에서 만나는 삶

인구가 적은 나라라고는 하지만 핀란드 문학은 이상할 정도로 우리나라에 알려져 있지 않다. 핀란드의 민족 서사시 『칼레발라(Kalevala)』는 북유럽을 이해하는 데 기본적으로 필요한 작품인데 2011년에야 우리말로 번역되었다. 이 작품은 엘리아스 뢴로트(Elias Lönnrot)*가 핀란드의 신화, 전설, 민담, 민요 등을 집대성한 북유럽 정신 문화의 정수다.

『칼레발라』는 워낙 먼 거리의 '민족' 서사시니 잘 모른다고 하자. 하지만 토베 얀손(Tove Marika Jansson, 1914~2001)의 동화 〈즐거운 무민 가족 시리즈〉마저 널리 알려지지 않은 것은 정말 희한하다.

핀란드의 국민 작가인 토베 얀손은 어린이 문학의 노벨상 격인 안데르센상 수상자로, 자신이 직접 그림을 그리고 글을 쓴 화가 겸 작가다. 동화, 그림책, 만화 등 그녀의 작품은 최소 33개국 이상에서 번역되었고 만화영화, 텔레비전 드라마, 연극, 캐릭터 산업

엘리아스 뢴로트 (1802~1884)
핀란드 시골 마을의 의사이자 문헌학자로, 전통 구전 시가를 수집했다. 그는 핀란드는 물론 카렐리야 공화국, 홀라 반도, 발트 해 연안국 등지를 여러 차례 돌은 끝에 『칼레발라』를 펴내고 거듭 증보·개정하였다.

에 이르기까지 그야말로 세계를 주름잡았다. 이웃 나라 일본 역시 '무민'에 열광한다. 〈이웃집 토토로(となりのトトロ)〉의 감독으로 유명한 미야자키 하야오는 무민을 주인공으로 내세워 무려 104편짜리 대작 애니메이션을 제작해 100여 개국에 수출까지 했다.

〈즐거운 무민 가족 시리즈〉는 1980년대에 처음 우리나라에 소개되었다. 『무민 골짜기에 나타난 혜성(Kometjakten)』, 『마법사의 모자와 무민(Trollkarlens Hatt)』, 『아빠 무민의 모험(Muminpapans Memoarer)』, 『무민 골짜기의 여름(Farling Midsommar)』, 『무민 골짜기의 겨울(Trollvinter)』, 『무민 골짜기의 친구들(Det Osynliga Barnet)』, 『아빠 무민 바다에 가다(Pappan Och Havet)』, 『무민 골짜기의 11월(Sent I November)』 등 여덟 권이 번역되었다.

무민은 얀손이 직접 만들어 낸 캐릭터로, 핀란드 무민 골짜기에 사는 무민 가족과 그 이웃들이 이야기의 주인공이다. 독립심 강하고 마음 따뜻한 무민 가족의 외아들이자 주인공인 무민트롤, 그의 단짝 친구 스니프와 또 다른 친구 스너프킨, 아빠 무민, 엄마 무민, 스노크 아가씨와 헤물렌, 사향뒤쥐, 해티패트너 등 개성 만점의 등장인물이 어울려 빚어내는 이야기는 함축적이면서도 심오하다. 결코 가볍게 볼 수 없는 삶의 진실을 오롯이 담고 있는 무민 동화의 매력은 정말 대단하다.

알아. 하지만 자꾸 욕심을 내니까 그런 일을 당하는 거야. 나를 좀 봐. 난 석류석을 그냥 바라보기만 하잖아. 그럼 여길 떠날 때도 석류석을 마음에 담아 갈 수 있어. 내 앞발은 언제나 자유로워. 가방을 들고 다닐

정신주의
인간의 정신이 생활의 결
정적인 요소라고 생각하는
견해나 태도

일이 없으니까.

『무민 골짜기에 나타난 혜성』, 75쪽

스너프킨의 말대로 진정으로 무엇을 갖고 싶다면 마음에 담아야 한다. 그러면 잃어버릴 부담에서 해방된다. 이처럼 철학이 녹아 있는 대사는 정신주의* 를 가벼우면서도 깊이 속삭인다. 하지만 그러다 보면 자칫 교훈을 주는 데 급급한 동화에 그칠 수도 있다. 그래서 얀손은 즉시 스니프의 입을 빌려 마음속 욕망을 강조한다. 그냥 보기만 하는 것이 아니라 직접 만지면서 자신의 것임을 확인하고 싶다고 말이다.

배낭에 넣어 가면 되잖아. 그러면 앞발로 들지 않아도 된다고. 그냥 보기만 하면 무슨 소용이야? 난 석류석을 만지면서 내 거라는 걸 확인하고 싶단 말야.

같은 책, 75쪽

보통 사람들이 갖고 있는 욕망, 이를 간단히 부정할 수는 없다. 이 동화는 이러한 욕망에 사로잡히는 것은 인간다운 일이지만, 욕망으로부터 자유롭다면 더욱 인간다워진다는 사실을 자연스럽게 깨닫게 한다.

확실히 토베 얀손의 동화는 기존의 동화처럼 마냥 가볍고 단순하지 않다. 사랑과 모험 그리고 시련과 극복의 드라마가 웅숭깊게 펼쳐진다. 그래서 어른도 함께 읽는 동화로 사랑받는다. 이제 고백한다. 길고 긴 이번 여행을 떠나기로 결심한 데 이 동화가 밑거름이 되었음을.

그날 아침, 스니프는 숲 속을 돌아다니며 놀고 있었는데, 여태껏 한 번도 보지 못한 길이 눈에 딱 띈 거예요. 초록색 그늘 속으로 꼬불꼬불 꼬부라져 들어간 모습이 아주 신비롭게 보이는 길이었지요. 스니프는 한 동안 멍하니 서서 그 길을 바라보고만 있었어요.

스니프는 이런 생각이 들었어요.

'길, 강, 이런 것들은 정말 신기해. 이놈들이 제 갈 길로 죽죽 뻗어 가는 걸 보면, 갑자기 마음이 들떠서 나도 어디로든 훌쩍 떠나고 싶어지니 말야. 무민트롤한테 이 길을 가르쳐 줘야겠다. 무민트롤이랑 같이 이 길이 어디까지 뻗어 있는지 알아봐야지. 이런 일은 혼자서 하기에는 좀 무섭거든.'

같은 책, 10쪽

처음 이 대목을 읽었을 때 가슴을 파고들던 조용한 설렘! 길과 강이 저절로 뻗어 나간 모습을 상상해 보라. 갑자기 마음이 들뜨면서 어디로든 훌쩍 떠나고 싶지 않은가? 아무리 상상해도 뭔가 느껴지지 않는다면 숲을 '인생'이나 '책'으로 바꿔 읽어 보라. 숲과 무민의 이야기는 현실과 인간, 책과 인간의 이야기임을 금세 감지할 수 있을 것이다.

다시 떠나기 위해 돌아오는 길

길은 하나가 아니다. 길은 여러분이 마음먹는 순간에 시작되고, 다시 마음을 돌리는 순간 새롭게 태어난다. 내가 보여 주었던 여정과 달리 여러분만의 여행길을 계획해 책을 읽고 글을 써 보라. 실제로 여행하는 것 이상의 공감과 감동, 사색을 얻을 수 있을 것이다.

하지만 책과 독서에만 파묻히지 말 것 또한 간곡하게 부탁한다. 책과 독서는 어디까지나 현실과 삶을 위한 것들이다. 현장에 직접 가서 확인하고, 음미하고, 만끽하라. 여러분 앞에 놓인 현실이 가장 사실적인 책이며, 여러분의 삶이 가장 진정한 책이다. 책이 중요한 것은 그러한 과정에서 가장 쓸모 있고 즐거운 도구이기 때문이다.

무민 골짜기는 세상에서 제일 멋진 골짜기야. 큼직한 배들이 주렁주렁 열리는 배나무들도 있고, 아침부터 밤까지 지저귀는 새들도 있어. 은백색 포플러 나무도 많아. 포플러 나무 타기는 정말 재밌지. 앞으로 나는 거기다 집을 하나 지을 생각이야. 밤이 되면 달님이 강물 위에 아른아른 비쳐. 강물은 유리 조각처럼 맑은 소리를 내면서 바위들 위를 흘러가지. 우리 아빠가 그 강물 위에 손수레도 다닐 만한 큼직한 다리를 놓았어.

같은 책, 143쪽

끝으로 한마디 덧붙이면, 토베 얀손의 동화 속에 나오는 '무민 골짜기'를 우리의 현실로 만들고 싶다. 여러분을 위해 무민트롤의 아빠처럼 큼직한 다리를 놓는다면 정말 기쁘겠다.

우리의 여행은 이제 시작일 뿐이다!

문학 수첩

'무민 붐'을 일으킨 토베 얀손

하얀 피부에 커다란 눈, 볼록 나온 배, 짧은 다리, 길지도 짧지도 않은 꼬리. '무민'은 딱 봐도 둘리처럼 편안한 모습이다. 이 캐릭터는 스칸디나비아 반도와 스코틀랜드에서 전해져 내려오는 전설의 거인족 '트롤'을 바탕 삼아 만들었다. 몸무게가 1톤이 넘고 인간을 잡아먹기도 한다는 괴수를 친구로 만든 사람은 바로 작가 토베 얀손이다. 핀란드 헬싱키에서 조각가 아버지와 우표 디자이너 어머니 사이에서 태어난 얀손은 스웨덴 스톡홀름과 헬싱키의 미술 학교를 졸업했다. 20대에는 정치 풍자만화가로도 활동했다. 여름이면 온 가족이 조그만 섬을 몇 달씩 빌려 자연에 흠뻑 빠져 지내며 작품 구상에 몰두했다고 한다. 1948년에 무민 시리즈를 시작하면서 동화 작가로 이름을 알렸다. 안데르센상, 핀란드 문학상, 핀란드 최고 훈장 등을 수상하면서 핀란드의 '국민 작가'로 자리 잡았다. 추운 겨울, 핀란드의 아름다운 풍경이 녹아 있는 토베 얀손의 작품을 만나 보는 건 어떨까?

더 읽어 봅시다!

핀란드의 한 신비로운 섬에서 할머니와 지내고 있는 여섯 살 소녀 소피아의 호기심 가득한 시선을 담은 『소피아의 섬(*Sommarboken*)』은 작가 토베 얀손이 가장 아끼던 소설이라 한다. 여행 사진가 이형준의 『유럽 동화 마을 여행』은 명작 동화 20편을 소개하면서 동화의 아버지 안데르센과 그림 형제의 고향을 찾아가는 여정을 담았다.

참고 문헌

국내물

기형도, 『입 속의 검은 잎』, 문학과지성사, 2000년

김화영, 『김화영의 알제리 기행』, 마음산책, 2006년

김훈, 『자전거 여행』, 생각의 나무, 2004년

남궁문, 『아름다운 고행 산티아고 가는 길』, 예담, 2002년

박상진, 『데카메론』, 살림출판사, 2006년

서명숙, 『제주 걷기 여행』, 북하우스, 2008년

이종호, 『천재를 이긴 천재들 1·2』, 글항아리, 2007년

허병두, 「더욱 만발하여라, 꽃들이여」, 네이버 '오늘의 책 『나는 선생님이 좋아요』 서평',
2006년 5월 15일

홍은택, 〈고대 알렉산드리아 도서관 재건〉, 《동아일보》, 2003년 5월 6일

번역물

노스럽 프라이, 『비평의 해부』, 임철규 옮김, 한길사, 2000년

니코스 카잔차키스, 『그리스인 조르바』, 이윤기 옮김, 열린책들, 2009년

니코스 카잔차키스, 『스페인 기행』, 송병선 옮김, 열린책들, 2008년

단테 알리기에리, 『신곡』, 박상진 다듬어 옮김, 서해문집, 2005년

라이너 마리아 릴케, 『두이노의 비가 외』, 김재혁 옮김, 책세상, 2000년

루 알버트 라사르트, 『내가 사랑한 릴케』, 김재혁 옮김, 하늘연못, 1998년

리처드 도킨스, 『만들어진 신』, 이한음 옮김, 김영사, 2007년

만프레드 클라우스, 『알렉산드리아』, 임미오 옮김, 생각의나무, 2004년

미겔 데 세르반떼스, 『돈 끼호떼 1·2』, 창비, 2005년

발터 벤야민, 『베를린의 어린 시절』, 조형준 옮김, 새물결, 2007년

버크너 트래웍, 『문학으로 본 성서』, 고양성 옮김, 강원대학교 출판부, 1994년

브램 스토커, 『드라큘라』, 푸른숲주니어, 이혜경 옮김, 2008년

브램 스토커, 『드라큘라』, 장 마리니 다듬고 이병수 옮김, 이룸, 2005년

스티브 쿠츠, 『30분에 읽는 카프카』, 전대호 옮김, 랜덤하우스코리아, 2005년

시오노 나나미, 『로마인 이야기 1~15』, 김석희 옮김, 한길사, 1995~2007년

아르토 파실린나, 『기발한 자살 여행』, 김인순 옮김, 솔, 2005년

알리스 셰르키, 『프란츠 파농』, 이세욱 옮김, 실천문학사, 2002년

앙드레 지드, 『배덕자』, 조순복 옮김, 홍신문화사, 2004년

앙드레 지드, 『지상의 양식』, 김화영 옮김, 민음사, 2007년

애거서 크리스티, 『오리엔트 특급 살인』, 신영희 옮김, 황금가지, 2002년

에밀리 브론테, 『폭풍의 언덕』, 김종길 옮김, 민음사, 2009년

에브 퀴리, 『마담 퀴리』, 조경희 옮김, 이룸, 2006년

엘리아스 뢴로트, 『칼레발라』, 서미석 옮김, 물레, 2011년

오르한 파묵, 『내 이름은 빨강 1·2』, 이난아 옮김, 민음사, 2009년

오르한 파묵, 『검은 책 1·2』, 이난아 옮김, 민음사, 2007년

위치우위, 『세계문명기행』, 유소영·심규호 옮김, 미래M&B, 2001년

이븐 바투타, 『이븐 바투타 여행기 1·2』, 정수일 옮김, 창비, 2001년

자크 뮈세, 『신약 성서 이야기』, 곽노경 옮김, 미래M&B, 2007년

장 카르팡티에·프랑수아 르브룅, 『지중해의 역사』, 나선희 옮김, 한길사, 2006년

조반니 보카치오, 『데카메론』, 장지연 옮김, 서해문집, 2007년

조반니 카사노바, 『카사노바 나의 편력 1·2』, 김석희 다듬어 옮김, 한길사, 2006년

주제 사라마구, 『돌뗏목』, 정영목 옮김, 해냄, 2006년

콘스탄틴 게오르규, 『25시 상·하』, 이선혜 옮김, 효리원, 2006년

크리스토퍼 콜럼버스, 『콜럼버스 항해록』, 이종훈 옮김, 서해문집, 2004년

타키투스, 『타키투스의 역사』, 김경현·차전환 옮김, 한길사, 2011년

토머스 R. 마틴, 『고대 그리스의 역사』, 이종인 옮김, 가람기획, 2003년

토베 얀손, 『무민 골짜기에 나타난 혜성』, 햇살과 나무꾼 옮김, 소년한길, 2001년

파울로 코엘료, 『연금술사』, 최정수 옮김, 문학동네, 2001년

프란츠 카프카, 『변신』, 이재황 옮김, 문학동네, 2005년

프란츠 파농, 『대지의 저주받은 사람들』, 남경태 옮김, 그린비, 2010년

하이타니 겐지로, 『나는 선생님이 좋아요』, 햇살과 나무꾼 옮김, 양철북, 2008년

하이타니 겐지로, 『우리와 안녕하려면』, 양철북, 햇살과 나무꾼 옮김, 2007년

하이타니 겐지로, 『태양의 아이』, 양철북, 오석윤 옮김, 2008년

한스 크리스티안 안데르센, 『즉흥시인』, 김석희 옮김, 웅진지식하우스, 2005년

헨리크 입센, 『인형의 집』, 김양순 옮김, 하서, 2009년

헨릭 입센, 『인형의 집』, 안동민 옮김, 문예출판사, 2007년

호메로스, 『일리아스』, 천병희 옮김, 숲, 2007년

호메로스, 『오디세이아』, 김원익 옮김, 서해문집, 2007년

청소년을 위한 세계 문학 에세이

초판 1쇄 2014년 1월 10일
초판 6쇄 2020년 11월 5일

지은이 | 허병두
펴낸이 | 송영석

주간 | 이혜진
기획편집 | 박신애 · 김단비 · 심슬기 · 김다정
외서기획편집 | 정혜경
디자인 | 박윤정
마케팅 | 이종우 · 김유종 · 한승민
관리 | 송우석 · 황규성 · 전지연 · 채경민

펴낸곳 | (株)해냄출판사
등록번호 | 제10-229호
등록일자 | 1988년 5월 11일(설립일자 | 1983년 6월 24일)

04042 서울시 마포구 잔다리로 30 해냄빌딩 5 · 6층
대표전화 | 326-1600 **팩스** | 326-1624
홈페이지 | www.hainaim.com

ISBN 978-89-6574-431-3